SÉRIE NOIRE
Collection créée par Marcel Duhamel

J.P. SMITH

LA MÉDIUM

TRADUIT DE L'ANGLAIS (ÉTATS-UNIS)
PAR KARINE LALECHÈRE

nrf

GALLIMARD

Cet ouvrage a été publié avec le concours
de Marie-Caroline Aubert.

Titre original :
THE SUMMONING

À Cheryl

Je suis née quelque part par ici… et je suis morte là. Et pour toi, ça n'a été qu'un instant.

Sueurs froides
(ALFRED HITCHCOCK, 1958)

1

Si on feuillette le livre des morts, on voit bien sur les photos qu'aucun d'entre eux n'est prêt. Ils sont tous au bord d'autre chose : ils font des projets, échafaudent des combines, espèrent, croisent les doigts. Sourient, agitent la main, sirotent un cocktail sur une plage appelée Paradis. Et puis un beau matin tout s'arrête.

La dernière édition des *Portraits* publiés par le *New York Times* après le 11-Septembre trônait sur une table encombrée, dans un coin de la cuisine de Kit Capriol, à Morningside Heights. À côté se trouvaient son ordinateur portable, un cahier écorné, quelques numéros de téléphone griffonnés sur des Post-it, une série de feutres surligneurs et une petite photo encadrée de sa fille Zoey au piano. Le livre était annoté, les pages marquées par des bouts de papier, le dos abîmé. C'était là que vivaient les morts, que demeuraient les disparus, dans la semi-existence du doute et d'un sourire éphémère sur un selfie.

Comme tous les matins, Kit commença par la rubrique

nécrologique du *New York Times*. Son regard glissa jusqu'en bas de la page où figuraient les commémorations et les dates anniversaires majeures – tous les cinq, dix ou vingt ans. *Regretté. Toujours dans nos cœurs. Jamais oublié.*

Ces lignes en petits caractères lui fourniraient son travail du jour.

> Malone, Lucy. Née le 5 avril 1989 à Dublin (Irlande), décédée à New York, il y a dix ans déjà. Sa mère Brigid Malone à New York, sa tante Delia Burke à Sligo (Irlande), sa cousine Sinead Thompson à Londres et ses amis ne l'oublient pas. Sa chevelure rousse flamboyante et son sens de l'humour irrésistible leur manquent. Avec elle, la danse classique a perdu un talent prometteur.

Elle surligna certains passages : *rousse*, *humour*, *Delia*, *Sinead*, *danse classique*. Elle saisit *Brigid Malone, NY* et lança une recherche sur Google. Elles étaient huit. Trois à Astoria, deux à Long Island City, une dans le Bronx, et deux à Manhattan : la première à Hell's Kitchen, l'autre dans l'East Village. Il y avait par ailleurs douze personnes simplement répertoriées sous le nom de *B. Malone*.

Elle nota les numéros de téléphone sur le premier morceau de papier qui lui tomba sous la main. Puis elle chercha un avis de décès. Elle n'en trouva pas, ce qui n'avait rien d'inhabituel.

Elle essaya les numéros d'Astoria, sans succès, puis ceux de Manhattan. Le premier appel ne donna rien. Une vieille dame répondit au second. Elle semblait hésitante. Ou peut-être était-elle soupçonneuse, comme le sont parfois les personnes âgées quand un inconnu fait irruption dans leur vie.

— Bonjour, je suis bien chez Mme Brigid Malone ? La mère de la défunte Lucy Malone ?

— Oui, dit la femme après un long silence. C'est à quel sujet ?

Elle avait dans les soixante ou soixante-dix ans, supposait Kit. Un accent irlandais que sa vie aux États-Unis n'était pas parvenue à effacer.

— J'ai lu dans le *Times* que votre fille avait disparu il y a dix ans. Toutes mes condoléances.

— Ah. Merci… Dix ans et c'est comme si c'était hier.

— Je comprends, ce doit être une période de l'année particulièrement douloureuse pour vous. Mais je crois pouvoir vous aider. Je vous appelle parce que Lucy m'a contactée. En fait, nous avons discuté plusieurs fois, ces derniers temps.

2

Il avait fait un temps de chien pendant presque tout le mois de mars, et avril ne semblait pas vouloir apporter d'éclaircie : la grisaille et la pluie, les après-midi sombres qui s'achevaient avant même d'avoir commencé, les tristes soirées d'un printemps qui n'offrait guère d'espoir. La plupart des personnes que Brigid Malone croisa sur son chemin lui parurent moroses et sévères sous leur parapluie.

Bien qu'il n'y eût guère de circulation à cette heure matinale, elle attendit docilement que le signal piétons passe au vert avant de traverser, silhouette lente et solitaire au milieu de la 5e Avenue. Arrivée à bon port, elle gravit trois marches, s'accrocha à la rampe, hors d'haleine, et renversa la tête pour embrasser du regard la majestueuse façade de la cathédrale Saint-Patrick.

Elle avait fumé dans sa jeunesse, à l'époque où elle vivait encore en Irlande, et elle en payait le prix aujourd'hui : le souffle court, les vertiges occasionnels que son médecin attribuait à la tension. Après le décès de sa fille, elle avait brièvement repris et s'était mise à boire en prime. Whisky, silence et cigarettes.

Depuis, elle avait renoncé à l'alcool et au tabac. En revanche, elle s'était accrochée au silence. Le silence qui l'enveloppait parfois, quand elle se réveillait aux petites heures du jour. Une paix fragile qui pouvait porter jusqu'à elle une vision fugace ou la voix de l'enfant qu'elle avait perdue. Rends-moi visite dans mes rêves, priait-elle avant de fermer les yeux. En vain.

Brigid pensait que sa mémoire était tout simplement trop encombrée. Ils étaient si nombreux à réclamer son attention : sa mère, morte en donnant naissance à son neuvième enfant, son père qui, un verre après l'autre, s'était tué à petit feu au pub de McNeill. Ses amis d'enfance, presque tous partis eux aussi : mort naturelle, accident, meurtre, suicide. Ses oncles et ses tantes, en particulier le frère de sa mère, Jimmy Clancy, un joyeux drille, violoniste amateur, qui, un vendredi soir, s'était fait sauter avec la bombe qu'il fabriquait dans un sous-sol à Belfast. Son corps éparpillé aux quatre vents. Des années plus tard, les voisins prétendaient en retrouver encore des fragments, dans les fentes du plancher, entre les mâchoires du chien qui exhibait triomphalement un péroné déterré au fond du jardin.

Et puis il y avait son mari, Brendan. Il ne lui rendait visite en rêve que très rarement et, le cas échéant, c'était toujours le jeune Brendan : celui qui, pour reprendre les mots de sa mère, lui « contait fleurette » quand elle avait dix-sept ans. Un beau gars musclé, fêtard invétéré, qui faisait la tournée des pubs avec les copains et ne rentrait qu'après la fermeture, en sueur, pour vomir dans les toilettes toute la bière payée avec l'argent qu'il avait durement gagné.

À présent, il reposait au cimetière Saint-Fintan, près de Howth, un long trajet en bus quand on venait de Dublin, quelle que soit l'heure de la journée. Il était charpentier, et s'était brisé la nuque et le dos en tombant d'un toit. Une chance qu'il soit parti si vite, une heure à peine après l'accident, car il aurait pu passer le restant de ses jours « comme un gros navet dans la chambre d'amis », lui avait dit un médecin bourru.

Quand on a perdu tous ceux qu'on aime, quand on n'a plus personne, mieux vaut prendre un nouveau départ, s'était-elle dit alors. C'est ainsi qu'elle s'était retrouvée aux États-Unis, où elle avait sa cousine Aileen à Long Island City – décédée depuis cinq ans, maintenant. Brigid vivait à Manhattan, à l'ouest de Time Square, dans un quartier appelé Hell's Kitchen, la « cuisine de l'enfer ». L'idée d'être une invitée dans la maison de Satan amenait toujours un sourire sur ses lèvres.

Hormis trois ou quatre fidèles dispersés qui imploraient la miséricorde divine ou se recueillaient, l'église était déserte. L'organiste répétait à la tribune. Il joua quelques mesures, des demi-phrases et des arpèges, avant d'opter pour une pièce de Bach. Une musique agréable à l'oreille, songea-t-elle. Exactement ce dont on avait besoin dans un lieu de culte à cette heure paisible. Après s'être arrêtée pour dire quelques mots à la jeune femme de la boutique de souvenirs avec qui elle avait sympathisé, elle se dirigea vers son banc préféré, le troisième en partant du fond dans la rangée de droite, près de l'allée centrale.

Elle égrenait nerveusement son rosaire et elle en était à son troisième *Je vous salue Marie*, quand elle faillit avoir une attaque.

— Bon Dieu ! Vous m'avez fichu une peur de tous les diables, mon père.

Le prêtre qui s'était matérialisé à côté d'elle sourit. Il était jeune, remarqua-t-elle, ce qui expliquait sans doute pourquoi il ne semblait pas offusqué. De toute façon, c'était sorti tout seul. L'œuvre du démon, penserait-on certainement au pays. À cette idée, elle se retint de rire.

— Je suis le père Rizzoli.

Elle se présenta à son tour.

— Vous avez dit à la vendeuse de la boutique que vous souhaitiez voir un prêtre. C'est moi qui suis de service aujourd'hui. Vous désirez me parler ?

— Le père McConnell ne se cache pas quelque part ?

Elle regarda autour d'elle, comme si elle pensait l'apercevoir en train de filer en douce pour se réfugier dans la sacristie.

Il sourit.

— Ce matin, vous allez devoir vous contenter d'un jeune prêtre italo-américain, j'en ai bien peur. Est-ce que ça ira ?

Elle se leva, fit une génuflexion moins agile que celle du père Rizzoli, et le suivit dans une pièce attenante. Il semblait écrasé derrière l'énorme bureau en bois qui devait trôner là depuis des décennies.

— Mon propre bureau est plus petit et moins confortable. Celui-ci est normalement occupé par l'un de mes supérieurs, le père Carroll. Une carrure d'athlète. D'ailleurs, il a joué pour l'équipe de l'université de Notre-Dame, en 1975. Il est à Rome cette semaine. Mais peu importe, je vous écoute, madame Malone.

— C'est au sujet de...

— Un instant.

Il fit le tour du bureau et s'assit sur la chaise à côté d'elle.

— C'est au sujet de ma fille. Elle est morte depuis des années. Mais une femme m'a appelée. Je ne la connais pas, mais elle prétend lui avoir parlé. Je donnerais n'importe quoi pour passer ne serait-ce que cinq minutes avec ma Lucy. Est-ce que vous pensez que ce genre de chose est possible, mon père ?

Il prit un instant avant de répondre.

— Comme vous vous en doutez, l'Église condamne les pratiques occultes. On ne sait jamais où ces choses peuvent mener. Il y a des portes qu'il vaut mieux laisser fermées.

Il s'interrompit, lui sourit.

— Mais si cela vous fait du bien… Honnêtement, à titre exceptionnel, je n'y vois pas d'inconvénient.

— Je vous remercie, mon père. Je préférais avoir votre avis avant d'entreprendre quoi que ce soit.

— Soyez prudente, malgré tout : quoi que vous entendiez, quoi que vous voyiez, dites-vous bien que cela peut être l'œuvre de quelqu'un d'autre. Quelqu'un de beaucoup plus dangereux que la femme qui vous a contactée.

3

À la mi-journée, la bruine avait cédé la place au soleil, laissant dans le ciel des lambeaux de nuage, une charpie de papiers jetés au vent. À Riverside Park, une brume naissante s'élevait de l'allée où Kit courait plusieurs fois par semaine. L'air charriait des effluves salins revigorants, l'Hudson suffisamment éloigné pour que l'odeur ne soit pas incommodante.

Le printemps serait chassé par l'été, puis l'été par l'automne. La saison qu'elle redoutait entre toutes.

Sans se soucier des joggeurs et des cyclistes qui la dépassaient, elle se récita tranquillement un poème de Yeats qu'elle avait appris étudiante :

Bien que je sois vieilli d'avoir tant erré
Par les creux et les collines de la terre
J'irai découvrir où elle s'en est allée
Baiser ses lèvres et lui prendre les mains

Elle poursuivit, l'accent irlandais qu'elle avait appris une fois pour un rôle lui revenant tout naturellement.

Parmi les hautes herbes tachetées de couleurs
Et cueillir jusqu'à la fin des temps
Les pommes d'argent de la lune
Les pommes d'or du soleil[*]

Une fois de plus, elle allait parler au nom des morts.

* William Butler Yeats, *Cinquante et un poèmes*, traduction Jean Briat, William Blake & Co ed, 1998.

Il s'était écoulé près de dix-huit ans depuis la mort de son mari, Peter. Peu à peu, ce corps vivant, chaud et palpitant était devenu un souvenir abstrait : une notion, une liste de mots, une série de codes secrets. Ce que Kit se rappelait le plus nettement, c'étaient les choses qui l'entouraient, non pas Peter tel qu'il était, mais les contours de son absence.

Il y avait notamment les corbeaux de Central Park, une nuée d'oiseaux noirs massés sur un arbre. Elle avait levé les yeux et, quand ils s'étaient envolés, elle avait vu une pluie de gouttes d'encre éclabousser le ciel, comme les caractères indéchiffrables d'un texte ésotérique très ancien.

C'était l'été, elle sortait d'une répétition des *Sorcières de Salem* et elle avait pris le métro jusqu'à Central Park. Elle quittait toujours le Salem du XVIIe siècle avec soulagement. Au lieu d'utiliser tout le plateau, le metteur en scène concentrait la majeure partie de l'action dans un trapèze qui évoquait à fois une chapelle et un tribunal. Ouvert à l'avant et plus étroit à l'arrière, le quadrilatère semblait se refermer comme un piège sur les acteurs. Il usait habilement du dispositif, les femmes repoussées vers le fond jusqu'à ce qu'elles se retrouvent acculées. On crevait de chaud sous les projecteurs, et les comédiens étaient trempés de sueur. L'intensité et la sensation de claustrophobie leur avaient déjà coûté une actrice. Un soir, terrassée par une crise d'angoisse, elle était rentrée chez elle, à Teaneck, pour ne jamais revenir.

Lorsque Kit atteignit le banc au bord de l'étang, un homme était assis là. Elle sentit un courant d'air tiède chasser l'atmosphère angoissée et obsessionnelle de la pièce d'Arthur Miller, et la vie reprendre ses droits. Respirer, contempler le ciel, expérimenter quelque chose de réel. À présent, elle était prête à jouer un autre rôle, un rôle qu'elle connaissait bien.

— Belle journée, lança l'homme.

— Qu'est-ce que vous voulez que ça me fasse ?

— Oh, ça va, c'était juste histoire de dire.

Elle ne se tourna même pas vers lui.

— Vous avez l'air d'une femme qui a un secret.

Prise au dépourvu, cette fois, elle le regarda.

— Attention, il y a un prix à payer.

— Juste pour la question ? J'ai peur d'apprendre ce que va me coûter la réponse.

— On a tous nos secrets, non ?

— Vu d'ici, le vôtre a l'air d'en valoir la peine.

— Ça se voit tant que ça ?

— Oh oui.

Elle éclata de rire.

— En fait, moi aussi, je voudrais bien qu'on me confie un secret. Quelque chose de nouveau.

— Si vous cherchez à vous débarrasser d'un vieux secret, je suis preneur.

Elle le toisa de l'autre bout du banc.

— Vous avez l'air un peu désespéré, monsieur.

— Vous savez quoi ? Je vous montre le mien si vous me montrez le vôtre.

— Je parie que c'est une phrase qui vous a souvent servi au lycée.

— Ma foi, on n'a qu'une vie.

Il lui tendit la main.

— Peter Capriol.

— Ma mère m'a toujours interdit de parler aux inconnus appelés Peter. Et plus particulièrement aux Capriol.

— Hé, je suis le gars avec qui vous couchez tous les soirs, ça ne vous dit rien ?

Elle le regarda.

— Ah oui. Vous êtes si nombreux, je m'y perds. Bonjour, monsieur… Capriol, c'est ça ?

— Salut, madame Capriol.

Elle glissa sur le banc et ils échangèrent un rapide

baiser. Il l'enlaça et lui demanda comment s'était passée la répétition.

— Bien. J'étais à la fois totalement dans le rôle et au bord de la crise de nerfs. Toute la distribution est à cran, ce qui, je suppose, est précisément l'objectif recherché. Je dois puer la transpiration. J'ai perdu au moins trois litres d'eau sur ce plateau.

— Tu es une femme aux talents et aux relents multiples.

— Et toi tu es mon cuistot préféré. Sans compter que tu n'étais pas si mauvais acteur que ça, à la fac. Tu te souviens, quand on s'est rencontrés ?

— L'atelier d'impro.

— Oui, et on n'a jamais arrêté, camarade.

— Qu'est-ce que tu serais sans moi ?

— Je ne serai jamais sans toi.

— Je ne travaille pas, cet après-midi.

— Je sais.

— Comment ça, tu sais ?

Elle tapota sa tempe de l'index.

— Sixième sens.

— Tu vois les morts ?

— Pas toi ? Hum, bizarre.

Il éclata de rire.

— Alors, qu'est-ce que tu as envie de faire ?

— Boire des dry martinis. M'endormir dans un bain

chaud. Regarder un film d'épouvante. Faire un ou deux cauchemars. Coucher avec un vampire.

— Je pense que je suis l'homme de la situation.

Il la mordilla dans le cou.

Elle leva les yeux vers les corbeaux sur les branches. Certains l'examinaient en inclinant la tête sur le côté, comme s'ils essayaient de lire dans ses pensées. Elle tapa une fois dans ses mains et ils s'envolèrent d'un coup en poussant des cris de protestation.

— Des messagers de l'au-delà, dit Peter, ouvrant les bras tandis qu'ils se dispersaient dans le ciel. J'ai appris ça à l'école. Dans de nombreuses cultures, les corbeaux sont considérés comme des messagers de l'au-delà.

5

Peter et Kit vivaient depuis sept ans dans un appartement exigu en banlieue, à New Rochelle, lorsque Peter fut embauché au restaurant Windows on the World, début août 2001. Ils voulaient un enfant, et c'était l'occasion de chercher quelque chose de plus grand. L'argent que Kit avait hérité de sa mère leur fournit un apport pour acheter un trois-pièces dans la 113e Rue Ouest.

Ils avaient eu de la chance. Les précédents occupants étaient là depuis quatre ans à peine, lorsqu'un événement avait contraint le mari à rentrer dans son pays d'origine. Kit et Peter s'étaient présentés le jour où l'appartement avait été mis en vente et leur offre avait été acceptée.

Une nouvelle vie commençait pour eux. Depuis le début, ils visaient Manhattan. C'était une chance de grandir dans une ville où il y avait tant à voir et à faire… Quand elle était petite, Kit allait au musée ou au théâtre tous les samedis, et ils voulaient que leur enfant profite des mêmes avantages.

Dix jours plus tard, ils emménageaient et, pendant que Peter était au restaurant, Kit entreprit de rénover la chambre qui, ils l'espéraient, accueillerait bientôt un bébé. Elle avait choisi un bleu apaisant. Un après-midi, alors qu'elle peignait, le soleil pénétra par la fenêtre sans rideau et illumina la pièce, un luxe inespéré dans un appartement new-yorkais.

On frappa à la porte, et par le judas elle vit une inconnue, le nez sur son téléphone. Celle-ci sourit et rangea son portable lorsque Kit ouvrit.

— Je suis votre voisine du 4C, dit-elle en indiquant le bout du couloir. Lisa Abrams.

— Kit Capriol.

— Oh, vous refaites la déco ? dit la femme à la vue de son tee-shirt et de son jean éclaboussés de peinture.

— On ne peut rien vous cacher.

La voisine sourit.

— Au fait, on vous a parlé de ce qui s'est passé ici ?

Kit lui demanda si elle faisait référence à l'immeuble ou à l'appartement. L'appartement, répondit Lisa, celui qu'ils occupaient.

— Vous n'êtes pas au courant, pour Lori et Raphaël ?

— Non. Pas du tout.

— Avant qu'ils emménagent, apparemment, tout allait bien – je ne sais pas si c'est vrai, je ne fais que répéter ce qu'on m'a dit. Raphaël était expert ou je ne sais quoi au département des arts africains de Sotheby's. Lori travaillait pour une association à Manhattan. Ils ne parlaient pas beaucoup de ce qu'ils faisaient. Mais ils avaient l'air heureux. Un mois après leur arrivée, ils nous ont invités à prendre l'apéritif, mon mari et moi. C'était un couple sympathique. Ils semblaient vraiment bien s'entendre. Même si déjà elle… enfin, rien, je ne devrais pas vous raconter ça.

— Allez-y, je suis curieuse, maintenant.

— Elle était très nerveuse. Elle sursautait pour un rien. Si son mari reposait son verre un peu trop bruyamment, vous voyez le genre. Sur le moment, je n'y ai pas fait spécialement attention, mais ça s'est aggravé… Je suppose qu'elle n'arrivait plus à gérer les choses… la vie. C'était trop pour elle. Au point que, les derniers temps, elle ne sortait plus de l'appartement. La voisine d'en face, Peggy Loring…

— Je ne l'ai pas encore croisée.

— Elle racontait qu'elle l'entendait souvent pleurer. Quoi qu'il en soit, Raphaël a dû aller à Londres pour son travail. Il s'est absenté une semaine et, à son retour, Lori avait disjoncté. Elle disait qu'elle entendait des voix. Qu'elle voyait des choses. Pour finir, il a dû la faire interner. Huit jours plus tard, il rentrait en France.

C'était malheureux et Kit plaignait sincèrement ce couple, mais maintenant, c'était leur appartement.

— Est-ce que vous désirez entrer ?

Elle espérait que Lisa refuserait, car elle avait envie de retourner à sa peinture.

— Merci, mais il faut que je me sauve. Désolée, je ne voulais pas vous inquiéter, ajouta-t-elle en souriant. Tout ça n'a rien à voir avec l'appartement.

Bien sûr que non, songea Kit. C'était exactement ce qu'ils cherchaient, et le simple fait de pouvoir prendre le temps de le décorer et de l'aménager lui apportait une profonde satisfaction – même si, à vrai dire, elle n'avait pas besoin de grand-chose, car elle se sentait épanouie sur les plans professionnel et personnel.

Elle regagna la chambre ensoleillée. Pendant une fraction de seconde, elle crut voir quelqu'un dans la pièce et la surprise la fit reculer d'un pas. Mais ce n'était qu'une ombre.

6

Kit reprit les répétitions. Par une belle matinée sans nuage de septembre, en rentrant de son jogging, elle vit que Peter lui avait laissé un message sur son portable sept minutes plus tôt, un message de quarante-deux secondes.

Elle activa le haut-parleur et l'écouta dix fois. Les derniers mots de son mari à quelques instants de sa mort. Puis elle alluma la télé et regarda en boucle la tour s'écrouler sous un ciel uniformément bleu, sans aucune interruption publicitaire.

Elle vérifia encore l'heure de l'appel : 10 h 27.

On ne retrouva jamais les restes de Peter. Peut-être avait-il sauté – et parfois elle se plaisait à imaginer qu'il avait atterri sur ses pieds et errait dans le sud de Manhattan, étourdi. Elle avait beau savoir que c'était totalement irrationnel, elle ne pouvait pas s'empêcher de penser qu'il franchirait le seuil un soir, ou qu'elle se réveillerait un matin pour le trouver dans le lit à côté d'elle. Un jour, dans huit ans, elle ramènerait Zoey de son cours de piano et elle le croiserait dans West End Avenue : il surgirait de l'ombre pour leur montrer son visage, puis continuerait son chemin.

Reconnaîtrait-il Kit ? Reconnaîtrait-il la petite fille qu'il n'avait pas vue naître ? Se souviendrait-il de bribes de sa vie passée ?

— Si tu ne vois pas les morts, alors, ils ne sont pas vraiment morts, décréta Zoey un soir avant d'aller se coucher.

C'était sorti tout seul, sans sollicitation.

Zoey n'avait que sept ans, mais la sagesse de ses mots la frappa. C'était de l'ordre de la pensée magique, bien sûr. Et en même temps, n'était-ce pas tout ce qu'il y avait de plus raisonnable, de plus ordinaire ?

— Donc papa n'est pas mort. Ni pour toi ni pour moi. Et à partir de maintenant, ça sera comme ça.

— Je regrette que tu ne l'aies pas connu. Et je regrette qu'il ne t'ait pas connue.

— Mais une partie de lui fait partie de moi, non ?

— C'est vrai, admit Kit en souriant.

— Donc si je me connais, je le connais aussi un peu.

La première des *Sorcières de Salem*, qui devait avoir lieu le 12 septembre, fut d'abord repoussée d'une semaine pour respecter le deuil qui frappait la ville et le pays, puis d'une autre, et de cinq jours encore. Kit avait l'impression que seul le travail pouvait la réconcilier avec la vie. La pièce se joua pendant six semaines, comme prévu, dans un petit théâtre de Greenwich Village. Elle ne rata pas une représentation. Cela lui changeait les idées, mais surtout la scène lui permettait d'éprouver avec intensité les émotions d'une histoire plus tragique que la sienne. Après, elle rentrait chez elle et retrouvait la réalité : se coucher dans un lit vide, commander des plats à emporter pour une personne, boire seule devant la télé.

Deux jours avant la première, elle avait appris qu'elle était enceinte. Zoey était née en juin de l'année suivante. Kit était veuve depuis neuf mois.

La mort est partout autour de nous, songeait-elle après la chute des tours. Elle est dans l'air et dans le sol, c'est la crasse sous nos ongles, la cendre dans nos cheveux, la poussière dans nos poumons. Elle se demandait si elle était aussi dans leur appartement, si elle l'entrapercevrait dans un rai de soleil, immobile, en suspension.

Elle désespérait de commencer à faire son deuil. Jusque-là, elle n'avait pas pu verser une seule larme sur l'homme qu'elle avait tant aimé.

Après avoir collé ses affichettes parmi les centaines d'autres – *Avez-vous vu cet homme?* sous une photo de Peter prise le jour de leur mariage, radieux et élégant dans son costume –, chaque fois qu'elle courait dans Riverside Park elle contemplait la fumée et la brume au-dessus du sud de Manhattan et elle pensait : c'est Peter, un tortillon de gris dans le bleu profond du ciel new-yorkais.

Elle voyait des présages et des symboles partout, comme s'il communiquait avec elle par des biais divers et mystérieux. Alors qu'elle faisait la queue à la pharmacie, elle croyait entendre sa voix. Il avait prononcé son nom, elle en aurait mis sa main au feu. Mais, quand elle se retournait pour regarder la file derrière elle, pour trouver son visage parmi ces gens, il n'était pas là, bien sûr. Peut-être n'avait-il fait que passer, éphémère apparition déjà évanouie.

Elle commença à noter dans un calepin toutes les fois où elle pensait l'avoir vu ou entendu.

> *30 octobre 2001. Angle de la 56e Rue. Peter à l'arrière du bus 7, près de la vitre. Il me regarde. Sourit. Je n'en crois pas mes yeux. Je tends la main vers lui, mais le feu passe au vert et le bus repart.*
>
> *24 décembre 2001. Supermarché Fairway. Je fais des courses pour un Noël en solo. Les rayons ont été dévalisés. J'achète un poulet rôti qui a l'air plus mort que cuit. Des légumes. Des fruits. Une douzaine d'œufs. Je fais la queue à la caisse quand je vois Peter en train de sortir avec deux sacs. Je lâche le mien, laisse les pommes rouler par terre, les œufs se casser, et je lui cours après. Dehors, j'appelle : « Peter ! Peter ! » Les gens me prennent pour une folle. Ils n'ont peut-être pas tort.*

Les visions s'espacèrent, pour cesser complètement au bout de quelques mois. Et puis, des années plus tard, Peter réapparut.

11 septembre 2016. Au MET pour essayer d'oublier cette fichue date. Je ne supporte pas d'être seule ce jour-là. Une jeune fille assoupie, *de Vermeer. Une servante somnole, assise à une table. J'ai dû voir ce tableau des dizaines de fois, mais il m'apparaît soudain différent, comme s'il était relié à mon état d'esprit. Il y a une bouteille de vin devant elle, et un verre à côté. On peut supposer qu'elle s'est endormie après avoir bu, commente une jeune guide bénévole à l'accent britannique. Puis elle ajoute que les rayons X ont révélé un homme dans l'encadrement de la porte derrière elle. Pour une raison inconnue, Vermeer l'a effacé. « Est-ce l'amant de la femme ? dit la guide. L'a-t-elle rêvé ? A-t-elle rêvé de lui ? C'est un instant volé au temps, un lieu entre la vie et la mort, le songe et l'oubli. »*

Ses paroles sont à la fois perturbantes et réconfortantes, car une absence sous-entend une présence. Son accent me fait penser à Julie Christie. Quel tableau fascinant ! Je prononce les mots dans ma tête avec sa voix, comme si je m'adressais à Donald Sutherland, et qu'ensemble nous parcourions les rues d'une Venise hantée.

C'est alors que Peter traverse la salle avec une femme et deux enfants. Je dévale l'escalier derrière eux et leur cours après. Il est vivant, il s'est remarié et il a une nouvelle famille. Je les rattrape au croisement. Je le tire par le bras. C'est Peter. Mais lui ne me connaît pas. Sa femme et ses enfants sont terrifiés.

À croire que la mort n'était qu'un tour de passe-passe, les artifices d'un sorcier cruel.

Au fil du temps, tout avait pris un aspect irréel : le mariage de Kit, Peter, sa disparition.

Elle éteignit la lumière et écarta les rideaux. Il y avait une silhouette sous un réverbère en face, une femme en manteau de laine avec un foulard sur la tête, qui semblait sortie d'une photo des années 1950 ou de la couverture d'un roman évoquant la solitude, une image susceptible d'attirer le regard sur une table de librairie. Elle vit que la femme hésitait à traverser, bien qu'il n'y eût pas de voiture. Manifestement, elle avait du mal à se décider.

Kit referma le rideau à l'instant où la sonnerie retentit dans l'appartement. Elle s'éclaircit la gorge avant d'appuyer sur le bouton de l'interphone.

— Oui, bonjour ?

— C'est… Mme Malone. Vous m'avez appelée hier.

Elle parlait si bas que Kit était obligée de tendre l'oreille.

— Je vous attendais.

Kit portait une tenue décontractée, mais sage, ses cheveux coiffés et attachés, à peine maquillée. Il n'y avait rien d'extravagant dans son apparence, rien qui pouvait se fixer dans la mémoire. Si elle avait l'air normale, les gens présumaient qu'elle l'était, pas une de ces sorcières hirsutes qui vous arrêtaient dans la rue, promettant l'amour et la fortune. Elle se racla encore une fois la gorge et ouvrit la porte de l'immeuble.

— Quatrième, appartement D.

Kit guetta le bruit des câbles qui hissaient l'ascenseur jusqu'à son étage. Lorsque Mme Malone apparut, elle se tenait dans le couloir pour l'accueillir. Elle tendit les deux mains et sourit. La première impression était essentielle.

— Bonjour, madame Malone. Brigid, c'est ça ? Lucy m'a parlé de vous. Vous êtes exactement telle qu'elle vous a décrite.

L'autre femme lui rendit son sourire.

— Ça ne m'étonne pas. Ma Lucy a toujours été une vraie pipelette.

Elles s'assirent dans un salon tapissé de bibliothèques. Deux lampes à abat-jour en soie créaient une ambiance chaleureuse et revêtaient d'une douce patine les boiseries, les livres et les cadres. Une photographie de Zoey à douze ans la montrait au piano, les doigts correctement placés, les yeux fixés sur la partition devant elle. Concentre-toi, concentre-toi, disait sa professeure de musique.

— C'est très joli chez vous.

— Merci.

Le regard de Brigid Malone s'arrêta sur Zoey.

— C'est votre fille ?

Kit sourit, hocha la tête.

— Elle est mignonne.

— Merci.

— Et… Elle est toujours parmi nous, j'espère ?

— Oui.

Oui et non, à vrai dire. Mais Kit ne souhaitait pas s'étendre sur le sujet.

— Et le piano, reprit la femme en joignant les mains. Vous en jouez ?

— Seulement ma fille. Je n'ai aucun talent musical, hélas.

Elle l'avait acheté pour cinq cents dollars à une école privée du quartier qui renouvelait ses instruments. Un quart-de-queue Knabe des années 1940 qui occupait la moitié de la pièce. Il était fermé et le resterait jusqu'au retour de Zoey. C'était de l'ordre de la superstition. Comme un silence sur une portée, un espace entre une note et la suivante. Depuis que sa fille était à l'hôpital, le piano était devenu un meuble négligé, désaccordé et encombrant.

— Prenons cinq minutes pour faire connaissance avant de commencer. Je peux vous offrir une tasse de thé ?

La visiteuse sourit. Elle était sous le charme.

— C'est bien aimable à vous, mais non, une prochaine fois peut-être. Au fait, ajouta-t-elle, ouvrant son sac pour en sortir un porte-monnaie. Combien est-ce que je vous dois ?

— Pour ce soir ? Rien du tout, madame. Comme je vous l'ai expliqué au téléphone, la première consultation est gratuite. Si vous décidez de revenir, j'accepte les dons. Vous êtes libre de donner ce que vous voulez, en fonction de ce que la séance vous a apporté. Je suggère un minimum de cent dollars. Le cas échéant, je vous invite à laisser la somme dans la corbeille qui se trouve sur la table, dans le coin.

Une trentaine de ces « dons » les bons mois, dont certains plus importants de ses clients réguliers. Ce n'était pas négligeable, mais entre les factures médicales et le remboursement de son emprunt, il ne lui restait jamais grand-chose.

La femme sourit encore.

— D'accord.

Elle referma son sac, regarda Kit.

— Dites-moi… Comment va-t-elle ? Vous entendez vraiment sa voix ?

— Mais oui, madame Malone. Très distinctement. Parfois, nos morts ont l'âge qu'ils avaient au moment de leur disparition. D'autres fois, ce sont des enfants. Le temps n'existe pas pour eux. Les esprits vivent dans le passé, le présent et l'avenir.

Le laïus était bien rodé. Il semblait réconforter les gens.

— Est-ce qu'ils voient ce que nous allons devenir ?

Kit acquiesça.

— Ils voient tout, hier comme demain. Et ils sont toujours avec nous. Ils restent proches de l'endroit où ils vivaient, de ceux qu'ils aiment. Parfois, je pense même qu'ils ont l'impression que ce sont les vivants qui les hantent.

— C'est un réconfort, dit Mme Malone, les yeux écarquillés par ce qui ressemblait à de l'émerveillement. De se dire qu'ils veillent sur nous.

— Lucy m'a confié qu'elle était partie très vite. Qu'elle ne savait pas trop ce qui s'était passé, au début, mais qu'elle avait fini par se souvenir du dernier jour.

— Est-ce qu'elle en a parlé ?

— Non. J'ai l'impression que les événements ont été traumatisants, en particulier pour vous. Elle a eu du mal à quitter ce monde. Elle a dû se faire violence. Elle m'a dit qu'elle se sentait coupable de vous avoir fait subir ça.

— Les médecins n'ont jamais bien compris.

— Je sais. Lucy m'a tout raconté.

7

— Tout allait bien ce jour-là, dit Mme Malone. Elle était à son cours de danse classique… Qu'est-ce qui ne va pas ? Vous vous sentez mal ?

Kit s'était renversée en arrière. Son corps était secoué de spasmes. Elle se redressa brutalement.

— Elle est proche… Si proche, dit-elle d'une voix douce.

— Elle…

— Oui ? fit Kit, inclinant la tête comme pour écouter. Oui, je t'entends, Lucy… C'est le moment, madame Malone.

Elle conduisit sa cliente dans la salle de consultation, une ancienne chambre à peine plus grande qu'un débarras, convertie en cabinet douillet et intime, avec une petite table ronde recouverte d'un tissu de soie. Au centre se trouvait une bougie blanche à la mèche courte, dont la flamme fine et droite semblait peinte sur l'air. La fenêtre était dissimulée par des tentures grises qui tombaient jusqu'au sol. Les murs étaient nus, sans rien pour distraire l'esprit. Il n'y avait que l'ombre des deux femmes projetée par la bougie. Une scène qui aurait pu avoir lieu il y a trois cents ans et pourrait se tenir dans dix ans.

Elles s'assirent face à face. Kit tendit les mains, sentit les paumes sèches de la vieille dame se poser sur les siennes.

— Concentrez-vous sur la flamme. Ceux que nous aimons sont autour de nous. Ils ne nous quittent jamais. Nous devons nous souvenir et croire. C'est ce qui les attire vers nous. La fidélité et la mémoire. Le voile qui nous sépare est aussi léger que l'air que nous respirons. Appelons Lucy.

Elle laissa passer quelques secondes, avant de reprendre d'une voix douce.

— Lucy ? Tu es toujours là ? C'est Kit. Nous nous sommes parlé hier, tu t'en souviens ?

Elle s'interrompit, l'air d'écouter quelque chose.

— Oui, bien sûr, reprit-elle. Quoi ? Non, mais j'ai une surprise pour toi. Je suis avec quelqu'un qui souhaite te parler. Je la vois, maintenant, souffla-t-elle à Mme Malone. C'est brumeux, flou… mais je la vois… C'est une enfant. Une jolie petite fille. Une petite fille heureuse.

La femme porta une main à sa poitrine.

— Ma Lucy !

La respiration de Kit devint plus ample, et un sourire passa sur ses lèvres.

— Oui… La voilà… dans une jolie robe blanche…

— Elle est là ?

— Non, ce n'est pas une inconnue, Lucy. C'est quelqu'un à qui tu manques beaucoup. Qui t'aime autant aujourd'hui que du temps où tu étais parmi nous. Tu la reconnais ?

Kit savait que Mme Malone devait tourner la tête, chercher sa fille. Elle posa sur la femme un regard lointain.

— Elle vous voit. Vous la sentez dans l'air, non ? Une chaleur, la sensation de quelque chose de vivant, tout proche.

— Est-ce que je vais lui parler ?

— À travers moi, et seulement lorsqu'elle sera prête. En ce moment, c'est une enfant, elle est timide, vous devez vous en souvenir.

— Oh oui, pour ça, elle était timide !

— Tu as de très beaux cheveux roux. Et cette couronne de fleurs avec des rubans…

Kit avait lâché la main de la femme et ses doigts bougeaient délicatement dans l'air.

— Qu'est-ce que tu fais ? Non, ne me remercie pas, Lucy. Je suis heureuse de pouvoir vous réunir.

— C'est merveilleux, dit la visiteuse en faisant le signe de croix.

— Lucy est à côté de nous. Je pourrais la toucher.

Sous les yeux fascinés de Mme Malone, Kit tendit la

main dans l'obscurité, au-delà du halo de la bougie, et fit mine de pincer l'air délicatement du bout des doigts.

— Je veux la toucher moi aussi, ma petite chérie.

— N'oubliez pas que c'est un esprit immatériel. C'est ce que vous sentirez, pas son être physique. Attendez... Attendez... Elle demande si Delilah... C'est bien ça, Lucy ?

— Delia, rectifia Mme Malone, criant presque. Ma sœur, sa tante...

— Lucy veut savoir si ça embête Delia qu'elle porte la jolie robe qu'elle lui avait faite.

Mme Malone se redressa sur sa chaise.

— Celle avec le col en dentelle ? La robe dans laquelle on l'a enterrée ?

Kit fit encore mine d'écouter.

— Oui. Celle avec la dentelle.

Entre ses paupières mi-closes, elle surveillait Mme Malone, apparemment transportée par cette vision.

— Si vous pouviez voir l'amour dans ses yeux. Elle est libre, à présent. Plus de douleur. Plus de tristesse. Elle ne veut pas que vous vous inquiétiez pour elle. Là où elle est, il n'y a pas de souffrance, pas de chagrin.

Kit rit – un gloussement – puis parla d'une voix de fillette avec un accent irlandais.

— Je veux danser, m'man. Je veux danser toute la journée !

Les yeux de la femme s'emplirent de larmes.

— C'est elle, ma petite fille. Arrête-toi un instant, ma chérie. Arrête-toi et laisse-moi te prendre la main. Je peux ?

— Elle est partie, dit Kit au bout de quelques secondes.

— Pas définitivement, quand même ?

Mme Malone s'était à demi levée de sa chaise.

— Rien dans ce monde ni dans l'autre ne peut séparer une mère de sa fille. Maintenant, je suis fatiguée. J'ai besoin de me reposer.

— J'aimerais beaucoup revenir vous voir pour parler à ma fille.

— Quand vous voulez.

— Je vous paierai à ce moment-là ?

Kit sourit et lui tendit une carte de visite, où figuraient seulement son nom, son adresse, son téléphone et son e-mail.

— Appelez-moi, madame. Je suis heureuse de vous avoir permis de passer un petit moment en compagnie de Lucy.

Elle savait que la femme reviendrait, peut-être souvent. L'année avait été difficile et Kit n'arrivait plus à rembourser son emprunt. Elle avait déjà dû supplier qu'on lui accorde un délai supplémentaire. Elle risquait de perdre l'appartement. Et après, où irait-elle ? Avec Zoey à l'hôpital, c'était tout vu : si elle était expulsée, sa fille était condamnée.

Elle jeta un coup d'œil par la fenêtre. La femme traversa la rue et prit la direction de la station de métro avant de se fondre dans l'obscurité. Le chagrin de Mme Malone la touchait et si elle pouvait la soulager, ne serait-ce que pendant quelques minutes, quel mal y avait-il à cela ?

Elle aurait aimé qu'on en fasse autant pour elle.

8

C'était comme une scène tirée d'un rêve. Un film vu à travers le voile du souvenir. Elle se le repassa encore dans son bain, après le départ de Mme Malone.

Trois ans plus tôt, Kit descendait les marches de la station Columbia University derrière Zoey qui trépignait d'impatience. Elles allaient à Carnegie Hall. Sa fille attendait ce concert depuis des mois, car le pianiste András Schiff allait jouer une sonate de Mozart qu'elle travaillait. C'était Mme Fischer, sa professeure de piano, qui lui avait proposé d'étudier la pièce avant le récital.

— Ce sera intéressant pour vous de voir comment un virtuose l'interprète. En ce qui me concerne, j'ai beaucoup écouté Mozart quand j'étais très jeune, à votre âge ou un peu plus. Mais mes goûts ont évolué. Aujourd'hui, je préfère Bach, Chopin ou Debussy. Et je jouerai Bach jusqu'à ce que mes doigts ne sentent plus les touches. Une musique qui aide à vieillir et à devenir sage, ajouta-t-elle en riant. Mais je pense que vous êtes prête pour

Mozart. Nous pourrions attaquer dès la semaine prochaine. Attendez, j'ai ce qu'il vous faut.

Elle s'approcha d'un meuble classeur et fouilla dans une série de pochettes.

— Voilà. Vous allez pouvoir commencer à vous exercer, à la sentir. D'ici le récital, vous serez peut-être capable de l'interpréter en entier.

Zoey voyait distinctement la partition dans son esprit, et s'imaginait suivre la musique avec Schiff, remuant discrètement les doigts : un piano fantôme rien qu'à elle.

C'était l'heure de pointe. Le métro avait du retard, et les voyageurs ne cessaient d'affluer sur le quai déjà bondé. La plupart avaient des écouteurs ou un casque sur les oreilles, et ceux qui ne bavardaient pas étaient absorbés par un écran. Zoey observait un couple à quelques mètres. La femme était blonde, avec une coupe courte, beaucoup plus chic que sa propre crinière bouclée qui lui attirait parfois les moqueries de ses camarades. Zoey aurait aimé lui ressembler. Elle arrivait à l'âge ingrat. Un peu trop grande, un peu trop maigre, la poitrine plate et beaucoup trop timide, elle se sentait complexée.

La femme portait un jean skinny, des bottines, une veste en daim et des mitaines en laine. L'homme qui la tenait par la taille était en blouson de cuir et coiffé d'un petit bonnet noir. Elle leva les yeux vers lui et il posa ses lèvres sur les siennes, avant de lui murmurer quelques mots à l'oreille.

Un courant d'air annonça l'arrivée d'un train. Les gens commençaient à relever la tête de leur téléphone. Et soudain, Kit se rendit compte que sa fille gisait par terre. Elle suffoquait, les yeux révulsés, puis elle perdit connaissance. Autour d'elle fusaient des cris et des pleurs. On disait qu'une femme était tombée sur les rails. On indiquait la voie et on détournait le regard, tandis que Kit suppliait qu'on appelle une ambulance. À l'hôpital, on découvrit que la tête de Zoey avait violemment heurté le quai et qu'elle souffrait d'un traumatisme crânien qui affectait le tronc cérébral. Trois ans plus tard, elle flottait toujours à la lisière de la conscience.

Par moments, on avait l'impression qu'elle allait se réveiller. Elle ouvrait les yeux, examinait sa chambre, le soleil de l'autre côté de la fenêtre, les rediffusions de séries comiques à la télé, le visage de sa mère. Puis son regard s'éteignait, ses paupières papillotaient et elle se retirait tout au fond d'elle-même.

Zoey avait dix-sept ans à présent. Souvent, Kit se demandait si sa fille savait ce qui lui était arrivé, si son cerveau toujours actif rejouait inlassablement ces dernières minutes dans la station de métro, ou si elle était ailleurs, menant une existence spectrale quelque part entre la vie et la mort.

Assise à son chevet, à l'hôpital Mount Sinai, elle lui parlait de tout ce qui lui passait par la tête. Elle lui faisait écouter ses morceaux préférés sur son iPhone et guettait un signe indiquant qu'elle percevait sa présence. De temps en temps, une paupière frémissait – un espoir qui s'éteignait aussi vite qu'il était apparu, pareil à une étoile lointaine engloutie par la nuit. D'autres fois, elle ouvrait grand les yeux et dévisageait sa mère avec curiosité, comme si elle ne l'avait jamais vue.

C'est ce qui avait attiré Kit vers les personnes endeuillées. Ça et Peter, bien sûr. Parmi ses premiers clients, beaucoup avaient perdu un être cher dans les attentats de 2001, brutalement, sans avertissement, comme elle. Ils avaient quelque chose de très intime en commun, et elle ressuscitait les morts pour eux. Jusque-là, elle n'avait jamais déçu personne. Sauf elle-même.

Allongée dans son bain, les yeux fermés, elle savourait le silence que seul troublait le clapotis de l'eau. Elle ignorait pourquoi elle se sentait plus fatiguée que d'habitude après sa séance avec Brigid Malone. Un bruit l'arracha soudain à sa somnolence.

Il y avait quelqu'un dans l'appartement.

9

Un pas ; puis un autre.

Le sifflement léger de quelqu'un qui reprenait son souffle.

Kit se leva rapidement et saisit la serviette accrochée à côté de la baignoire.

Madame…

Est-ce qu'elle avait bien entendu ?

Je…

— Qui est là ? dit-elle d'une voix forte.

Il y eut un choc sourd, comme si quelqu'un était tombé ou avait renversé une chaise.

— Que voulez-vous ?

Elle enjamba le rebord de la baignoire et ferma le verrou. Elle sentit sa respiration accélérer. Gagnée par la panique, elle était incapable de réfléchir rationnellement.

— C'est moi, Brigid. Madame Capriol, c'est Brigid Malone.

— Qu'est-ce que… qu'est-ce que vous faites ici ?

— J'allais rentrer chez moi, et puis j'ai décidé que je voulais vous payer pour ce soir.

— Comment êtes-vous entrée ?

— Un homme sortait de l'immeuble au moment où j'arrivais. Il m'a tenu la porte. J'ai frappé chez vous, mais personne n'a répondu, alors je me suis dit…

— Je vous ai demandé comment vous étiez entrée dans mon appartement.

— Ce n'était pas fermé. J'ai juste poussé la porte. J'ai cru que vous l'aviez fait exprès, parce que vous vous doutiez que j'allais revenir. Je suis désolée, je ne voulais pas vous faire peur.

Kit se ressaisit. Ne jamais éconduire un client, pensa-t-elle.

— Un instant, j'arrive.

Elle enfila son peignoir, déverrouilla et ouvrit brutalement la porte de la salle de bains. Surprise, la femme faillit perdre l'équilibre. Kit la rattrapa.

— Vous ne devriez pas entrer chez les gens comme ça. J'aurais pu être armée. Un jour, vous vous ferez tirer dessus.

Mme Malone laissa échapper un petit rire.

— Quelle idée ! Qui irait tirer sur une vieille dame ?

Elle sortit de sa poche des billets pliés et essaya de les fourrer dans la main de Kit.

— C'est pour vous remercier de m'avoir rendu ma fille pendant quelques instants.

Kit la regarda, décontenancée.

— Non, madame Malone. Comme je vous l'ai expliqué, la première séance est gratuite. Si vous souhaitez revenir, vous êtes libre de faire un don. Mais pas ce soir.

— J'insiste.

Elle mit les mains derrière son dos. Toute cette histoire était décidément très étrange. Elle n'avait pas eu le temps de gagner sa confiance. Il y avait des étapes à respecter. On ne savait jamais ce que cherchaient réellement les clients.

— Je vais vous les jeter dessus.

— Je ne les ramasserai pas.

La bouche de la femme se pinça. Ce n'était plus la pauvre petite dame bouleversée par le retour de sa fille ; c'était une personne hargneuse, dure. Amère, c'était le mot.

Kit lui ouvrit la porte et la regarda se diriger à petits pas décidés vers l'ascenseur.

Tout le monde joue un rôle, songea-t-elle.

10

Brigid Malone monta dans la Buick garée au coin de la rue.

— Vous avez été longue, lui fit remarquer le policier.

— Je voulais qu'on en finisse. Mais je n'étais pas fière. C'est une gentille jeune femme, vous savez.

— Alors ? dit-il sans la regarder.

— Comme elle refusait que je la paie, j'y suis retournée. Je pensais juste lui laisser l'argent.

— Ne me dites pas que c'est ce que vous avez fait ?

— Non, je n'ai pas oublié les consignes.

— Est-ce qu'elle a réclamé une somme précise ?

— La prochaine fois, je suis censée déposer un don de cent dollars dans une corbeille.

— La prochaine fois, marmonna-t-il. Vous avez bien compris qu'elle devait prendre l'argent dans votre main pour que je puisse procéder à une arrestation ? Il ne suffit pas de laisser des billets dans un panier. Il faut qu'il y ait une demande claire. Et vous étiez censée régler ça aujourd'hui, pas à la Saint-Glinglin.

— Je sais, c'est juste que...

Il se tourna vers elle.

— C'est la procédure, point.

Il démarra pour la reconduire chez elle. Son haleine empestait le whisky. Le whisky et la corruption.

— Vous êtes allée voir un prêtre ?

C'était bien ce qui la chagrinait.

— Mentir à un homme d'Église... Je me suis sentie sale.

— Vous lui avez parlé de ce que vous comptiez faire ?

Elle demeura silencieuse.

— Vous lui avez dit ?

— Il n'a pas eu l'air plus choqué que ça.

— Parce qu'on risque d'avoir besoin de lui. On lui demandera peut-être de témoigner. Si vous avez mauvaise conscience, n'oubliez pas qu'elle profite du malheur des gens. C'est une arnaqueuse qui raconte aux parents en deuil qu'elle peut parler à leur enfant mort. Aux veufs qu'elle peut communiquer avec leur femme.

— C'est un prêtre. Il n'a pas le droit de répéter ce que je lui ai dit.

— Vous étiez dans un confessionnal ?

Elle hésita.

— Non. Dans son bureau. C'était une simple conversation.

— Parfait. Vous avez retenu son nom ?

— Italien, comme vous. Un jeune homme charmant. Je n'ai plus son nom en tête, mais ça me reviendra sûrement.

Un peu moins d'une demi-heure plus tard, ils arrivaient au pied de son immeuble, dans la 11e Avenue. Il regarda les magasins au rez-de-chaussée. La devanture de Ray's Finest Pizza était condamnée par des planches. À côté, il y avait une supérette appelée Two Brothers Fancy Gourmet. Sur le trottoir, un Noir maigre en veste de survêtement Nike leur adressa un sourire. Un mince filet de fumée s'échappait de ses lèvres, comme s'il était en feu à l'intérieur.

— Vous me devez quelque chose, non ? demanda Brigid avant de descendre.

— Vous avez encore l'argent que je vous avais donné pour payer la femme ?

Elle lui tendit les billets sans le regarder.

— Gardez tout. Maintenant, rentrez chez vous et oubliez ce qui s'est passé. Surtout ne parlez à personne de la fausse annonce dans le journal. Et rendez-moi le dictaphone.

Elle sortit le petit magnétophone de son sac. Il l'examina et fronça les sourcils. Elle ne s'en était pas servie.

— Ce n'est pas ce qui était convenu

Elle ne répondit pas tout de suite.

— Elle avait l'air sincère.

— Elle s'est moquée de vous, Brigid. C'est une manipulatrice.

— Je crois qu'elle dit la vérité. Qu'elle peut vraiment communiquer avec les morts.

— Rentrez chez vous, Brigid.

Elle ouvrit la portière et se remit péniblement sur ses jambes chancelantes.

— C'est fini, dit-elle. Trouvez quelqu'un d'autre pour faire votre sale boulot.

11

Kit avait longtemps détesté la professeure de piano de sa fille. Célèbre dans son pays natal, la Hongrie, et respectée en Europe comme aux États-Unis, Mme Fischer avait bâti sa réputation sur un trait commun à de nombreux mentors artistiques : une discipline de fer à la limite de la brutalité, qui n'inspirait que du mépris à la jeune femme.

Chaque semaine, elle accompagnait Zoey chez Mme Fischer, sur West End Avenue, et patientait dans la salle d'attente, une pièce carrelée froide, avec quelques chaises dépareillées et une tapisserie défraîchie ornée de notes et de portées, lisant un livre ou feuilletant un magazine vieux de plusieurs mois, pris sur la table dans le coin. L'unique ouverture donnait sur un puits d'aération. Il flottait dans les toilettes un parfum douceâtre de désodorisant. Elle entendait tout : les qualificatifs désobligeants – paresseuse, distraite, imbécile, idiote – et les ultimatums : si elle continuait comme ça, inutile de revenir. C'était tout juste si elle ne menaçait pas de jeter son élève par la fenêtre. Et à ces vexations, sa fille répondait docilement : Oui. D'accord. Je sais. Je vais essayer.

— Essayer ? Je ne vous demande pas d'essayer. Je vous demande de *faire*. Aucun musicien digne de ce nom ne se contente d'essayer. Rubinstein n'a jamais essayé. Horowitz n'a jamais essayé. Vous croyez que Glenn Gould essayait ? Ha ! Maintenant, vous allez faire et refaire ce passage jusqu'à ce que ça rentre.

Kit avait croisé des metteurs en scène de ce genre, des médiocres qui rêvaient de devenir le nouveau génie despotique des planches, tantôt invectivant les acteurs principaux, tantôt couchant avec les seconds rôles. À force, elle avait appris à faire le tri dans les insultes et à ne garder que ce qui était utile. Au bout du compte, avait-elle découvert, ces fulminations n'étaient souvent qu'un écran de fumée dissimulant leur ignorance. Ils attendaient simplement que les acteurs trouvent la réponse par eux-mêmes.

Mais, au fil des mois, elle avait fini par apprécier la professeure de piano, et la discipline précieuse qu'elle inculquait à sa fille.

À la fin de chaque leçon, Mme Fischer – toujours Mme Fischer, jamais Frida – raccompagnait Zoey dans la salle d'attente. Kit avait droit à un sourire et à quelques mots élogieux sur sa fille, comme s'il ne s'était rien passé de spécial dans le salon qui lui servait de salle de cours.

— Ma foi, notre Zoey se débrouille bien. Vous devez vous en rendre compte quand elle s'exerce le soir, madame Capriol. Votre fille a du talent. Elle se distinguera sur scène un jour, j'en suis sûre. Mais pour cela, il faut travailler. Elle s'exerce bien une heure par jour ? Parce que sinon, tout ce que nous faisons ici ne sert à rien, n'est-ce pas, ma chère petite ?

— Une heure, acquiesçait sagement Zoey.

La fillette se rendit à ses cours tous les mercredis après-midi pendant quelques années, jusqu'au jour où les insultes cessèrent totalement. Une relation de respect mutuel s'était installée entre la professeure et son élève. Les encouragements et les suggestions avaient remplacé les cris et les menaces. « Oui, c'est une manière de jouer ce passage, et c'est très intéressant, je dois le reconnaître. Mais essayons un doigté un peu différent. »

Après l'accident, Mme Fischer était venue la voir quelques fois à l'hôpital. Un jour, elle avait sorti son téléphone pour lui faire écouter en sourdine un enregistrement de la sonate de Mozart sur laquelle elle travaillait. Elle l'avait coupée au bout de quelques minutes.

— Voilà ce dont vous êtes capable, ma chère enfant. Et j'aurai toujours une place pour vous à votre réveil. Vous serez musicienne. Vous réussirez. Et nous reprendrons la pièce de Beethoven que nous venions de commencer.

Elle se pencha pour déposer un baiser sur sa joue.

— La « Sonate au clair de lune », précisa-t-elle pour Kit. Elle voulait l'apprendre et je me suis dit, ma foi, pourquoi pas, ce n'est pas une mauvaise idée. Un jour, madame Capriol, elle vous jouera cette sonate.

— Elle a l'air en forme, assura l'infirmière.

Diane Carlson s'occupait de Zoey depuis son admission à l'hôpital, trois ans plus tôt. Kit lui rendait visite deux ou trois fois par semaine, même si elle répétait, même si elle ne pouvait passer que vingt minutes à son chevet. Et elle avait appris à se fier au jugement de Diane.

— Elle a des couleurs, au moins, dit Kit, qui s'accrochait au moindre progrès.

— Et ses signes vitaux sont restés remarquablement stables. C'est étrange. Je viens de m'en rendre compte, reprit l'infirmière, son regard allant de l'une à l'autre. Vous pourriez être sœurs, tellement vous vous ressemblez.

— Je serais heureuse si j'étais seulement à moitié aussi belle que Zoey.

Kit savait que, même dans son état, sa fille pourrait lui survivre. Que se passerait-il si un jour elle se réveillait de son coma et ne trouvait personne pour s'occuper d'elle ? Son père était mort avant sa naissance, et Kit pouvait disparaître. Le médecin de Zoey, le Dr Phil Roman, avait reconnu que son cas était inhabituel. Le traumatisme causé par la chute – son crâne avait violemment heurté le quai – se compliquait peut-être d'un choc psychologique. Elle avait sans doute vu la femme tomber sur les rails. « Difficile de savoir. C'est comme les adolescents qui dorment beaucoup. Peut-être qu'ils sont fatigués. Ou peut-être qu'ils veulent fuir la réalité. »

Kit s'assit à côté du lit et prit la main flasque de sa fille dans la sienne.

— Zoey, c'est maman.

Elle scrutait son visage, sa peau aussi lisse que celle d'un enfant. Ses yeux étaient ouverts et elle semblait regarder sa mère. Mais il n'y avait aucune étincelle, rien n'indiquant qu'elle la reconnaissait.

Kit effleura sa joue et sentit sa chaleur. Elle est vivante, se répétait-elle, et c'était déjà quelque chose. « Donc, c'est un genre de coma superficiel ? » avait-elle demandé au médecin. « Je ne peux rien affirmer. Mais j'aurais presque envie de dire qu'elle est à la fois consciente et inconsciente. Dans un état intermédiaire, si vous voulez. Mais c'est à prendre avec beaucoup de réserves. Ce n'est pas un diagnostic médical, juste une intuition. »

Kit avait longuement réfléchi, puis avait rejeté cette idée. Elle en avait assez des incantations magiques, de se persuader qu'il suffisait d'y croire pour ramener sa fille à la vie.

Elle leva les yeux vers l'infirmière.

— Je sais que je vous l'ai déjà demandé cent fois, mais, à votre avis, elle m'entend ?

— Nous n'avons aucun moyen d'en être certains. Mais c'est important de lui parler. Pour elle et pour vous. Je le fais constamment. Quand je m'occupe d'elle, quand je fais sa toilette, je lui raconte des anecdotes sur mon quotidien, mon mari, mes enfants. Je lui confie des petits secrets. Je me plains beaucoup, je dois l'avouer. De mes trajets, du temps, de ma famille, de mon chien trop exubérant. Bizarrement, je trouve ça thérapeutique, ajouta-t-elle en riant. Même si je ne sais pas ce qu'elle en retient. Mais ne vous laissez pas décourager, Kit. Il y a de l'espoir. Son état est stable. Elle semble en bonne santé, son cerveau est actif…

— Elle rêve ?

— Peut-être qu'elle est en train de rêver de vous en ce moment même. On dit que les stimuli extérieurs peuvent pénétrer la conscience des patients. Que les bruits et les souvenirs peuvent se mêler à leurs rêves.

— Donc, en fait, elle rêve constamment ?

— Elle doit passer par des phases, comme quand on dort. En tout cas, si elle rêve, je suis sûre que c'est souvent de vous.

Un monde parallèle pour Kit. Une seconde existence dans les songes d'une jeune fille.

— Racontez-lui une histoire. Qu'elle entende votre voix. Je vais vous laisser seules.

— S'il vous plaît, restez encore un peu. J'ai l'impression que vous faites partie de la famille, maintenant.

L'infirmière prit une chaise et s'assit de l'autre côté du lit. Kit réfléchit quelques instants.

— Je vais te raconter une anecdote au sujet de ton papa, Zoey. Il devait avoir onze ans. Sa tante était venue rendre visite à sa mère. Elle se garait toujours dans l'allée et laissait les clés sur le contact. Ce jour-là, donc, ton père a décidé de s'asseoir au volant, juste pour s'amuser. Pour jouer au grand. Il a tourné la clé et le moteur a démarré. Il a fait une marche arrière et il a pris une rue en sens interdit. Il était terrorisé, mais il a réussi à faire le tour du pâté de maisons. Il est revenu à son point de départ et il s'est garé dans l'allée, soulagé de s'en être tiré à si bon compte. Sa tante est sortie et elle est rentrée chez elle sans se douter de quoi que ce soit. Quant à ton père, il est resté un conducteur lamentable.

Zoey était demeurée impassible pendant son récit.

— Elle a peut-être entendu chacune de vos paroles, dit Diane. J'espère que vous le saurez un jour.

— Bon, je vais y aller. Je repasserai jeudi.

Elle fut interpellée par la directrice financière alors qu'elle s'apprêtait à quitter l'hôpital. Kit, qui l'avait repérée du coin de l'œil, accéléra dans l'espoir de l'éviter, mais l'autre lui fondit dessus.

— Vous m'épargnez un appel téléphonique. Est-ce que vous auriez dix minutes ? Je peux vous voir demain, si vous n'avez pas le temps aujourd'hui.

— Je sais ce que vous allez me dire, soupira Kit, qui avait déjà eu cette conversation avec elle.

— Allons dans mon bureau, nous serons plus tranquilles.

Kit la suivit et s'assit en face d'elle. Elle connaissait bien cette pièce et, de manière un peu irrationnelle, avait pris en horreur les tentatives de la femme pour personnaliser les lieux. Les photos affichées sur un panneau : nièces, neveux, petits-enfants, amis buvant des cocktails dans lesquels étaient piquées de petites ombrelles, bébés avec une tétine dans la bouche. Sur le bureau se trouvaient un écran et un clavier, un pot à crayons métallique, un joueur de base-ball qui balançait la tête, et à qui ni Kit ni Zoey n'auraient su donner un nom. Une banderole des Mets était tendue au mur. Tous ces souvenirs et ces bibelots qui n'avaient de sens que pour elle étaient-ils censés mettre à l'aise les gens convoqués dans cette sordide petite pièce aveugle ?

Elle jeta un coup d'œil à son ordinateur.

— Je ne vois nulle part votre règlement pour le mois dernier, madame Capriol. À moins bien sûr que le chèque soit déjà au courrier, ajouta-t-elle, posant sur Kit son légendaire regard implacable.

— Je sais que j'ai du retard. C'est un peu compliqué en ce moment. J'espérais que vous pourriez m'accorder un petit délai supplémentaire.

— Encore ?

— S'il vous plaît.

— Nous en avons discuté à plusieurs reprises depuis que votre fille est chez nous.

— Je sais…

— Cela devient récurrent.

— Je veux simplement qu'on trouve une solution. Je vous promets que je ne vais pas faire de scène, cette fois.

Leur dernier échange avait été particulièrement houleux. C'était d'autant plus perturbant pour Kit qu'elle avait eu l'impression de se dédoubler. Elle se regardait tempêter et vociférer, comme si elle jouait dans une suite des *Sorcières de Salem*. Mais après, elle s'était sentie infiniment mieux. Ce n'était pas tous les jours qu'on pouvait se permettre de traiter une directrice financière de vieille bique frigide avant de sortir en claquant la porte. Elle s'était même offert un dry martini bien mérité au Bemelmans, le très chic bar de l'hôtel Carlyle.

— Je suis consciente que vous êtes dans une situation délicate. Et vous pouvez être sûre que votre fille reçoit les meilleurs soins dans cet établissement. Mais tout cela a un coût, comme vous le savez, et c'est à moi de vous le rappeler, même si, croyez-moi, ce n'est pas de gaieté de cœur.

Elle croisa les mains devant elle, comme pour montrer à Kit qu'on était entre gens civilisés et qu'elle n'allait pas recourir à la violence.

— Je vois dans votre dossier que vous êtes toujours

sans emploi… À moins qu'il n'y ait du nouveau de ce côté ?

— Vous savez que je suis comédienne. Je peux passer un an sans contrat, perdre mon assurance-maladie dans les deux syndicats d'acteurs dont je fais partie parce que je n'ai pas eu d'engagement pendant un moment, et du jour au lendemain me retrouver sur scène à Broadway ou dans une série télé.

Il s'était écoulé plus d'un mois depuis sa dernière audition sérieuse. C'était pour *Seule dans la nuit*, qui se montait au Belasco. Elle n'avait pas été surprise de voir une trentaine d'autres comédiennes, dont quatre têtes d'affiche de Broadway, postuler pour le rôle de la jeune aveugle Susy Hendrix, jouée par Audrey Hepburn dans l'adaptation cinématographique de la pièce.

Elle avait passé une semaine à répéter la scène et se sentait assez sûre d'elle. Elle pensait être capable d'incarner une aveugle convaincante. Ce n'était pas si différent de ce qu'elle faisait lors de ses séances de spiritisme, quand ses yeux se voilaient et semblaient contempler une dimension interdite.

Après avoir remercié les cinq premières candidates avec les habituels compliments polis, le metteur en scène avait soudain interrompu l'audition pour annoncer que leur choix s'était arrêté sur une femme qui n'était même pas présente. C'était bien sûr une actrice déjà connue au théâtre et à la télévision, un nom susceptible de remplir la salle.

Encore une journée de perdue. Kit était rentrée en métro. Elle était descendue à la station où Zoey s'était effondrée. Parfois, elle se tenait à l'endroit où elles se trouvaient ce soir-là, essayant de se mettre à la place de sa fille, de comprendre ce qui s'était passé. Tout ce que Kit savait, c'est qu'une femme avait perdu l'équilibre et qu'elle était tombée sur la voie. Et Zoey avait manifestement assisté au drame, alors qu'elle-même n'avait rien vu. On baisse les yeux, on est distrait un instant, et quelqu'un disparaît à jamais.

Sa situation financière devenait très préoccupante. Après deux mois prometteurs, avec parfois trois consultations par semaine, c'était le calme plat. Quand elle avait commencé, juste après l'accident, Kit gagnait bien sa vie. Les familles des victimes du 11-Septembre constituaient la majeure partie de sa clientèle ; d'autres avaient perdu des proches en Afghanistan. Sans corps, sans même une trace d'ADN, on pouvait imaginer que la personne était encore vivante, même si, comme Kit, ses clients savaient à quoi s'en tenir dans leur for intérieur. La mort n'est pas la fin, leur disait-elle, et ils hochaient la tête, car toujours ils voulaient croire.

Grâce au pouvoir de suggestion, elle avait seulement besoin d'une silhouette et de quelques éléments sur la vie du défunt pour lui donner chair et remplir les vides.

Quand elle entendait l'étonnement ravi du client, qui reconnaissait des intonations, des expressions du visage et parfois même des gestes, alors elle savait qu'elle était tombée juste et qu'elle avait ressuscité l'être cher.

Elle ne les comprenait que trop bien. Le chagrin avait été son compagnon pendant longtemps. Ils dînaient, couraient, dormaient et rêvaient ensemble. Après tout, elle ne faisait rien d'autre qu'aider les gens à croire que ceux qu'ils aimaient n'étaient pas perdus à jamais.

— Qu'est-ce que vous proposez ? demanda-t-elle à la directrice financière. Que je laisse mourir ma fille ?

— Voyons, madame Capriol, il ne faut pas dire des choses pareilles. Récapitulons votre situation. Vous avez actuellement un mois de retard. Encore un mois, j'ai les mains liées, comprenez-moi, encore un mois, donc, et nous serons contraints de transmettre votre dossier à une agence de recouvrement.

— Et ma fille…

Elle se voyait déjà pousser un fauteuil roulant dans Madison Avenue pour la ramener chez elle.

— Un instant.

La femme faisait défiler les pages sur l'écran.

— Ah. C'est une information qui m'avait échappé, dit-elle d'une voix soudain adoucie. J'ignorais que votre époux était mort dans les attentats… Je vous prie de m'excuser. Je n'aurais pas dû être aussi abrupte. Je n'avais pas mesuré… Il y a peut-être un héritage ? Une aide du gouvernement ?

— Pas grand-chose. Et il n'avait pas d'assurance vie. Il était cuisinier à Windows on the World. Il venait de commencer. Avant, il travaillait dans un restaurant à Westchester. C'est un habitué qui l'avait recommandé. Nous étions heureux quand il a été embauché. Il était mieux payé et nous avions emménagé à Manhattan. Ce jour-là, il était du matin…

Il était inutile d'en dire plus.

— Je compatis, madame Capriol. Toutes mes condoléances.

— On n'a jamais retrouvé le corps. Il n'y avait… rien.

La femme posa son stylo.

— Je me rends compte que votre assurance-maladie, quelle qu'elle soit, ne peut pas couvrir tous les frais, et je sais que cela peut être très dur. Est-ce que vous pouvez me promettre que vous allez nous régler au moins une partie de la somme très vite ? Le cas échéant, je pense que je peux trouver une solution. En fait, ajouta-t-elle en souriant, je suis sûre que je trouverai une solution.

— Je vous remercie infiniment. Je vais faire le maximum.

Kit se leva et rentra chez elle avec sa promesse creuse.

12

La sonnerie du téléphone retentit à l'instant où elle pénétrait dans l'appartement. Elle posa son sac.

— Kit Capriol.

Elle écouta. Enfin, les affaires reprennent, songea-t-elle.

— Un instant, je vais chercher un stylo.

Elle se rendit dans la petite cuisine et prit un bloc-notes. *Tony DeLuca*, écrivit-elle.

— Voilà…

En dessous, elle ajouta *Angela*. Puis : *épouse. 11-Septembre. Cantor Fitzgerald, 102ᵉ étage, Tour N.*

Juste un peu plus bas que Peter, pensa-t-elle.

— Excusez-moi, mais je suis déjà en ligne… Monsieur DeLuca, dit-elle, vérifiant le nom qu'elle avait écrit. Puis-je vous rappeler dans cinq minutes ?

Elle nota son numéro. L'un des tubes fluorescents au plafond clignotait. Elle le regarda grésiller une dernière fois avant qu'il ne meure, puis elle coupa la lumière.

Elle s'assit à la petite table où se trouvaient son ordinateur et les documents qu'elle avait l'habitude de consulter. Le livre du *New York Times* avec les portraits de victimes du 11-Septembre s'ouvrit à la page où figuraient la photo de Peter et le texte qu'elle avait aidé à rédiger. Au début, elle ne pouvait pas regarder sa photographie, c'était trop douloureux. Puis à force, elle s'était surprise à se réjouir de plus en plus quand elle tombait dessus. Insensiblement, horriblement, elle s'était accoutumée à son absence.

Jamais le dernier à rigoler.

Peter Capriol

Tout le monde l'adorait. Cet enfant du Bronx était le pitre de la classe. « Il s'est rangé avec l'âge. Mais pas trop », raconte sa veuve, l'actrice Kit Capriol. C'est à Vassar, où il travaillait dans les cuisines pour payer ses études de théâtre, qu'il a fait la connaissance de sa future épouse. Acteur prometteur, il s'est finalement rendu compte qu'il se trouvait plus heureux aux fourneaux que sur scène, et il a présenté sa candidature au prestigieux Culinary Institute of America à Hyde Park. Après avoir passé six ans dans un restaurant de Westchester, il venait d'être embauché à Windows on the World. Pour lui, c'était l'accomplissement d'un rêve : travailler là où tout New York serait à ses pieds.

Et il y avait Peter, tout sourire, le regard pétillant. Elle se rappelait parfaitement le jour où la photo avait été prise, au mariage d'un ami. Elle s'en souvenait, parce que, quelques minutes plus tard, Peter l'avait fait sortir pour lui demander sa main. Elle aurait dû trouver ça totalement ringard – ce n'était pas pour rien qu'elle s'était dirigée vers le théâtre expérimental, à l'université –, mais sa sincérité l'avait touchée. Et bien sûr, elle n'avait pas hésité une seconde.

Il était électrique, la personne la plus vivante qu'elle ait jamais connue.

Zoey était dans le coma ; de Peter, il ne restait que des grains de poussière mêlés aux décombres des tours jumelles, dans une décharge de Staten Island appelée Fresh Kills. Kit était seule au monde. Et la mort n'était qu'un numéro.

Elle caressa la photo.

— Peter. Tu ne peux pas savoir à quel point tu me manques.

Toi aussi, tu me manques, pouvait-elle presque l'entendre répondre.

13

C'était une vieille photographie datant de l'ère prénumérique, les couleurs un peu fanées, des craquelures dans un coin, comme le début d'une toile d'araignée. Angela DeLuca était blonde, mignonne, dans les vingt-cinq ans, avec un visage en forme de cœur et des yeux pervenche. Elle semblait assise au bord d'une piscine, ou à la plage, en maillot de bain bleu.

Kit parcourut rapidement le texte qui l'accompagnait, puis le relut plus lentement avant de prendre des notes : *Assistante adm. Banque invest. Nev. et nièces. Vacances préf. : Aruba.*

Angela, songea-t-elle. Angie. Ange du bonheur.

Elle lut le paragraphe une troisième fois. Des neveux et des nièces, mais pas d'autres parents. Aucune mention d'un époux.

Elle chercha sur Google *Angela DeLuca* et *Cantor Fitz.*

Elle trouva un faire-part. Publié par un salon funéraire de Westchester, avec un portrait plus officiel que celui du *Times*, une photo d'identité récente, sans doute prise pour le site Internet de sa société. Mais le texte n'était pas public. C'était tout ce qu'elle avait sur la vie de cette femme.

— Monsieur DeLuca ? C'est Kit Capriol, vous m'avez appelée il y a un instant.

— Alors, est-ce que vous pensez pouvoir m'aider ? Ça fait presque vingt ans et…

— S'il vous plaît, dites-m'en un peu plus sur Angela. Pour que je tente d'entrer en relation avec elle. Quelque chose qui vous était très cher à tous les deux. Je ne peux rien vous promettre, mais je peux essayer. Le premier rendez-vous est gratuit. Si vous souhaitez revenir, j'accepte les dons. Est-ce que cela vous convient ?

Elle sentit un flottement à l'autre bout du fil. Elle avait l'habitude. Il devait se dire que ça n'était pas très licite. Et il avait raison.

— Oui, d'accord.

— Puis-je vous demander comment vous avez obtenu mes coordonnées ?

— Une ancienne voisine à moi. Brigid Malone. Elle a été très impressionnée par ce que vous avez fait pour elle. Alors, quand est-ce qu'on peut se voir ?

Cette fois, ce fut Kit qui hésita. Décidément, cette Brigid Malone n'était pas nette.

14

Tony DeLuca s'approcha de la fenêtre et jeta un coup d'œil dans la 113e Rue en contrebas.

Il vit un livreur à vélo s'arrêter devant l'immeuble d'en face et courir sous la pluie. Il sonna à l'interphone. Une lumière s'alluma au troisième étage. Un homme apparut. Il baissa la tête vers la rue, puis regarda Tony. Le livreur poussa la porte. Quelques instants plus tard, l'inconnu portait un verre de vin à ses lèvres et buvait, sans cesser de dévisager Tony. La scène devait avoir un sens, mais lequel ?

Le reflet de Kit se matérialisa à côté de lui.

— Je m'excuse de vous avoir fait attendre.

Elle avait relu une dernière fois ses notes sur Angela.

— Vous avez des voisins curieux, dit-il, désignant du menton l'homme en face.

— C'est New York, dit-elle en refermant les rideaux. Si vous voulez me donner votre manteau…

— Désolé, il est trempé.

— C'est le printemps. Il est censé pleuvoir.

DeLuca devait approcher des cinquante ans. Petit, râblé, il avait un visage qui semblait sorti d'un vieux film en noir et blanc : le gars de Brooklyn qui se bat à Anzio pendant la Seconde Guerre, ou l'abruti qui travaille dans un rade pourri de la 9e Avenue, toujours à ressasser les mêmes histoires, un personnage comme on en voit dans les films de gangsters, avec quelque chose à cacher et une sale besogne à accomplir, un type promis à une fin tragique. Ses mains étaient fines, pâles. Pas d'alliance. Une montre Casio. Le minimum.

On peut deviner pas mal d'informations sur les gens en étudiant la façon dont ils s'habillent, leurs gestes, leur regard. Elle était devenue douée à ce petit jeu, par la force des choses. Et elle avait constaté que c'était un talent qui l'aidait dans son métier. Elle connaissait trop d'acteurs qui ne se servaient pas de leur corps, comme s'ils s'en remettaient entièrement aux mots pour transmettre le sens. Ceux qui savaient utiliser l'air autour d'eux et pénétrer dans l'espace de leur partenaire décrochaient plus facilement les rôles. Ils ne se contentaient pas d'interpréter un personnage, ils le vivaient.

Cet homme était un peu trop lisse.

— C'est un bel appartement que vous avez là, dit Tony, examinant le salon, ses yeux s'arrêtant sur le piano, puis sur la photo de Zoey. Ça ne doit pas se trouver facilement, j'imagine.

— Mon mari et moi, nous avons eu de la chance. Des fois, il suffit d'être au bon endroit au bon moment.

— Votre mari ? fit-il, regardant autour de lui, cherchant la menace cachée.

Elle devait le convaincre qu'Angela n'était pas perdue à jamais. C'était tout ce qu'elle avait à faire : elle est ici, à côté de vous. Vous voyez ?

— Il n'est plus là.

Cela voulait tout et rien dire : divorcé, mort, en prison, fou.

— Alors, comment ça se passe ?

— Nous allons commencer par bavarder un peu. Parlez-moi d'Angela. Comment vous vous êtes rencontrés, vos souvenirs les plus marquants.

Elle attendit.

— On était mariés depuis dix mois, quand… vous savez… c'est arrivé.

— Toutes mes condoléances. La perdre si jeune…

— Oui…

— C'est encore douloureux, j'en suis sûre.

— Elle était intelligente. Elle avait une bonne place à Cantor Fitzgerald. Un cran au-dessus de secrétaire, c'est ce qu'elle disait. Mais un cran au-dessous de l'équipe d'entretien, ajouta-t-il en riant un peu trop fort.

— Elle avait le sens de l'humour. Comment est-ce que vous avez fait connaissance ?

— À une fête chez mon pote d'enfance Joey Russo.

Avec Angie, on a tout de suite accroché. Comme si on se connaissait depuis toujours. Tout le monde était parti, mais nous, on a continué à discuter pendant quoi, deux heures ? Rien que parler.

— Vous aviez énormément en commun, Angie et vous.

— C'est vrai.

— Et vous avez passé votre lune de miel à…

Elle ferma les yeux et inclina la tête, comme si elle écoutait une voix intérieure.

— Aruba. C'est ça ? demanda-t-elle en les rouvrant.

— Impressionnant.

— J'ai mes bons jours. Et j'en ai de moins bons. En fait, j'ai perdu mon mari moi aussi, ce jour-là.

— Je ne savais pas, dit-il, son sourire s'effaçant aussitôt. Toutes mes condoléances.

— C'est comme ça que j'ai découvert que j'avais un don. Que je pouvais communiquer avec l'au-delà.

Elle se redressa sur sa chaise, signalant un changement de ton et de sujet.

— Rappelez-moi ce que vous faites dans la vie ?

— Je suppose que ça, vous ne pouvez pas le voir, dit-il, une lueur de malice dans les yeux.

— Non. Avec les vivants, c'est une autre histoire. Je ne suis pas diseuse de bonne aventure.

Elle jeta un regard discret à sa montre. Elle se sentait lasse. Sa visite à l'hôpital l'avait vidée. Toutes ces semaines, ces mois et ces années l'avaient fatiguée. Toujours devoir courir après trois sous.

Il haussa les épaules.

— Installateur de tuyaux.

Quand ils s'étaient serré la main, sa peau était pourtant aussi douce et lisse que celle de Kit.

Elle alluma la bougie et tira les rideaux dans le petit cabinet de consultation. La flamme crépita, s'étira.

— Vous êtes prêt ?

Elle l'examina. Il la jaugeait, essayait de savoir à qui il avait affaire. Il n'allait pas tarder à l'apprendre. Elle tendit les mains, hocha la tête.

— Placez vos paumes sur les miennes.

Elle ferma les yeux et commença à parler d'une voix apaisante, rassurante.

— Ceux que nous aimons sont partout autour de nous. Ils cheminent toujours à nos côtés. Nous devons nous souvenir et croire. C'est ce qui les attache à nous. La fidélité et la mémoire. Le rideau qui nous sépare est aussi fragile que l'air que nous respirons.

Il lui avait fallu plusieurs essais avant de trouver sa formule d'ouverture. Tout reposait sur quelques mots-clés : *amour*, *croire*, *souvenir*, *fidélité*. Des mots qui souvent suffisaient à convaincre ses clients qu'elle était du côté des anges.

Elle souleva les paupières et vit qu'il la regardait. Comme de très loin.

— Fermez les yeux, dit-elle doucement. Laissez Angela emplir votre esprit. Angie, vous l'appeliez Angie, n'est-ce pas ?

— Oui, murmura-t-il.

— L'éclat de vos souvenirs l'aidera à trouver le chemin. Montrez que vous êtes désireux de lui ouvrir la porte. Souvenez-vous et croyez.

Elle sentit l'air se raréfier et entendit ses oreilles tinter, une tonalité aiguë presque douloureuse, qui se tut aussi brutalement qu'elle avait commencé. Il se passait quelque chose. Quelque chose qui n'était pas prévu.

Elle n'était plus dans l'appartement, dans le cabinet éclairé par une bougie. Elle se trouvait ailleurs, dans une zone indéterminée, une autre dimension.

La pression continuait d'augmenter autour d'elle. Sa respiration était laborieuse. Plus elle s'efforçait de se raccrocher à la réalité, plus elle lui filait entre les doigts.

C'est la mort, pensa-t-elle. La lumière qui s'éteint, l'absence de son, l'âme qui se racornit. Elle eut le sentiment fugace qu'elle s'était débarrassée d'un poids, qu'elle avait quitté cette existence sans bruit, pour devenir une intruse dans la vie spectrale de quelqu'un d'autre.

Elle leva la main, cherchant une prise, quelque chose de concret qui la ramènerait à la réalité. Elle tendit le bras, se sentit se redresser, et en même temps être aspirée vers le bas. Elle se trouvait dans un tunnel. Elle marchait. Une longue série de lampes faiblement éclairées pendaient du plafond. Il régnait une odeur de chair en décomposition, de corps qui avaient été vivants, humains ou animaux. Le sol vibrait sous elle à présent ; dans un coin de son esprit, elle *sentait* le bruit.

Quelque chose se rapprochait. Lui fonçait dessus. Kit savait qu'elle devait courir. Fuir. Mais il n'y avait pas d'issue. La mort était une locomotive implacable, assourdissante et asphyxiante qui allait la rattraper et l'écraser. C'était comme si on la poussait dans le vide et, au moment où elle perdait l'équilibre, elle rouvrit les yeux et ses mains s'abattirent sur la table.

15

— Stop !

Le silence et l'immobilité. La pluie contre les vitres. Le client la regardait fixement. Il n'avait manifestement rien vu, rien entendu.

— Ça va ? demanda-t-il, décontenancé.

Les vêtements de Kit étaient humides de sueur. Elle avait l'impression d'avoir surmonté une épreuve harassante, de s'être battue ou d'avoir gravi une pente abrupte.

— Oui, ça va, excusez-moi.

Elle alluma et éteignit la bougie entre le pouce et l'index.

— Je pense que je ne suis pas dans la disposition psychique idéale. La journée a été longue.

Elle le raccompagna à la sortie. Elle avait les mains qui tremblaient et se sentait prête à tourner de l'œil.

— Bon, eh bien, merci quand même, dit-il avant qu'elle ne close la porte.

Elle ouvrit les rideaux du cabinet de consultation,

laissant les lumières éteintes. Dehors, la pluie avait redoublé de fureur, un orage venteux qui menaçait depuis le matin.

Elle ressortit de la pièce et ferma derrière elle. Le silence semblait inoffensif, à présent. La tension s'était dissipée. Jusque-là, toutes les séances s'étaient déroulées conformément au scénario qu'elle avait établi, une chorégraphie de l'étrange, entre le moment où elle allumait la bougie et le départ de l'esprit : une histoire d'atmosphère, d'ambiance, de rythme, de ton et de suggestion. Un spectacle. Mais là, elle avait perdu le contrôle. Elle avait vraiment l'impression qu'on s'efforçait de lui transmettre un message, quelque chose d'important qu'elle était incapable d'interpréter.

Sans même se brosser les dents et se démaquiller, elle se déshabilla et se coucha pour sombrer aussitôt dans un lourd sommeil sans rêves.

Le téléphone sonna juste après 7 heures le lendemain matin. Il était arrivé quelque chose à Zoey.

16

— Je vais être honnête avec vous, Kit, dit le Dr Roman lorsqu'elle se présenta à son bureau. On a eu une petite frayeur la nuit dernière.

— Comment ça ?

— On a eu un arrêt cardiaque. Le cœur de Zoey a cessé de battre pendant un instant, quelques secondes à peine, avant qu'on la ranime.

— Et vous avez attendu ce matin pour me prévenir ?

— Nous voulions être sûrs que son état s'était de nouveau stabilisé. C'est parfois long. À présent, elle va bien. Je vous le promets. Nous avons effectué tous les tests, rien n'a changé.

— Seriez-vous en train de me dire que pendant ces quelques instants, elle était *morte* ?

— Je parlerais plutôt d'une suspension. Un hoquet.

— Il était quelle heure ?

— Je vais pouvoir vous le dire très précisément, dit-il en consultant son ordinateur. Il était 20 h 57.

Au moment où Kit était avec Tony DeLuca. Quand elle avait eu l'impression qu'elle aussi elle mourait.

— Si nous descendions prendre un café ? Je pense qu'on a tous les deux besoin d'une pause.

Le Dr Roman était le médecin de Zoey depuis son admission à l'hôpital, trois ans plus tôt. S'il y avait lieu de s'inquiéter pour sa fille, il l'aurait gardée dans son bureau pour le lui annoncer.

La cafétéria était animée. Médecins, personnel soignant et visiteurs occupaient la plupart des tables. Certains pianotaient sur leur ordinateur portable, d'autres lisaient sur leur tablette ou leur téléphone. « On l'a enterrée jeudi dernier », dit une femme assise un peu plus loin.

— Vous savez quoi ? Je meurs de faim. Vous voulez un bagel ou une viennoiserie, peut-être ?

— Je n'ai pas eu le temps de prendre mon petit-déjeuner.

Il se leva.

— Alors je vous invite.

Tandis qu'il allait chercher du café et des bagels, Kit consulta son téléphone. Elle avait un SMS de sa pharmacie disant que son ordonnance était prête, une demande de rendez-vous d'un ancien client, et un message vocal de Brigid Malone qui désirait la revoir.

Le médecin posa une assiette devant elle.

— Est-ce que vous prenez soin de vous, en ce moment, Kit ?

— Si je mange correctement, vous voulez dire ? Non. Je me débrouille pour me faire inviter de temps en temps par les médecins de l'hôpital. Sinon, je me nourris exclusivement de vodka et de pinot noir.

Une expression inquiète passa sur le visage de Roman.

— Sérieusement ?

— À moitié.

Cela lui rappela que cette semaine elle était censée aller au centre communautaire de la 92e Rue, où un groupe de veufs et de veuves se retrouvait régulièrement pour parler. En sortant, elle avait toujours besoin de quelques verres pour se défaire de la tristesse qui s'était accumulée dans la pièce pendant les quelque quatre-vingt-dix minutes que durait la réunion.

Tous les chagrins étaient singuliers, avait-elle appris. Un lien intime entre deux personnes, l'une vivante, l'autre morte. Il y avait des mots communs à tous les participants : solitude, déprime, manque, désespoir. Mais l'important, c'était ce qu'on mettait derrière. Et en cela, elle ne trichait pas : elle était la médium qu'elle prétendait être, parce qu'elle respectait le récit individuel de chacun de ses clients.

Au début, lorsqu'elle avait dû raconter son histoire au reste du groupe, elle avait parlé de sa rencontre avec Peter, du jour où elle l'avait perdu, de la fois où Zoey lui avait dit qu'elle maintenait en vie quelque chose de son père simplement en étant elle-même.

— Très bien, Kit, mais vous ne nous avez toujours pas dit comment vous vous sentiez, aujourd'hui, un an après la mort de Peter.

— Ça va.

Autour d'elle, elle ne croisa que des regards sceptiques.

— OK. Ça ne va pas. Pas du tout, en fait. Il me manque tous les jours. Je n'arrive pas à croire qu'il est mort. Je ne peux pas m'empêcher de penser qu'un jour, en rentrant d'une audition ou de chez mon psy, je le trouverai à l'appartement. C'est comme…

Elle s'interrompit, l'air ailleurs. Les autres attendaient.

— C'est comme…

Elle ne savait pas à quoi le comparer. Quand son regard balaya la salle, elle vit plus d'une personne hocher la tête.

— Mais ça va, ajouta-t-elle pour clore le sujet.

— Qu'est-ce qui fait que ça va ? insista l'animateur.

L'alcool, les hommes, le sommeil, avait-elle envie de répondre.

— Rien. Ça n'ira jamais mieux.

Et pourtant, elle continuait d'y aller, environ une fois par mois, histoire de voir qui était parti, qui était arrivé. Parce qu'elle avait appris que vivre seule – être seule – était presque aussi dur que la mort de Peter. Un adieu qui n'en finissait pas.

Un homme était assis à une table contre le mur de la cafétéria, les yeux dissimulés par des lunettes teintées qui reflétaient la lumière au plafond. Elle avait l'impression qu'il la fixait comme s'il l'avait déjà vue quelque part. Suivant son regard, le Dr Roman se retourna.

— C'est Albert Eakins, prince des ténèbres, dit-il en riant. Le préposé à la morgue. Il y travaille depuis toujours.

Lorsqu'elle regarda de nouveau, l'homme aux lunettes avait disparu. Comme s'il n'avait jamais été là. « Au milieu de la vie, je suis dans la mort », pensa-t-elle, se souvenant d'une prière. Non, ce n'était pas ça. « Au milieu de la vie, nous sommes dans la mort. »

— Je vais vous poser une question qui va sans doute vous paraître cruelle, et je m'en excuse par avance. Quel âge a Zoey maintenant, seize ans ?

— Elle en a eu dix-sept il y a quelques semaines.

— Imaginons qu'elle ne soit jamais tombée dans le coma. Et mettons qu'elle s'apprête à entrer à l'université. Vous êtes actrice. Comment vivriez-vous, aujourd'hui ? Là, tout de suite, ajouta-t-il en avançant le buste, le doigt levé.

— Eh bien… J'habiterais peut-être à Los Angeles. Et je jouerais dans une série, ou j'étudierais avec un coach, ou je passerais une audition. Je serais coincée dans un embouteillage. Je ferais de longues promenades sur la plage. Je ne prendrais pas le temps de déjeuner, un verre de prosecco à 15 heures. Couchée à 21 heures.

— Vraiment ?

— Non. Je louerais sans doute un studio dans la vallée et j'attendrais à côté de mon téléphone. Comme tous les acteurs ratés.

— Est-ce que vous vous imaginez percer un jour ?

Elle éclata de rire.

— Je me serais trompée de profession si je n'y croyais pas.

— Donc, c'est une carrière bâtie sur des rêves.

Il prit leurs assiettes et leurs tasses vides et les jeta à la poubelle.

— Allons rendre une petite visite à Zoey.

Dans l'ascenseur, Kit reçut un SMS. C'était Tony DeLuca. Il voulait la revoir, et rapidement.

17

Rien n'avait changé dans la chambre de Zoey depuis le soir où elle avait perdu connaissance sur le quai du métro. Ses manuels scolaires et ses cahiers, l'étagère de CD. La pile de livres de musique. Les posters au mur, des portraits de pianistes célèbres – Michelangeli, Gould, Yuja Wang – et quelques rock stars. Il y avait une photo de sa professeure de piano, prise à Budapest lors d'un récital, quand elle avait une vingtaine d'années.

Le maquillage bon marché que Zoey avait acheté à Duane Reade, à présent desséché et inutilisable. Ses baskets par terre, l'une des deux renversée, exactement à la place où elles étaient la dernière fois qu'elle était sortie de la chambre. Un instantané d'une vie interrompue.

Kit éteignit la lampe lorsqu'elle entendit sonner en bas.

— Je suis un peu en avance, dit Tony DeLuca.

— Je dois être honnête, monsieur DeLuca. Après ce qui s'est passé lors de la précédente séance, je ne peux rien vous garantir.

Il parut surpris.

— Ah bon ? J'avais pourtant l'impression que ça commençait bien.

Elle le regarda, comme à travers un épais brouillard.

— S'il vous plaît, insista-t-il. C'est vraiment important pour moi…

Comme la première fois, ils s'assirent à la table, la bougie allumée entre eux.

— Prenons une profonde inspiration, détendez-vous, videz votre esprit. Je veux que vous pensiez à Angie. Concentrez-vous sur elle, sur vos souvenirs, vos moments les plus heureux ensemble. C'est ce qui lui ouvrira peut-être la porte.

— Alors, pas de garantie ?

Elle sourit.

— Je ne vends pas des voitures, monsieur DeLuca. Mais je fais toujours de mon mieux pour aider les gens qui s'adressent à moi. Maintenant, commençons.

Paumes vers le plafond, Kit avança les mains sur la soie lisse. Il plaça les siennes dessus tandis qu'elle fermait les paupières. Angie, pensa-t-elle. Elle se représenta la photo qu'elle avait vue, le visage en forme de cœur. Le regard un peu dans le vague de quelqu'un qui porte habituellement des lunettes.

C'était tout ce qu'elle avait. Cette femme était un mystère pour elle. Et Tony DeLuca ne l'avait guère aidée jusque-là.

La respiration de Kit était calme et régulière.

— Angela… Si loin… Tony est ici, Angie… Il vous attend…

Son souffle s'accéléra.

— Elle… Attendez… Attendez… Elle veut vous dire…

Il se pencha vers elle.

— Me dire quoi ?

— Elle veut vous dire qu'elle vous aimera toujours. Qu'elle est toujours avec vous. Elle a un message pour vous… C'est au sujet d'Aruba… Il y a eu un soir, lors de votre premier séjour…

— Oui ?

— Je ne sais… Je ne vois pas. Angela. S'il vous plaît, parlez… Ah, d'accord… Oui. Je comprends. Vous n'avez pas à être timide avec moi, Angela, dit-elle en souriant. Vraiment ? C'est si intime que ça ?

— Qu'est-ce qu'elle dit ?

Kit rit encore.

— En effet. C'est très intime. Je ne suis pas sûre que ce soit à moi de le lui dire. Attendez… Quoi ? Vous préférez le faire vous-même ? Mais, comment ?

Tony s'avança sur sa chaise.

— Attendez, Angela. Ne changez pas de sujet, s'il vous plaît. Tony est ici, en face de moi…

— Vous la voyez ?

— Elle vous voit à présent. Elle dit que vous n'avez pas changé, aussi beau que le jour de votre mariage.

— Vraiment ?

— Elle dit que le matin où c'est arrivé… Le dernier souvenir qu'elle a de vous, c'est quand vous l'avez embrassée pour lui souhaiter une bonne journée.

À présent, Kit entendait réellement quelque chose, le gémissement d'une femme. *Aidez-moi… Sauvez-moi… Je vous en prie.*

Elle regarda autour d'elle. Il n'y avait personne d'autre. Pourtant, elle sentait des relents de pourriture dans l'air, l'arrière-goût astringent de la souffrance.

— Qui êtes-vous ? murmura Kit. Que voulez-vous ?

— Ça va ? demanda Tony d'une voix qui lui parut étouffée et lointaine.

Elle distinguait des sanglots, le désespoir triste d'une femme aux abois.

— Qui êtes-vous ?

Tony l'examinait avec curiosité.

— Vous essayez de me dire quelque chose ?

Aussitôt, la voix se tut. Kit rouvrit les yeux.

— Nous allons en rester là, monsieur DeLuca. Je suis fatiguée. J'ai besoin de m'étendre un peu.

Elle ne savait pas ce qui s'était passé, mais elle se sentait aussi démunie et abattue que la femme qu'elle avait entendue.

— Angie vous a dit autre chose ?

Elle se leva et souffla la bougie.

— Nous avons terminé.

18

Comme un décor de film ou de série télé : écrans d'ordinateur, claviers, un doughnut poisseux entamé, un gobelet Starbucks à moitié vide, un trombone tordu, des notes éparpillées. Un air d'ennui sur le visage des deux policiers assis face à face.

Dave Brier avait fait toutes les vérifications, il avait cherché sur Internet tout ce qui avait trait à Kit Capriol et n'avait récolté que des mentions dans des critiques théâtrales et des castings pour ses rôles à la télé et au cinéma sur IMDb :

Femme dans un bar
Serveuse n° 3
Témoin hystérique d'un accident
Inspectrice Claire Bigelow (épisode 1)

— Une actrice. C'est presque trop beau pour être vrai. Ça lui va comme un gant.

Il prit une liasse de pages imprimées.

— En plus, elle a un tas de recommandations. Des blogueurs, des gens sur Facebook et Twitter, des clients satisfaits. Elle n'exerce même pas sous un pseudo, contrairement à la plupart des charlatans sur qui on enquête.

— Va savoir, on est peut-être tombés sur la seule véritable médium de New York, dit Tony.

— Ou la plus maligne.

Au cours des trois dernières années, Kit s'était bâti une solide réputation en ligne dans les recoins interlopes du Web. La Zone des morts, disaient les adeptes : la plaque tournante du spiritualisme, les chroniques de l'au-delà. Ceux qui avaient perdu des membres de leur famille lors des attentats du 11-Septembre et en Afghanistan avaient posté tout le bien qu'ils pensaient de ses services. Ils utilisaient des mots comme *bienveillante*, *attentive*, *amicale*, *sincère*.

Très peu exprimaient des doutes quant à son honnêteté. Et la plupart affirmaient qu'elle les avait aidés à tourner la page. D'après ce que Dave pouvait voir, elle n'avait pas de site Internet, ne répondait ni aux questions ni aux suggestions et était absente des principaux réseaux sociaux : Facebook, Twitter, Instagram.

— Tout le monde laisse une trace, dit Tony. Comme les animaux : une empreinte de pas ou un tas de merde.

— Pas elle, manifestement. Au moins, elle t'a donné sa carte, donc on a son numéro de téléphone et son adresse. Autant qu'on sache, elle ne deale pas. Veuve. Elle vit seule à Morningside Heights. Casier judiciaire vierge…

— Tu veux dire que personne n'a jamais porté plainte ?

Brier secoua la tête.

— Les gens l'aiment bien. Ils la croient. Aucun pigeon ne l'a jamais accusée d'escroquerie. On n'a pas grand-chose contre elle, Tony.

— À part son petit bizness. Dave, sérieusement, tu sais qu'on essaie de faire le ménage.

— Elle est forte. Tout ce qu'on a, c'est le témoignage de ta vieille Irlandaise, et maintenant tu me dis qu'elle se défile.

— Elle s'est fait entortiller. Elle s'est mis en tête que cette bonne femme allait contacter sa fille. La vraie, pas celle qu'on lui a inventée. Qu'est-ce qu'on peut faire ? Cette pauvre idiote retournera la voir, toute sa retraite y passera, et elle rentrera chez elle persuadée d'avoir parlé à sa gosse. En même temps, je ne sais pas trop quoi penser. Quand j'étais là-bas, la deuxième fois, c'était bizarre. Plus bizarre que la première fois, en tout cas. À un moment, j'ai vraiment eu l'impression qu'elle entendait des voix. Elle était là, devant moi, et d'une certaine manière elle n'y était plus. Comme si elle était réellement passée de l'autre côté.

— Tu avais bu combien de verres ?

— J'étais sobre comme l'enfant qui vient de naître, Dave.

— Arrête, elle te faisait son numéro, c'est tout. Une

scène tirée d'un film d'horreur, peut-être. Ça marche à tous les coups. La preuve.

— Je ne sais pas. Elle avait l'air d'y croire. Et puis…

— Oui ?

— Elle s'est mise à parler avec quelqu'un. Sauf qu'on n'était que tous les deux.

— Et tu y as cru ?

— Tout ce que je peux dire, c'est que j'avais jamais vu un truc pareil.

— Est-ce qu'elle a pu contacter ta soi-disant femme ?

— Elle a essayé d'improviser, mais non, bien sûr.

— Tu m'étonnes ! Si cette pauvre Angela DeLuca était venue parler à Tony Cabrini, ç'aurait été un miracle. Mais il y avait peut-être un autre macchabée à qui tu avais envie de causer ?

Le policier éclata de rire.

— Ouais. Mon beau-frère. Il me devait cinquante dollars quand il est mort. J'en ai jamais vu la couleur.

— C'est toujours une solution efficace pour se débarrasser de ses dettes.

Dave jeta le crayon qu'il tripotait sur le bureau.

— Bon. Tu sais quoi ? Je pense qu'il vaut mieux que je prenne la relève.

— J'aimerais bien boucler cette affaire tout seul.

Mais Kit le connaissait à présent.

— Il faut un visage neuf. J'ai fait des recherches. Son mari était cuisinier à Windows on the World. Il est mort dans les attentats du 11-Septembre. Peter Capriol, poursuivit Dave en consultant son calepin. Comme tous les disparus du *Times*, c'était un type formidable : un vrai boute-en-train, un mari en or, un ami en or, un cuistot en or.

— Classique. On est tous parfaits quand on meurt. Même le dernier des salauds. À croire que tout le monde se rappelle soudain à quel point on se fendait la poire avec toi une fois que t'es plus là. Je me demande si c'est ce que ma femme écrira sur moi.

— L'ironie, c'est que cette Kit Capriol profite de gens qui lui ressemblent, des hommes et des femmes qui ont perdu quelqu'un dans les attentats ou à la guerre. Elle connaît leur point sensible, je suppose.

Il entreprit de réarranger ses affaires sur son bureau.

— Je reprends les choses en main, Tony. Je pense que j'ai un angle d'attaque.

— Attends, Dave. Tu sais que j'ai besoin de cette promotion. J'ai besoin de fric. Notre loyer n'arrête pas d'augmenter, on a un enfant à élever. Laisse-moi au moins cette affaire. C'est toujours toi qui récoltes les lauriers. Un coup de pouce, ce serait pas du luxe.

— Je vais déjà voir ce que je peux dénicher tout seul, et on en reparlera.

Tony se leva et récupéra son blouson accroché au dossier de sa chaise.

— Pourquoi est-ce que j'ai un sale pressentiment ?

19

Ça lui revint : elle savait où elle l'avait déjà vu. C'était l'hiver précédent. Un soir, après quelques verres, elle s'était retrouvée prise dans une tempête de pluie verglaçante. Elle s'était étalée par terre au milieu de Broadway et, à l'instant où le feu passait au vert, une main s'était avancée pour l'aider à se relever.

— Ça va ? lui avait-il demandé.

Elle était encore sous le choc. Tomber au milieu de la chaussée – elle aurait pu se faire tuer.

— Oui, merci.

— Vous êtes sûre ? avait-il insisté, alors qu'elle s'éloignait déjà.

Une fois en sécurité sur le trottoir d'en face, elle s'était retournée, mais il avait disparu.

Et maintenant c'était lui qui était assis au comptoir, elle en était pratiquement certaine.

Le bar-restaurant où Kit avait ses habitudes se trouvait à deux pas de chez elle, dans Broadway. Le soir, il était généralement fréquenté par des étudiants de Columbia et de Barnard, un ou deux de leurs professeurs à l'occasion, et quelques habitants du quartier, comme elle. Elle y venait parce que ça lui rappelait ce qu'était la vraie vie : le brouhaha des conversations, les rires. Des jeunes plus proches de Zoey que d'elle par l'âge.

L'établissement servait principalement des spécialités mexicaines, mais, au lieu des sombreros et des *vihuelas* qu'on voyait d'ordinaire dans ce genre d'endroits, l'ambiance évoquait plutôt le *Día de los muertos* : les étagères étaient couvertes de joyeux petits squelettes, tous tirés à quatre épingles, comme s'ils s'apprêtaient à sortir.

Kit avait pris l'habitude de venir ici après l'hospitalisation de Zoey, surtout si elle n'avait ni répétition ni audition le lendemain. Quelques verres plus tard, elle se retrouvait à bavarder avec un homme au comptoir, et il n'était pas rare qu'elle le ramène chez elle pour une heure ou deux de ce qui passait pour du plaisir. Ensuite, elle essayait parfois de se rappeler leur nom, en vain, leur visage une image floue brouillée par l'alcool. Des rencontres fugaces vite oubliées.

Il y avait trois tabourets libres au bar et elle s'était installée sur son préféré, tout au bout. Le barman l'accueillit avec une familiarité réconfortante. Un visage amical, se disait-elle toujours, une oreille attentive.

— Tu es seule, ce soir, Kit ?

— Rien de neuf de ce côté-là, répondit-elle en riant.

Il prit un verre propre.

— Comme d'hab ?

Double vodka avec des glaçons, ça non plus, ça ne changeait pas.

— Quelque chose à grignoter ? Des nachos ? Des tacos, peut-être ?

— Pas ce soir, merci, Louis.

Elle avait dîné avant de sortir. Des œufs brouillés et des toasts : aussitôt fait, aussitôt avalé. La consultation avec Tony DeLuca lui avait laissé un nœud derrière les yeux et une migraine persistante. Même si elle s'en était tenue au scénario habituel, elle avait eu l'impression pendant un instant d'être vraiment en communication avec l'au-delà. C'était une sensation à la fois inquiétante et paradoxalement réconfortante. On ne pouvait pas vraiment parler aux morts, si ?

Le spiritisme commençait à lui monter à la tête. À force de flirter avec le paranormal, on finissait par imaginer des choses. Elle se souvint qu'à douze ans sa copine Amy et elle s'amusaient à appeler les esprits à l'aide d'une planche ouija. Et on leur avait répondu. Une certaine Lil Penny, en particulier – P'tite Penny, un nom qui n'avait rien d'effrayant. Elles lui posaient des questions idiotes, voulaient savoir si Amy devait acheter le jean dont elle rêvait ou si Kit aurait un jour un amoureux.

Et puis, un après-midi, elles avaient demandé à Lil Penny de prédire l'avenir de Kit. Le verre s'était rapidement déplacé sur la planche, épelant le mot MORT. « De toute façon, les esprits, ça n'existe pas », avait décrété Amy, et elles l'avaient rangée pour ne plus jamais la ressortir.

— Dure journée ?

L'homme qui lui avait parlé était assis à deux tabourets d'elle. Elle se tourna et elle reconnut le passant qui l'avait aidée à se relever dans la rue. C'était son sourire chaleureux : il était resté gravé dans sa mémoire.

La quarantaine, à peu près le même âge qu'elle. Pas l'ombre d'une calvitie. De la tristesse dans ses yeux marron pensifs. Des mouvements lents, réfléchis. Pas d'alliance. Cet homme porte un fardeau, songea-t-elle en l'examinant.

Elle lui rendit son sourire.

— Ma journée ? Disons qu'elle a été… pleine de surprises.

— J'espère au moins qu'elles étaient bonnes.

— Bof, pas vraiment.

— Je compatis. Je déteste les mauvaises surprises.

Le sourire de Kit s'élargit.

— Pas tant que moi.

C'était le genre d'échanges badins que Peter et elle avaient parfois. Une partie de ping-pong verbal. C'était un sentiment à la fois familier et bizarrement discordant de parler ainsi avec un parfait inconnu.

— Vous venez souvent dans ce bar, dit l'homme, tandis

que Louis posait devant lui une Corona, un quartier de citron vert inséré dans le goulot.

— On se connaît ?

— C'est juste que je vous ai déjà vue ici, dit-il en riant.

— En fait, vous avez raison, on se connaît : vous m'avez même sauvé la vie, un soir.

Il s'en souvenait également.

— Il faut faire attention quand on traverse la rue.

— Vous êtes du quartier ?

— Je n'habite pas très loin. Allez, on fait un concours. J'ai eu une journée pourrie, moi aussi. Vous donneriez quelle note à la vôtre, sur une échelle de… disons, un à milliard ?

Elle pensait connaître toutes les techniques de drague, mais celle-là, c'était une première.

— Je n'en sais rien, mais la mienne était d'une nullité stratosphérique.

— Alors, je m'incline.

Il se présenta : David Brier.

— Kit Capriol, répondit-elle en lui serrant la main.

— Vraiment ?

— Quoi ?

— Kit, ce n'est pas commun.

Elle se surprit à rougir, ce qui ne lui arrivait pas souvent.

— Mes parents étaient passionnés de bricolage.

— Ce n'est pas facile de savoir quand vous blaguez et quand vous êtes sérieuse.

— À votre avis ?

— OK. Donc c'est un diminutif de Katherine ?

— Avec un C, pas avec un K.

Il lui fallut quelques instants.

— Comment vous avez deviné ? demanda-t-il.

Elle sourit et tapota sa tempe avec son index.

Divorcé, pensa-t-elle en l'examinant plus attentivement. Il y a un an, peut-être même pas. Elle le voyait dans ses yeux. Comme une blessure à peine cicatrisée.

Non. Sa femme est morte.

— À treize ans, je n'étais pas super à l'aise dans mes baskets. Alors, un beau jour, j'ai décrété que désormais je me ferais appeler Kit. C'est facile à mémoriser, facile à écrire et ça ne dit rien de la personne qu'il y a derrière. Je suppose qu'à un moment il faut bien qu'on décide qui on veut être. Il vous a fallu sans doute quelques années pour passer de Davey à Dave, puis à David.

— Gagné, admit-il en choquant sa bouteille de bière contre le verre de Kit.

Elle sentait se dissiper l'anxiété qui avait pesé sur elle toute la journée. Cet homme était différent de ceux qu'elle croisait ici d'ordinaire. Il paraissait présent, impliqué. Et parce qu'elle n'avait plus l'habitude, elle eut un réflexe de recul, soudain inquiète à l'idée de trop se livrer. Il fallait garder la tête froide et analyser. Repérer les clients potentiels. Après tout, elle avait besoin d'argent, et vite.

— Alors, c'est quoi votre histoire ?

Il inclina la tête sur le côté.

— Comment ça ?

— Pourquoi est-ce que vous avez passé une sale journée ?

Il prit une brusque inspiration.

— C'est ma femme… Elle s'appelait Caroline – Caro –, elle est morte l'an dernier… Et puis, vous savez comment c'est, il y a des bons jours et d'autres moins bons. Celui-là n'était pas à proprement parler mirifique. Et je ne suis pas très optimiste pour demain non plus.

Kit reposa son verre.

— Zut, excusez-moi, je m'en veux. C'est dur. Je sais. Je suis vraiment désolée.

— Il ne se passe pas un jour sans que je pense à elle.

— Je compatis.

— Et vous, alors, qui avez-vous perdu ?

— Qui vous dit que j'ai perdu quelqu'un ?

— Vos yeux.

Elle se demanda ce qu'elle lui avait révélé d'autre.

— Mon mari. Il y aura dix-huit ans en septembre. La tour Nord.

Il se détourna un instant, comme s'il redoutait d'en voir trop.

— C'est terrible. Toutes mes condoléances.

— Et ça ne s'atténue pas vraiment avec le temps.

— Il travaillait là-bas ?
— À Windows on the World, acquiesça-t-elle.
— J'y ai mangé.
— Moi aussi. La veille.
Elle sourit et son sourire se transforma en éclat de rire. Son agente était venue de Los Angeles pour la voir et elle voulait en profiter pour découvrir la vue depuis le restaurant.
— J'ai détesté, et je n'ai rien dit à mon mari.
— C'était très ordinaire, hein ?
— Le pire, c'est qu'il avait préparé une partie du repas.
— Il était chef ?
— Non, chef de partie seulement.
— J'espère que vous lui avez pardonné.
Le sourire de Kit s'effaça.
— Il était trop tard.
— Je vous en offre un autre ?
Elle avait vidé son premier verre en un rien de temps.
À quoi tout ça allait-il mener ? se demanda-t-elle. Encore une aventure d'un soir ?
— Volontiers, merci.
— Quand Caro est morte, reprit-il, ça a été tellement… soudain, vous savez. Je ne m'y attendais tellement pas. On se marie, on se figure qu'on vieillira ensemble, et puis…
Cancer du pancréas, pensa-t-elle.
— On a appris qu'elle avait un cancer du pancréas. C'est arrivé d'un coup, mais c'est toujours le cas, je suppose. Trois

semaines après le diagnostic, on l'enterrait. Avec des hauts et des bas entre les deux.

Il attendit que le barman les ait servis.

— Tout va si vite, et après on se rend compte qu'il y avait encore tant de choses qu'on voulait dire, tant de choses qu'on aurait dû faire.

Ils s'étaient tous les deux tournés sur leur tabouret et à présent ils se faisaient face. Elle voyait l'histoire sur son visage, la lumière dans ses yeux, qui changeait dès qu'il parlait d'elle. Elle essaya de se la représenter. L'Américaine moyenne : jolie mais sans prétention. Dix centimètres de moins que lui. Quelques années de moins aussi. Une femme qui mourait à l'hôpital en s'efforçant vaillamment d'avoir l'air optimiste.

— Quel âge avait-elle ?

— Elle venait d'avoir trente-cinq ans.

Cheveux châtain clair, mince. Kit la voyait devant son miroir en train de se maquiller. Elle entrait dans la chambre pour s'habiller. Caro prenait forme devant elle, comme un texte à l'encre sympathique à la flamme d'une bougie. Et même si elle se trompait, même si la femme qu'elle imaginait n'avait pas grand rapport avec la véritable Caro, elle sentait une présence, quelque chose de plus qu'un simple nom. Une femme sur le côté qui les observait. Les écoutait.

— J'étais en route pour l'hôpital…

Il s'interrompit, fit un geste de la main.

— Je ne sais pas pourquoi je vous raconte tout ça. On ne se connaît même pas.

— Non, continuez, je vous en prie.

— C'était à l'hôpital de la 168e Rue, le New York-Presbyterian. Elle avait un faible pour les cookies de Magnolia Bakery, ils ont une boutique sur Columbus Avenue. Son péché mignon, elle disait. Je lui en avais acheté une boîte. Le temps que j'arrive à l'hôpital, elle était partie. Le lit était vide. La lumière éteinte. C'est ce qu'ils m'ont dit : elle est partie. Comme un idiot, j'ai cru qu'elle s'était levée et qu'elle était rentrée sans me prévenir, que je la trouverais à la maison. J'ai même sorti mon téléphone. Et puis j'ai vu leurs visages. Je suppose que ça doit arriver souvent. Je déteste les hôpitaux.

Kit posa une main sur son bras.

— C'est le genre de détail qu'on n'oublie pas, je comprends.

— Je suis rentré chez nous en état de choc. Et puis je me suis rendu compte que j'avais laissé les cookies à l'hôpital et je ne pouvais pas penser à autre chose qu'à ces putains de cookies qui coûtaient la peau des fesses.

C'est ce qu'il y a de plus humain au monde, songea-t-elle. Elle imaginait les infirmières de service faire circuler la boîte, finir les biscuits et se lécher les doigts. Encore une journée de passée.

— Et comment vous vous en sortez, maintenant ?

Il réfléchit.

— Ma foi… je suis toujours seul. Même si parfois, quand j'entre dans une pièce, je m'attends à la trouver là, ajouta-t-il avec un petit rire. Comme s'il ne s'était rien passé.

Elle sourit et lui effleura de nouveau le bras.

— Je sais ce que c'est.

— Ça vous arrive aussi ?

Elle but une gorgée.

— Oh, si peu. Dix fois par jour, peut-être ?

Ils rirent tous les deux.

— Je vais d'une pièce à l'autre et Peter est partout sur mon chemin. Parfois je le traverse. Parfois je pense que c'est lui qui me traverse. Parce que Peter est là, David. Et Caroline aussi.

— Qu'est-ce que vous voulez dire ?

— Rien de plus que ça. Elle a peut-être quitté ce monde mais elle ne vous a pas quitté. Elle est toujours auprès de vous.

— J'aimerais pouvoir le croire.

— C'est pourtant vrai. Savoir que Peter n'est pas totalement parti m'aide à me sentir moins seule.

C'était un mensonge, bien sûr. Après la mort de Peter, il n'était resté que des photos, des vidéos et des souvenirs. Il n'y avait qu'une chose qu'elle trouvait partout sur son chemin, c'était ce trou dans sa vie, ce canyon de chagrin.

— Je me demande si…

Elle sortit une carte de visite de son sac et la lui tendit.

20

— Je propose mes services aux gens qui veulent communiquer avec ceux qu'ils ont perdus.

— Vous n'êtes pas sérieuse ?

— Je leur apporte un vrai réconfort.

— Mais vous faites quoi au juste ? Vous faites parler les esprits avec une planche ouija ?

— Je sais ce que vous pensez... Boule de cristal et ectoplasme. Mais ça n'a rien à voir. J'offre des consultations individuelles. C'est l'occasion de sortir de sa zone de confort, de s'ouvrir à des possibilités qu'on n'aurait jamais imaginées. Car les voix de ceux que nous aimons sont encore vivantes, encore en nous. Tant que nous nous souvenons d'eux, ils ne s'éteignent pas complètement. C'est comme s'ils étaient coincés dans une scène de film qu'ils rejouent à l'infini, sans jamais trouver ce qui ne va pas, parce qu'ils ne comprennent pas...

— Leur propre mort...

— Exactement. Pour se libérer, ils doivent d'abord se

réconcilier avec ce qui les a laissés aussi inconsolables que nous. Il n'y a pas que les vivants qui sont en deuil. Les morts également. Ils sont en deuil de nous.

Il secoua la tête, sceptique.

— Je dois dire que c'est assez inattendu.

— Pas pour tout le monde.

— Ou vous êtes complètement siphonnée ou vous savez quelque chose que les autres ignorent.

— C'est un don, se contenta-t-elle de répondre.

Ce n'était pas si différent des répétitions : les après-midi interminables passés à dire et redire les mêmes phrases sur tous les tons, jusqu'à ce que le personnage existe. À la fin, on est capable de vendre à peu près n'importe quoi à n'importe qui.

— Lorsqu'ils prennent conscience qu'ils ne sont plus parmi nous, ils peuvent l'accepter et trouver la paix, reprit-elle. Tant qu'ils n'ont pas franchi ce cap, ils sont perdus. Pensez à toutes les maisons qu'on prétend hantées. Ça ressemble à un film d'horreur, le genre de chose qu'on regarde tard le soir quand on a un sachet de pop-corn et une bouteille de vin sous la main, et rien de mieux à faire. Pourtant, c'est ce qui reste des gens lorsqu'ils partent subitement.

— Ils sont prisonniers, en quelque sorte ?

— Oui. Ils ne peuvent pas se libérer de leur propre présent. Qui est maintenant notre passé. Mais nous pouvons les aider si nous parvenons à leur faire savoir que tout va bien. Ces mots que nous entendons dans notre tête, les mots qu'ils nous ont dits, ceux dont nous nous souvenons : quand ils s'effacent, alors nos morts disparaissent pour de bon. C'est pour ça que nous faisons autant d'efforts pour nous rappeler chaque détail. C'est ce qui les retient auprès de nous. Et si nous avons de la chance, à la fin, nous trouvons la paix nous aussi.

Il secoua la tête.

— C'est marrant que vous disiez ça. Parce que, je n'arrête pas de repenser à ces derniers jours à l'hôpital. Je me souviens de l'odeur de la chambre, de la vue de la fenêtre, du nom des infirmières, de la manière dont Caro me regardait, de son sourire triste. Comme si elle savait.

— C'est parce que vous n'avez pas renoncé à elle. Dans votre esprit, vous la voyez, vous l'entendez. C'est juste que vous ne pouvez pas la toucher. Mais elle est là, David, elle fait encore partie de vous. Si c'est une consolation, elle ne souffre plus. C'est ce que je vous disais. Vous êtes entré dans le bar, et regardez… Elle est à côté de vous.

En parlant, elle jeta un bref regard vers la gauche de David. Sa réaction ne se fit pas attendre. Elle vit ses pupilles se dilater et son sourire s'effacer, alors qu'il se retournait pour vérifier.

21

— Vous les voyez vraiment ? Les morts, je veux dire.

Elle pouvait lui raconter ce qu'elle voulait, mais le plus important, c'était de lui dire ce qu'il avait envie d'entendre.

— Ça m'arrive.

— Ils sont…

— Tels qu'ils étaient à leur mort ? Non. Souvent, ils sont beaucoup plus jeunes. Parfois ils ont l'âge qu'ils avaient à ce moment-là. Mais ils ont toujours l'air en forme et heureux.

— Parce qu'ils le sont ?

— Une fois qu'ils ont établi le contact, ils se sentent libérés, David. Ils sont délivrés de la douleur et de la souffrance.

Une fois de plus, elle posa la main sur son bras. Pénétrer dans l'espace intime. S'installer dans leur vie. Leur montrer que vous êtes indispensable, qu'ils ne peuvent pas se passer de vous.

Il but une longue gorgée de bière.

— Vous avez réussi à communiquer avec votre mari ?

— C'est là où le bât blesse. Je peux le faire pour les autres, mais pas pour moi. Je comprends que vous vous posiez des questions. Vous devez vous dire que c'est une vaste fumisterie.

Il rit.

— Ma foi…

— C'est normal. Vous avez raison de vous méfier. Mais uniquement s'il y a une transaction. J'en vois tout le temps, des charlatans qui abordent les gens dans la rue. Ils leur disent qu'ils ont l'air malheureux, seuls ou je ne sais quoi – parce que c'est vrai que parfois, on a l'air seul ou malheureux –, et ils leur promettent des miracles. Ils vont les aider à trouver une femme, un meilleur emploi, à vaincre leurs ennemis, à faire fortune. Et une fois que le pigeon est délesté de quelques milliers de dollars, qu'il a acheté des amulettes et des bougies inutiles, il se rend compte que rien n'a changé.

— Sauf qu'il a été plumé. Mais c'est un peu ce que vous faites, d'une certaine manière ?

— Je ne promets rien. Je travaille sous mon propre nom et la première consultation est gratuite. Cela ressemble à une arnaque ? Si vous êtes satisfait et que vous voulez revenir, j'accepte les dons. Dans la mesure où les séances peuvent durer de quarante minutes à une heure, je suggère un minimum de cent dollars. Ce n'est pas une obligation, juste une suggestion.

— Et les gens donnent combien, en général ?

— Ça dépend. J'ai des habitués qui me laissent deux ou trois cents par séance. Il y avait un homme qui au début me donnait cinq cents dollars à chaque visite. Il est venu une fois par semaine pendant un mois, et puis, quand je suis entrée en contact avec sa femme, c'était le double.

— En liquide ?

— Toujours, admit-elle en riant.

C'était un producteur de cinéma connu dont la jeune épouse s'était suicidée. Il voulait savoir s'il était responsable. Il avait fallu huit séances pour le persuader qu'il s'agissait d'un accident. Et un travail colossal. La défunte était une actrice, une star montante originaire de Géorgie. Kit s'était entraînée à l'imiter à l'aide de vidéos en ligne. En ajoutant quelques détails personnels – les informations ne manquaient pas sur Internet –, Kit avait pu la ressusciter. Mais elle n'avait pas ménagé sa peine. Sachant que la femme avait avalé trente barbituriques et qu'on avait trouvé une bouteille de Jack Daniel's à côté du corps, il avait fallu développer des trésors d'imagination pour rendre la thèse de l'accident plausible. Malgré tout, il avait fini par adhérer à son histoire.

Après, il avait continué à venir pour passer encore un peu de temps avec Karen, car, à ses yeux, Kit avait pris la place de son épouse. Non contente d'imiter sa voix, elle avait étudié la gestuelle de la défunte. Peut-être était-ce simplement le plaisir nostalgique que lui procurait son numéro, mais il semblait fasciné par son talent. Au point où elle se confondait avec Karen dans son esprit. Il s'était même persuadé qu'elle lui ressemblait physiquement. Ça tournait à l'obsession. Il lui achetait des vêtements et des bijoux qui auraient plu à sa femme, lui offrait de l'argent et avait fini par la demander en mariage. Il semblait persuadé qu'il pouvait revivre cet épisode de sa vie en lui donnant une issue plus heureuse. Il se croit dans un film, se disait Kit à l'époque. On prend une tragédie et on change la fin. Jusqu'au moment où on est rattrapé par la tragédie.

Après plusieurs séances, elle avait mis un terme à ses visites. Pourtant, l'argent lui permettait de payer les frais médicaux de sa fille, mais elle avait pris peur lorsque le producteur avait insisté pour qu'elle l'accompagne aux Golden Globes, à Los Angeles, où l'un de ses films avait été nominé dans plusieurs catégories.

— Ils n'en croiront pas leurs yeux quand ils verront que je suis avec Karen, lui avait-il dit. Et tu pourras rencontrer des stars. Je connais tout le monde.

C'était le danger : il ne faisait plus la distinction entre le fantasme et la réalité. Lors de la séance suivante, elle lui annonça que Karen n'était pas là.

— Elle est partie, désolée.

— Essaie. Essaie encore. Je suis si seul sans elle.

— J'aimerais bien. Mais elle est… partie. Je ne la sens plus en moi.

Peu de temps après, elle apprit qu'il s'était rendu à Hollywood pour la cérémonie qui se tenait au Beverly Hilton. Son film n'avait remporté aucun prix, et le soir même il avait violé une starlette dans sa suite d'hôtel. Son témoignage avait provoqué une réaction en chaîne et vingt-six autres femmes étaient sorties du silence pour l'accuser d'agression sexuelle. L'une d'elles déclara : « Il n'arrêtait pas de parler de sa femme qui était morte. Il aurait voulu que je le plaigne, en plus, ce gros porc ! »

Kit omit bien sûr quelques détails dans la version de l'histoire qu'elle raconta à David Brier.

— Impressionnant, dit-il.

Elle sourit.

— Venez me voir à l'occasion.

Il regarda encore sa carte, la retourna une fois, deux fois, puis la mit dans sa poche.

— Ou vous êtes une arnaqueuse de génie ou vous êtes la seule vraie médium que j'aie jamais rencontrée.

— À vous de me le dire.

Il se laissa glisser de son tabouret.

— Je tenterai peut-être l'expérience un jour. Ravi d'avoir fait votre connaissance, en tout cas.

Il lui serra la main et la garda dans la sienne un peu

trop longtemps, comme s'il lui passait quelque chose discrètement.

— Celui-là, c'est un beau parleur, commenta le barman en débarrassant leurs verres.

Elle regarda la porte.

— Tu le connais ?

— Tout ce que je sais, c'est qu'il est flic.

— Tu me fais marcher !

— Inspecteur. L'un des serveurs l'a reconnu, il fréquentait un restaurant où il travaillait avant.

— Tu es sérieux ?

Il hocha la tête.

— Les barmen ne mentent qu'aux ivrognes, Kit.

Qui manipulait qui ? se demandait-elle à présent.

22

David Brier.

Il y en avait trois dans l'État de New York : un à Manhattan, un à Brooklyn et le dernier à Sag Harbor.

Et deux sur Facebook : un Afro-Américain à Los Angeles, un vétérinaire vietnamien à Morgantown, en Virginie de l'Ouest. Rien ne reliant son nom à la police.

Caroline Brier.

Une étudiante infirmière à l'université du Dakota du Nord.

> AVIS DE DÉCÈS DE CAROLINE BRIER
> Née en 1916 à Sacramento, et morte en 1964
> à Oakland, Californie.

A priori, il n'existait aucune trace de la mort de sa Caroline. Aucune trace officielle, du moins. Ce qui pouvait simplement signifier qu'elle avait gardé son nom de jeune fille.

Tout ce qu'elle savait, c'était qu'elle avait succombé à un cancer et qu'elle aimait les cookies de Magnolia Bakery. Ça pouvait toujours servir. Mais pour une séance, elle n'avait pas l'ombre d'un ectoplasme à exploiter.

23

Kit le sentit avant même d'avoir refermé la porte derrière elle. Une présence, quelque chose dans l'air.

— Il y a quelqu'un ?

Elle jeta un coup d'œil dans la cuisine, puis dans la chambre et la salle de bains. Personne.

Deux appartements de l'immeuble avaient été cambriolés au cours des dernières années, au premier et au quatrième étage. Depuis, tout le monde craignait d'être la victime suivante. Était-ce le tour de Kit ?

La porte de Zoey était close, comme d'habitude. Elle l'ouvrit et risqua un regard prudent dans la pénombre. Rien ne semblait avoir bougé, mais l'air y était plus frais, presque froid.

Elle était sûre qu'il y avait quelqu'un.

— Vous pouvez me parler…

Sa peau se hérissa en même temps qu'elle prononçait ces mots. Si un cambrioleur était entré en son absence et qu'il était encore à l'intérieur ?

— Je n'ai aucun objet de valeur, dit-elle d'une voix forte. Si vous voulez quelque chose, prenez-le et partez. Il n'y a aucune raison d'avoir peur. J'irai dans une autre pièce pour ne pas vous voir. Partez et ça n'ira pas plus loin, je vous le promets. Je n'appellerai pas la police.

Elle tendit l'oreille. Rien. C'est mon imagination, pensa-t-elle, soulagée. Son regard fit le tour de la chambre dont elle connaissait les moindres détails, depuis le temps. Elle y avait vu Zoey bébé, enfant, puis adolescente. Son odeur et ses souvenirs imprégnaient les murs.

Kit alluma le plafonnier. Le placard habituellement clos était ouvert, rempli de vêtements démodés et trop petits pour une fille de dix-sept ans. Elle passa la main sur les chemises, les jeans, les tenues plus classiques que Zoey portait pour les concerts. Elle prit un corsage et l'approcha de son visage avant de refermer la penderie.

Il y avait autre chose. La basket couchée sur le côté depuis trois ans était à présent posée bien à plat à côté de sa jumelle.

Je deviens folle, pensa-t-elle.

Le tiroir de la table de chevet bâillait de quelques centimètres, alors qu'elle était très à cheval là-dessus depuis que Zoey, toute petite, s'était entaillé le front à cause d'un tiroir mal fermé.

Elle l'ouvrit complètement. Tout semblait à sa place : un mouchoir en papier froissé, des bouchons d'oreille, un paquet de chewing-gums Orbit entamé. Les billets pour le récital d'András Schiff que Kit n'avait jamais essayé de se faire rembourser. Soudain, elle se figea, inspira, et prit le cliché qui n'était pas là avant.

C'était une photo de Peter et Kit au jardin de sculptures du Storm King Art Center. Cela faisait vingt ans qu'elle n'avait pas vu cette photo. Elle était rangée au fond de son placard, dans un carton plein de souvenirs.

À leur droite, sur une table de pique-nique, étaient posés une bouteille de prosecco et quelques verres à vin en plastique, dont l'un était renversé. Une glacière ouverte. Un sandwich entamé qui attendait d'être terminé. Peter et Kit se tenaient devant un arbre, enlacés. Ciel bleu et soleil radieux. À l'arrière-plan, le paysage parsemé de sculptures monumentales et un petit bout de l'Hudson, reconnaissable au subtil changement de lumière. Elle examina Peter de plus près. Il avait quelque chose sur l'œil droit, mais lorsqu'elle essaya de gratter avec son ongle, elle se rendit compte que c'était un défaut de la photo.

Elle se demanda comment Zoey l'avait trouvée.

Elle regarda le visage souriant de Peter, son œil flou. Elle-même, à côté de lui. Puis le sol derrière eux.

Le bec grand ouvert, un corbeau fixait l'objectif. Elle le contempla longuement avant de remettre la photo à sa place.

Le monde n'était que signes et symboles, l'univers était peuplé d'augures.

24

Veuve. Mère. Actrice. Seule.

Voilà les mots que Kit avait employés pour se décrire la première fois qu'elle avait rencontré Jackie Barnes, une psychologue spécialiste du deuil. Peter avait disparu depuis deux mois. Kit ne disait pas *mort*, parce que personne ne l'avait vu, ni sur le site ni à la morgue, un cadavre dans un tiroir. Ainsi, il existait dans un entre-deux, ni mort ni vivant, en suspens dans un no man's land nébuleux.

Elle s'était fait tirer l'oreille pour aller consulter. Sa mère avait été en analyse pendant des années, et tout ça pour quoi ? Un suicide élégamment orchestré, une scène qui semblait tout droit sortie d'un film au titre oublié, dont on se souvient seulement qu'il était en Technicolor et que la musique était de Max Steiner. Mais ses amis et la troupe des *Sorcières de Salem* l'avaient convaincue de se faire aider.

Il n'y avait pas eu d'enterrement pour Peter, pas de

cérémonie religieuse, pas de condoléances, pas de plats préparés apportés par les voisins. Les gens ne savaient pas quoi lui dire et ils l'exprimaient précisément en ces mots : *Je ne sais pas quoi dire, Kit.* Elle non plus. C'était ce qui avait achevé de la décider à consulter.

Lors de leur première séance, Jackie lui avait expliqué que c'était la première question qu'elle posait à tous ses patients : *Définissez-vous en quatre ou cinq mots.*

— Il n'y a pas beaucoup d'avenir là-dedans, avait-elle fait remarquer à Kit, quand celle-ci lui avait répondu.

Au début, elle voyait Jackie une fois par semaine, puis au fil des ans leurs rendez-vous s'étaient espacés. Tous les mois, toutes les six semaines, parfois pas du tout pendant de longues périodes. Avant, le problème était généralement l'argent. Maintenant, c'était *toujours* l'argent. Elle avait l'habitude des revenus irréguliers, en fonction des auditions et des cachets. Depuis quelque temps, cependant, l'argent rentrait vraiment au compte-gouttes. Elle avait beau savoir que c'était une existence irréaliste qui reposait sur des rêves d'enfant, l'espoir de décrocher le rôle qui allait faire décoller sa carrière la maintenait en vie.

Mais là, elle s'inquiétait. Elle avait l'impression qu'elle était en train de devenir folle, comme la précédente occupante de l'appartement. Ou comme sa mère. Le lendemain matin, elle appela Jackie et lui expliqua la situation en deux mots.

La dernière fois qu'elles s'étaient vues, c'était quelques mois après l'hospitalisation de Zoey. Lorsque Jackie lui ouvrit la porte, Kit eut du mal à la reconnaître, tant elle avait changé. Elle avait coupé très court ses longs cheveux bruns qui étaient devenus totalement gris. Elle avait été très malade, lui expliqua-t-elle. Un cancer du sein qui avait métastasé. On ne lui donnait qu'un an à vivre, à ce moment-là. Mais, grâce à la chimio et à la radiothérapie, elle était en rémission. Elle était maigre, presque décharnée, une rescapée du pays des morts, mais son sourire était le même. Toujours aussi large et accueillant, un peu trop grand pour son visage.

Elle serra Kit dans ses bras osseux.

— Laissez-moi vous regarder… Je suis jalouse, vous n'avez pas pris une ride, alors que j'ai l'air d'avoir fait la guerre.

Jackie la conduisit dans le salon. Il avait changé également. Elle avait une nouvelle bibliothèque et plusieurs photos de petits-enfants qui n'étaient pas là auparavant.

— Alors, que s'est-il passé dans votre vie, depuis notre dernier rendez-vous ?

Kit hésita avant de répondre.

— De drôles de choses. Comme je vous l'ai dit au téléphone.

— Tout ce que vous m'avez dit, c'est que vous vous sentiez devenir folle.

— Eh bien, oui, en fait, je suis un peu inquiète au

sujet de mon état mental. De ma santé mentale, plus exactement.

— Parlez-moi donc plutôt de l'état de votre vie. Ça fait un petit moment. Il peut s'en passer des choses en trois ans. Comment va Zoey ?

— Toujours pareil.

Jackie hocha la tête.

— Et vous, toujours célibataire ?

— Plus que jamais, répondit Kit, ne pouvant s'empêcher de penser à David Brier.

Curieusement, elle n'arrivait pas à se l'ôter de l'esprit. Il y avait quelque chose chez lui qui lui semblait sincère : sa bienveillance, son humour, le chagrin que lui inspirait la mort de sa femme.

Et puis, il était policier. Cette pensée passa comme un nuage sur ses souvenirs.

— Est-ce que vous vous autorisez à sortir, au moins ? Perdre Peter vous a causé un traumatisme. C'est difficile de se remettre d'une tragédie pareille. Ça va faire près de vingt ans, non ?

Elle avait prononcé ces mots d'un ton presque incrédule. Était-ce réellement trop long ? Ça ne l'était peut-être pas assez. Et peut-être que Kit s'accrochait à son chagrin pour de mauvaises raisons. Au cours de leurs séances, Jackie avait mentionné le sentiment de culpabilité et Kit avait dû admettre que oui, elle se sentait coupable de la mort de Peter.

— Mais vous n'auriez pas pu l'empêcher, Kit. Personne ne pouvait savoir ce qui allait se passer ce matin-là. Ce sentiment vient d'ailleurs. D'une autre raison enfouie tout au fond de vous, peut-être.

Si la culpabilité disparaissait, est-ce que le souvenir s'effacerait aussi ?

Kit lui parla de l'homme avec qui elle avait eu une relation, quelque temps après l'accident de Zoey.

— Il avait l'air parfait pour moi. Il était un peu plus âgé…

— De combien ?

— Onze ans. Il enseignait dans un lycée privé pour filles de l'Upper East Side.

Kit mentionna le nom de l'établissement.

— J'ai étudié là-bas, répondit Jackie. Il y a trop longtemps pour que j'aie pu le connaître. Racontez-moi comment vous vous êtes rencontrés.

— Dans un bar.

— Vous draguez toujours dans les bars ? dit-elle en souriant.

Kit pensa encore à David. Ce n'était pas de la drague, pas dans le sens habituel. Si une part d'elle était méfiante, l'autre était intriguée, voire attirée, peut-être surtout par goût du risque. Un policier. Veuf. Il semblait y avoir un vide entre les deux identités, quelque chose qui lui échappait. Si elle le recroisait, il faudrait qu'elle soit prudente.

Ne donne rien. N'accepte rien.

Kit rit.

— C'est vrai, c'était devenu une habitude. Mais c'est de plus en plus rare.

— Alors, ce prof?

— Ian ? Il était extraordinaire, dit Kit, écartant les doigts en éventail. Cultivé, intelligent, attentionné. Il adorait le théâtre, le cinéma. Il parlait couramment plusieurs langues étrangères. C'était très agréable. Les premiers temps, en tout cas.

— Et sexuellement ?

— C'était... bien. Certains trucs qu'il aimait étaient... assez nouveaux pour moi.

— Et vous les faisiez ?

— J'ai dû prendre sur moi, au début. Et il a été patient. Mais vous savez comment c'est, ajouta-t-elle en rougissant un peu.

— Vous vouliez lui faire plaisir.

Kit hocha la tête.

— Vous aviez peur de lui ?

— Comment vous avez deviné ?

Jackie ne répondit pas.

— C'est venu petit à petit, reprit Kit. Il était bon professeur. Il me dressait, en quelque sorte. Mais il y avait quelque chose qui me tracassait. Je ne sais pas, l'intuition que je ne voyais pas Ian aussi clairement que j'aurais dû. Que j'avais acheté le paquet sans le déballer complètement.

Jackie sourit et nota quelques mots dans le carnet Moleskine qu'elle avait toujours à portée de main.

— Joliment dit. Et que s'est-il passé, alors ?

Tout avait été très progressif. Il s'était rapproché, s'était rendu indispensable, avait cultivé chez elle le sentiment qu'elle lui était redevable. Que sans lui, elle serait perdue. Il avait repéré ses failles et appris à les utiliser.

Au début, c'étaient des petits riens. Des vexations verbales. Des remarques désobligeantes à table, alors qu'ils étaient au restaurant avec des amis, la plupart du temps les siens à lui. Jamais il n'avait levé la main sur elle. Tout se passait au niveau intellectuel. Elle souffrait d'être ignorante. Ou plutôt de se sentir ignorante.

— Et qu'avez-vous fait ?

— J'ai fini par le quitter. Un matin, j'ai eu un genre de révélation. J'ai rompu du jour au lendemain au bout de trois mois.

— Et ?

— J'ai eu du mal au début. Il me manquait… Mais chaque fois, je repensais à la façon dont il me traitait, comme si j'étais un accessoire, une montre de luxe à son poignet, un objet que les autres devaient admirer. Quand il me présentait à ses amis, j'étais « L'Actrice » et ils s'attendaient à ce que je fasse mon numéro, comme un animal de foire.

— Vous le faisiez ?

— Hé, Jackie, vous me connaissez. Je ne travaille pas pour rien.

Kit se doutait qu'il ne la laisserait pas partir comme ça. Elle redoutait de le voir surgir chaque fois qu'elle sortait de chez elle. Au théâtre, quand elle revenait saluer, elle scrutait la salle, se demandant où il était assis.

Il avait commencé à faire le pied de grue devant son immeuble le soir, planté sous sa fenêtre. Il lui laissait des messages. Lui envoyait des e-mails déchirants dans lesquels il menaçait de se suicider. Au début, elle lui répondait, lui expliquait qu'elle avait tourné la page et qu'il devait en faire autant. Puis il l'avait bombardée de SMS suppliants. *S'il te plaît, reviens*. Et les excuses bateau : *Je ne sais pas pourquoi je me suis conduit comme ça. C'était le stress. S'il te plaît, donne-moi une seconde chance.*

Il avait fini par renoncer. Un ou deux ans plus tard, elle l'avait cherché sur Internet par curiosité. Il enseignait toujours au lycée. À part ça, il n'y avait rien sur les réseaux sociaux, aucun indice sur sa vie. Elle imaginait qu'il avait séduit une autre femme, qu'il lui faisait franchir les mêmes étapes, lui imposait le même parcours du combattant. Tous ces mois gâchés, et pour qui ? Un homme capable de commander à dîner en français, avec un faible pour les bourgognes hors de prix, et qui au bout du compte ne valait guère mieux qu'une bonne bibliothèque.

— Fin de l'histoire, conclut Kit avec un sourire. Il est toujours là, quelque part.

— Il vous effraie ?

— C'est moi qui l'ai quitté. Et il n'aime pas perdre. Donc oui, il m'arrive d'y penser.

— Mais ce n'est pas la raison de votre présence ici. C'est déjà de l'histoire ancienne.

Elle décrivit alors brièvement son activité de médium.

— Ah… Il y a l'aspect moral et éthique, bien sûr.

— J'en suis consciente. Mais la plupart de mes clients semblent tirer un réconfort de nos séances. D'une certaine manière, je les aide.

— C'est mon travail, vous savez, dit Jackie en riant.

— La vérité, c'est que ça me permet de payer une partie des frais médicaux de Zoey et de rembourser mon emprunt. Je ne vois pas comment je m'en sortirais autrement. Je me réveille tous les matins en espérant que quelqu'un va appeler, qu'un client va prendre rendez-vous. Ce qui m'inquiète, c'est que récemment j'ai reçu un homme qui a perdu sa femme dans les attentats du 11-Septembre, et… vous allez me prendre pour une folle, mais j'ai entendu quelque chose. Une femme.

Jackie haussa les sourcils.

— La femme de cet homme ?

Kit réfléchit.

— Peut-être. Je n'en sais rien. Ça ne m'était jamais arrivé. J'ai un peu l'impression d'avoir créé un monstre qui m'a échappé. Normalement, les voix, les esprits, c'est moi qui les joue.

— Et cette voix, elle venait d'où ?

— Elle était juste… dans l'air, peut-être ?

— Ou à l'intérieur de vous ?

Ce qui, dans ce cas, signifiait qu'elle était vraiment bonne à enfermer.

25

— Et votre client, il l'a entendue aussi, cette voix ? demanda Jackie.

Kit secoua la tête.

— Tony n'a pas bronché.

Jackie nota le nom sur son cahier.

— Et vous avez peur de quoi ? D'avoir des hallucinations ?

— Je ne sais pas… Il se peut que cette femme essaie de contacter quelqu'un d'autre. Comme des lignes téléphoniques qui se seraient croisées, en quelque sorte.

— Vous pensez que vous êtes réellement médium ?

— Est-ce que ce serait préférable, sur le plan éthique ? demanda Kit en riant. Non, comme je vous le disais, c'est un numéro bien rodé.

— À force d'être répété, un acte peut créer sa propre réalité. Vous avez peut-être…

Elle s'interrompit pour chercher ses mots.

— Engendré une entité. À l'intérieur de votre esprit,

ou, allez savoir, à l'extérieur. Mais nous autres psychologues n'avons pas l'habitude de nous en remettre au surnaturel pour tirer nos conclusions, ajouta-t-elle avec un sourire.

— Vous pensez que je délire, c'est ça.

Jackie se leva de sa chaise pour rejoindre Kit sur le canapé.

— Alors, maintenant, vous établissez vos propres diagnostics ? Ou vous prédisez l'avenir ?

— Je sais, c'est idiot, dit Kit en riant. J'essaie juste de comprendre.

— Et ça n'était jamais arrivé avant ?

Elle secoua la tête.

— Non, comme je vous le disais, toutes les voix sont les miennes.

— Parce que vous êtes actrice.

— Exactement. Je peux imiter qui vous voulez, accent compris. Les enfants, les personnes âgées… Je fais des recherches sur Internet, j'étudie la vie des morts dans tous les documents accessibles au public.

— Ce n'est pas un peu malsain ?

— Pas si différent du travail de préparation que je ferais pour un rôle.

Jackie joignit les mains et la regarda.

— Je suis folle, c'est ça ?

— Nous n'employons pas ce terme, Kit.

— Mais vous le pensez.

— Alors, en plus, vous lisez dans les pensées ?

Kit éclata de rire.

— À temps partiel seulement. Mais ce n'est pas tout. Pendant notre première séance…

— Avec Tony, c'est ça ?

— Oui. J'avais l'impression que j'étais sur le point de tomber dans le vide. De me tenir au bord d'un précipice. Une force d'attraction contre laquelle je ne pouvais pas lutter. C'était très physique, quelque chose que je n'avais jamais éprouvé.

— Comme une hallucination ?

— Non, une sensation. Très réelle, à la fois intense et terrifiante. Je me sentais impuissante. Je pensais vraiment que j'allais mourir.

Jackie nota quelques mots.

— Vous suivez un traitement, actuellement ?

— Rien du tout.

— Et l'alcool ?

— Un peu, mais pas au point d'être ivre. Je ne dis pas non à deux ou trois verres en fin de journée.

— Parfois plus ?

— Si la journée a été mauvaise, ça peut arriver. J'essaie de rendre visite à Zoey plusieurs fois par semaine. Ça me coûte. Émotionnellement, je veux dire. C'est difficile de la voir dans cet état. Nous avons déjà perdu trois ans de vie ensemble. Des années cruciales pour une jeune fille. Les premières amours, les projets d'études. Et puis j'ai mes clients et parfois une audition. J'en ai une de prévue tout à l'heure, d'ailleurs.

— J'espère que vous serez prise. Et sinon, vous avez eu d'autres hallucinations ou…

— Ce n'était pas une hallucination. C'était réel. J'allais tomber. Comme dans un rêve, quand on rate une marche, que la jambe tressaute et qu'on se réveille. Sauf que je ne dormais pas. Je ne pouvais pas me réveiller. C'était réel. Ça se passait vraiment.

Jackie réfléchit un instant.

— Êtes-vous sujette au vertige ?

— J'ai peur de tomber. C'est différent.

— Peur de perdre le contrôle, vous voulez dire ?

— De tomber.

Elle détestait ça, quand Jackie mettait tout de suite le doigt là où ça faisait mal.

— Est-ce que vous avez peur de mourir ?

On ne lui avait jamais posé la question, mais Kit n'eut pas besoin de réfléchir.

— Ce n'est pas le cas de tout le monde ?

— Il faut peut-être frôler la mort pour guérir de cette peur. Mais peu importe. Ce qui me préoccupe, c'est que je ne voudrais pas que vous en soyez réduite aux mêmes extrémités qu'après la disparition de Peter.

— C'était ma décision, Jackie. J'étais déprimée, j'avais l'impression d'être en roue libre. Le traitement m'a aidée.

— L'électrothérapie, c'est ça ?

Il y eut un silence.

— Oui.

— Combien de séances ?

— Je ne m'en souviens plus.

— Et vous m'avez dit que votre mère s'était suicidée.

— Ça n'a aucun rapport. Je n'habitais même pas avec elle à l'époque. Elle avait… des problèmes, ajouta Kit, détournant les yeux. Elle était schizophrène.

Elle se rappelait que sa mère entendait des voix alors qu'elle était seule, répondait à des questions que personne n'avait posées. Elle regarda la psychologue.

— S'il vous plaît, ne m'entraînez pas sur ce terrain-là.

La séance touchait à sa fin. Jackie s'excusa et la laissa un instant. Kit entendit la porte des toilettes se fermer. Elle se leva, s'approcha de la fenêtre. C'était une belle journée de printemps, si chaude et lumineuse, sous le ciel sans nuage, qu'on avait l'impression que le temps s'était arrêté, que la vitre était un portail de l'autre côté duquel l'attendait une révélation. Un éclair de lucidité qui lui permettrait de recoller tous les morceaux.

Il y eut un bruit de chasse d'eau. Puis Jackie réapparut et vint se placer à côté d'elle à la fenêtre.

— Je ne suis pas en mesure de vous dire ce qui vous arrive exactement. Ce n'est pas vraiment de mon ressort. Je sais que vous avez vécu des moments très durs. Votre mari. Votre fille. La précarité de votre situation. Autant de choses qui peuvent affecter l'équilibre émotionnel.

Elle la raccompagna à la porte.

— Je ne peux pas poser de diagnostic. Je peux seulement vous aider à mettre des mots sur ce qui vous arrive. Il se peut que ce que vous avez vécu ait réellement des causes surnaturelles. Mais il y a sûrement d'autres explications plausibles. L'occulte ne relève pas de mes compétences. Je vous invite à prendre des notes si cela devait se reproduire. Et si vous le pouvez, revenez me voir dans quelques semaines. Ou avant si vous sentez que ça ne va pas. D'accord ? Je trouverai toujours une place pour vous.

Elles s'étreignirent.

— Vous m'enverrez votre note ?

— Pas question. On verra ça la prochaine fois.

26

— Je suis navrée. Le métro…

L'excuse pitoyable de l'acteur new-yorkais au chômage. Elle était tellement en retard que le dernier petit groupe de comédiens partait déjà.

— Et vous êtes ?

L'homme qui venait de lui parler, l'un des producteurs, s'appelait Blake quelque chose. Il arrivait directement de Californie, c'était évident : le genre de type bronzé et athlétique qui ne devait jamais s'autoriser un morceau de pain.

Elle lui tendit son CV.

— Kit Capriol.

Il jeta un coup d'œil à la feuille.

— Ah oui, votre agent nous l'a envoyé la semaine dernière.

— Encore toutes mes excuses pour le retard. Je vois que vous avez terminé, je vais vous laisser.

— Attendez. On n'a toujours pas trouvé notre actrice.

Elle le regarda.

— Ah oui ?

Il jeta un coup d'œil à une femme assise sur une chaise pliante sur le côté. Les jambes étirées devant elle, elle examinait Kit avec désinvolture.

— Rita Daly, notre directrice de casting.

— Je vais me contenter d'observer pour l'instant, d'accord ? dit celle-ci en souriant.

— Pour ne rien vous cacher, au départ, nous avions un accord de principe avec une actrice qui a joué dans une série Showtime.

Blake mentionna son nom. Kit connaissait son travail et l'avait croisée une fois, quelques années plus tôt.

— Mais on lui a offert un rôle à Broadway et finalement, elle s'est désengagée de notre projet. Donc, voilà où nous en sommes. Ce qui a retenu mon attention dans votre CV, c'est que vous n'avez pas froid aux yeux. Vous avez joué dans des spectacles assez radicaux… radicaux, dans le sens de différents. Vous êtes prête à sortir des sentiers battus. Et je vois que votre nom a été cité à plusieurs reprises dans des critiques.

— Pour le meilleur et pour le pire.

Sa réflexion parut amuser Blake. Tant mieux. Elle se sentait relativement détendue, ce qui était inhabituel dans ce genre de situation.

— Donc, ainsi qu'on vous l'a expliqué par e-mail, ça va s'appeler *À la poursuite du jour*. Ça se passe en 2003, juste après le pillage du musée de Bagdad. À ce stade, on envisage une série qui sera diffusée sur le câble, tournée ici, à New York, avec quelques prises au Maroc. Une dizaine d'épisodes, et éventuellement une seconde saison basée sur une nouvelle intrigue. Pour l'instant, on a le pilote. C'est de là qu'est tirée la scène qu'on va vous demander de lire. Le personnage principal est un photoreporter primé, accro à la guerre. Partout où il y a un conflit, il est en première ligne. Il rentre d'Irak – ça se passe il y a quelques années, bien sûr –, sans se douter qu'il a pris par hasard une série de photos d'un acte illégal impliquant un officier américain de haut rang. Il rentre chez lui et… eh bien, c'est le merdier. Un tas de gens veulent mettre la main sur ces photos et sa famille est en danger. Tout comme lui. Voilà l'histoire grosso modo.

— Et mon rôle, ce serait… l'épouse ? La petite amie ?

— Ni l'une ni l'autre. On aimerait faire du personnage principal une femme. Il y a beaucoup de photographes de guerre féminins de renom, et ça pourrait créer une dynamique intéressante. Elle exerce dans un milieu hyper viril, et doit se battre deux fois plus que les mecs pour se faire une place. Elle a la niaque et veut toujours être au cœur de l'action.

— Nous sommes conscients que c'est risqué de prendre une inconnue pour ce genre de rôle, intervint Rita. D'autant plus qu'un nom, c'est la certitude d'attirer des financements et d'autres têtes d'affiche. Mais pour l'instant, on n'a pas eu le déclic. Ce qu'on cherche, c'est une voix. Pas seulement un visage, mais quelqu'un qui incarne véritablement le personnage.

Si elle décrochait ce rôle, elle pourrait tirer un trait sur le spiritisme. Elle pourrait payer ses factures et arrêter de se torturer l'esprit.

— Je vais être honnête. J'ai besoin de ce job. J'ai besoin d'argent. Je suis veuve, j'ai une fille dans le coma depuis trois ans, et je suis à sec.

Les histoires d'acteurs impécunieux, Blake en avait manifestement entendu d'autres. Son visage afficha une expression déçue et vaguement contrariée.

— Désolée, j'ai perdu une bonne occasion de me taire.

— Ce n'est pas grave… madame Capriol, la rassura-t-il après avoir jeté un coup d'œil à son CV.

— Appelez-moi Kit.

— Kit. Écoutez, je sais : les gens ont leur vie, les gens ont leurs soucis, les gens tombent malades. Mais voyons ce dont vous êtes capable.

— On va filmer l'audition pour l'envoyer à l'équipe en Californie, dit Rita, se levant pour allumer une petite caméra sur un trépied. Je sais que vous avez déjà fait ça. Est-ce que vous pourriez relever vos cheveux, s'il vous plaît ? J'ai une barrette, si vous…

— Pas la peine, j'ai ce qu'il faut.

Elle sortit une pince de son sac et attacha négligemment ses cheveux, ce qu'elle faisait de toute façon assez souvent.

Blake lui tendit quelques pages.

— Dans la première scène, le photographe – il s'appelle Nick dans le scénario, mais on va le rebaptiser Kit pour simplifier les choses – est embarqué dans une unité en Irak. Il y a un échange de tirs avec un sniper. Kit se faufile et slalome pour prendre des photos. Ça canarde partout autour d'elle. Elle doit éviter les balles et ne pas gêner les soldats. Il n'y a pas de dialogue. Uniquement de l'action. Parce que vous portez un casque, les spectateurs supposent que vous êtes un homme. À la fin de l'échauffourée, une fois le sniper abattu, vous retirez votre casque, secouez vos cheveux et on se rend compte que vous êtes une femme. La scène qu'on vous demande de lire, c'est la suivante. Kit atterrit à JFK après avoir passé plusieurs mois à l'étranger, loin de son mari et de sa fille de treize ans. Page trois, s'il vous plaît.

Terminal d'aéroport. Tapis roulant. Photographe de guerre épuisée, son matos en bandoulière, un sac de voyage usé à ses pieds. Ses vêtements, son gilet pare-balles et ses cheveux encore poussiéreux.

Pigé.

— Voyons si vous trouvez le ton. Faites comme vous le sentez. Elle s'adresse à la caméra alors qu'elle traverse le terminal. Elle ne tient plus debout. Elle a du mal à garder les yeux ouverts. Elle a la tête de quelqu'un qui aurait besoin de dormir vingt-quatre heures d'affilée. Mais l'adrénaline du champ de bataille lui manque déjà.

Kit parcourut les premières lignes, s'éclaircit la gorge. Elle leur tourna le dos, prit quelques inspirations, puis leur fit face, les épaules voûtées. Elle opta pour un accent du Bronx.

— Il y a ceux qui aiment le parfum des roses. Ceux qui carburent à l'arôme du café. Moi… ?

Elle leur adressa un sourire narquois.

— Mon truc, c'est le kérosène. Même quand je dors debout et que je n'ai qu'une envie, me terrer dans un trou et mourir. Comme l'odeur de la colle pour un gosse qui construit des maquettes d'avion. Ou les notes boisées d'un single malt pour un ivrogne

— OK, maintenant, vous êtes dans votre voiture, vous rentrez chez vous, allez retrouver votre famille. Et…

— C'est l'odeur du risque. Et putain, ça me fait décoller. Kinshasa. Kaboul. Bagdad. Prenez une ville. N'importe laquelle. Envoyez-moi là-bas… Je suis chez moi.

— Et elle prononce les derniers mots quand sa voiture se gare devant chez elle. Ça m'a plu, Kit. Vous avez trouvé une approche intéressante. J'aime bien le ton que vous avez choisi.

— Gouailleur, renchérit Rita. Couillu. Quelque chose de Pacino dans la voix. Bien vu, Kit.

Elle semblait sincère.

Ils lui demandèrent ensuite une autre scène d'environ cinq pages. Blake jouait son mari. Le genre de conversation de couple qu'elle connaissait trop bien.

À la fin, Blake reposa le scénario.

— Excellent, Kit. Merci beaucoup.

— Je vais juste prendre quelques photos, dit la femme. Vous voulez bien ?

Elle fit quelques portraits d'elle avec son iPhone. Rita était plus petite qu'elle, guère plus d'un mètre cinquante, mince et sculptée dans son jean skinny et son tee-shirt noirs. La seule touche de couleur était le foulard noué autour de son cou. Elle portait ses lunettes de soleil dans ses cheveux blonds en pétard. Kit connaissait ce look par cœur : Californienne jusqu'au bout des ongles.

— On reste en contact. Si vous êtes retenue, on vous appellera pour une seconde audition.

Elle raccompagna Kit à la porte de la salle.

— Ne vous inquiétez pas si vous vous êtes un peu laissée aller, à propos de votre fille dans le coma. On en a vu d'autres, croyez-moi.

— C'était vrai.

— Ça se voyait.

Kit ne put pas résister.

— Vous avez perdu quelqu'un récemment, je me trompe ?

La femme écarquilla les yeux.

— Comment avez-vous deviné ? Ma mère est décédée il y a quelques semaines.

— Intuition d'acteur, je suppose. Désolée, je ne voulais pas remuer le couteau dans la plaie. Toutes mes condoléances.

Elle était tentée de lui donner sa carte, mais elle eut la sagesse de s'abstenir.

27

Elle avait dû s'endormir sur le canapé en rentrant chez elle, car, lorsque la sonnette retentit dans la pièce enténébrée, il lui fallut un moment pour savoir où elle était. Elle se frotta les yeux et traversa le salon à l'aveuglette pour répondre à l'Interphone.

— Quelle heure est-il ?

— Il est 8 heures passées, dit une voix irlandaise familière. Bonsoir, madame Capriol. C'est Brigid Malone. Je m'excuse de vous déranger, mais…

Merde, pensa Kit.

— Je suis désolée, madame, mais je préfère que vous preniez rendez-vous avant de venir et…

— Je sais, mais c'est important. Il faut que je vous parle. Je dois vous avouer quelque chose.

— Je vous ouvre, dit Kit, pestant intérieurement.

Elle attendit qu'elle frappe. Par le judas, elle regarda la vieille dame dans le couloir mal éclairé. Elle portait le même manteau en laine que la dernière fois, le même fichu, le même sac en cuir usé. Elle paraissait minuscule.

— Madame Malone, dit-elle en ouvrant la porte, espérant que l'intruse entendrait la note de désapprobation dans sa voix.

— Je suis drôlement contente de vous trouver ici, dit celle-ci, touchant la main de Kit de ses doigts parcheminés.

— Vous auriez vraiment dû appeler avant et prendre rendez-vous.

— Je sais. Et je m'excuse. Mais c'était urgent.

— Très bien. Je vous écoute.

— Voilà. Il y a un policier là-dehors. Il vous surveille.

Kit la regarda, soudain inquiète.

— Maintenant ? En ce moment ? Où ?

Elle était prête à aller vérifier à la fenêtre.

David Brier l'espionnait-il ? Depuis combien de temps ? Elle repensa à la fois où il l'avait aidée à se relever dans la rue. La suivait-il déjà un an plus tôt ?

— Non, non, il n'est pas là. On a été voisins, c'est comme ça que je le connais. La dernière fois, si je suis venue vous voir, c'est parce qu'il me l'a demandé. C'est lui qui a tout organisé.

— Vous voulez dire que vous n'avez jamais eu de fille appelée Lucy ?

— Non. Mais j'ai vraiment perdu ma petite fille il y a très longtemps. Et je me disais… si je vous donnais de l'argent, vous pourriez faire quelque chose ? Nous réunir, ne serait-ce qu'un instant ?

Elle sortit de son sac une mince enveloppe remplie de billets de dix dollars tout neufs. Kit soupira.

— Je ne suis pas sûre que ce soit le meilleur moment, madame Malone. Moi aussi il faut que je vous…

Elle était prête à révéler la vérité à la pauvre femme. C'était cruel de lui donner de faux espoirs.

— Je vous en prie, insista Brigid, entrant dans l'appartement et laissant la porte se refermer derrière elle. Vous ne pouvez pas essayer ? Rien qu'une fois. S'il vous plaît.

— Bon, d'accord, mais juste pour cette fois. Et je ne veux pas de votre argent, d'accord ?

Elle l'invita à la suivre dans le cabinet de consultation.

— D'abord, parlez-moi du policier.

— Il se fait appeler DeLuca… mais son vrai nom, c'est Cabrini, Tony Cabrini. Il s'est servi de moi. Il m'a payée pour que je me fasse passer pour la mère de cette Lucy. Mais je ne connais personne de ce nom. Tout est faux. C'est lui qui a tout manigancé. Il m'a donné de l'argent pour que je vienne vous voir.

Au moins, ce n'était pas David Brier.

— Vous voulez dire que même l'annonce dans le journal était fausse ?

— C'est ce que je me tue à vous expliquer. Cet homme, Tony, il voulait que je me débrouille pour que vous preniez mon argent. Et après, que j'aille au tribunal raconter au juge ce que vous faisiez.

Kit savait que cela finirait par arriver. D'autant que la police new-yorkaise avait fait une priorité de la chasse aux médiums et aux voyants en tout genre. Mais elle n'était pas comme les autres. Elle n'avait pas de vitrine illuminée par un néon criard, ne racolait pas dans la rue, ne prétendait pas avoir toutes les réponses. Elle ne prêtait pas sa voix à des princesses incas mortes il y a cinq mille ans ou à des guerriers cherokees depuis longtemps enterrés. Elle offrait à ses clients potentiels un message de réconfort, la possibilité de faire leur deuil. Elle ne promettait rien, ne réclamait jamais directement d'argent. Et voilà qu'elle se retrouvait avec deux flics dans sa vie.

Elle risquait de tout perdre.

— Est-ce qu'il vous a demandé d'enregistrer quoi que ce soit ?

— Justement, oui. Il m'a donné un petit appareil à glisser dans mon sac. Mais vous savez ce que c'est, on perd la mémoire en vieillissant. J'ai dû oublier de le mettre en marche, dit-elle en souriant.

Kit prit une grande inspiration.

— Vous l'avez sur vous ?

— Non, bien sûr que non. Je l'ai rendu à Tony. Je ne veux plus rien avoir à faire avec cet homme.

— Il vous attend dehors ?

— Non ! Il ne sait pas que je suis ici. C'est moi qui ai décidé de revenir, parce que je veux parler à ma petite Deirdre. Elle avait six ans. Elle est morte noyée dans un étang. Nous étions à Wicklow, chez ma sœur Siobhan. On prenait le thé. Deirdre était allée jouer avec une autre fillette du quartier, Fiona Byrne. Et soudain, on s'est rendu compte que ça faisait presque une heure. Je suis allée voir ce qui se passait…

Kit se représentait parfaitement la scène : une petite silhouette qui flottait à la surface de l'étang, visage dans l'eau, bras écartés, ses cheveux blonds étalés. Une scène tirée d'un film qu'elle avait vu il y a très longtemps.

Mme Malone s'interrompit, chercha ses mots.

— La maison se trouvait sur une petite colline, Shone's Hill, c'était son nom. J'ai couru jusqu'en bas en appelant ma fille, et rien, juste les oiseaux qui chantaient. Quand je suis arrivée au bord de l'étang, la pauvre chérie flottait, le visage dans l'eau. Elle avait les bras écartés, l'air tellement naturel… Je n'ai jamais eu d'autre enfant. Après la mort de mon Brendan, je ne me suis pas remariée. Je peux dire que je ne m'en suis jamais remise.

— C'est terrible.

Deirdre, pensa-t-elle. Dans sa tête, elle voyait presque trop clairement la fillette dévaler la pente avec son amie.

— Et l'autre enfant, qu'est-ce qu'elle est devenue ?

— Fiona ? À ce qu'on dit, elle traîne dans les rues de Galway et elle parle aux hommes.

Les yeux de Brigid s'agrandirent.

— Je veux seulement que vous me rendiez ma fille pendant quelques instants. Je n'en demande pas plus.

28

L'étincelle de l'allumette, la mèche qui s'enflamme, leur souffle suspendu. C'était un rituel qui exigeait du silence et une forme de révérence, de la retenue, et aussi une bonne dose de foi. La bougie éclairait le visage de la femme et Kit voyait son sourire plein d'attente, son regard brillant de tristesse.

— Madame Malone, je veux que vous sachiez que je suis de tout cœur avec vous. Je ne peux pas vous garantir que je serai capable de parler à votre fille ce soir. Mais je vous promets que je ferai de mon mieux, dit-elle d'une voix aussi réconfortante que possible.

Jusqu'à quel point pouvait-elle se fier à Brigid Malone ? Il y avait toujours un risque que cette visite soit encore un piège de la police.

— Merci, dit la femme, lui serrant la main.

Kit savait qu'elle ne pourrait pas satisfaire la vieille dame. Elle avait besoin de temps pour faire ses recherches.

Là, elle allait devoir inventer une petite fille à partir de rien.

— Donnez-moi quelque chose pour m'aider à l'appeler. Un surnom, un animal familier qu'elle aimait, un vêtement. Ou même une chanson.

— J'ai quelque chose qui lui appartenait. Je le garde toujours sur moi.

Elle tira de son sac un médaillon en argent en forme de *claddagh* : deux mains qui tenaient un cœur.

— Ouvrez-le. Mais faites attention, c'est fragile.

Le médaillon contenait une boucle blonde sous verre. À l'intérieur du couvercle, une représentation du Sacré-Cœur de Jésus.

— Elle avait de si jolis cheveux… Mon frère Liam l'a fait faire pour moi quand Deirdre nous a quittés.

Kit était bouleversée. C'était tout ce qui lui restait de sa fille : des souvenirs fanés et une mèche blonde. Elle eut un élan de pitié pour cette femme qui n'avait qu'une médium bidon pour lui apporter un peu de consolation.

— Je peux le garder un instant ?

— Allez-y.

Il était étonnamment chaud. Brigid devait le tenir souvent pour se rapprocher de Deirdre, pour sentir sa présence.

— Maintenant, posez vos mains sur les miennes, s'il vous plaît.

Le médaillon au creux de sa paume, Kit ferma les yeux.

— N'oubliez pas que ceux que nous avons perdus sont toujours avec nous. Si nous leur faisons comprendre que nous ne leur voulons aucun mal, que nous ne leur reprochons rien, et que nous désirons seulement leur exprimer notre amour, ils répondront… Deirdre, dit-elle doucement. Deirdre, s'il te plaît, montre-nous que tu es ici.

Il y eut un long silence et soudain Kit perçut une altération dans l'air. Ça recommençait. Elle se sentait vidée de sa volonté, investie par une force extérieure. Elle entrouvrit les yeux. Brigid souriait avec un tel ravissement qu'elle paraissait avoir rajeuni.

— Elle est toute proche, dit la femme, se levant presque de sa chaise.

— Deirdre, s'il te plaît, fais-nous un signe si tu es avec nous, murmura Kit.

Une fillette se mit soudain à parler par sa bouche.

— Je ne… ne trouve pas le chemin…

Son accent n'était pas si différent de celui de la Lucy qu'elle avait inventée, sauf que la voix était plus aiguë, plus chevrotante. Kit sentait ses lèvres bouger, pourtant, elle ne faisait rien.

— Il fait… noir. Et froid. Je ne veux pas y retourner.

Brigid laissa échapper un faible cri.

— Ma petite fille…

Elle ne comprenait pas. Les mots qui sortaient d'elle ne

lui appartenaient pas. Cet esprit égaré s'était-il réellement emparé d'elle ? Elle se sentait aspirée par une force puissante, comme le métal est attiré par un aimant. Cela n'avait rien de menaçant, ni même d'effrayant. Au contraire : elle éprouvait un sentiment de paix consolateur.

— Où es-tu, Deirdre ? demanda Brigid.

— Dans l'eau, là où Fiona m'a emmenée. Ça fait très longtemps que je suis dans l'eau, maman. Je veux sortir.

— Pardonne-moi, ma chérie. Je ne savais pas. Je n'ai pas pu te protéger. Et quand je suis arrivée au bord de l'étang et que je t'ai vue, j'étais…

— Qui c'est, avec toi, maman ?

— Tu la vois, Deirdre ?

— Bien sûr, je suis juste à côté d'elle. Elle est assise en face de toi. C'est une amie ? Elle a de beaux cheveux. Ils sont tout doux, gloussa-t-elle.

Un frisson glacé parcourut Kit lorsqu'elle sentit un courant d'air jouer dans ses cheveux.

— Elle s'appelle Kit…

— Je sais. Je l'ai déjà vue. Elle a une fille, elle aussi, et elle lui manque beaucoup.

— C'est une amie. Une amie pour nous deux. Tu peux lui faire confiance, ma petite chérie, si c'est ce qui t'inquiète.

— J'étais dans le noir… perdue… Je ne savais pas… mais…

Elle prit une brusque inspiration.

— Je suis sortie de l'eau maintenant, et je vois beaucoup mieux. Maman, tu es là, enfin ! Et je vois le soleil ! Le soleil ! Et papa aussi.

— Brendan, murmura Brigid, les larmes aux yeux.

Il semblait que la membrane entre la vie et la mort était devenue légère, diaphane, avec des trous et des déchirures partout. Et que Kit passait maintenant librement d'un monde à l'autre.

La voix de l'enfant se fit plus forte.

— Ta main, maman. Je veux la sentir dans la mienne.

Kit vit la femme tendre une main tremblante. Et se lever brusquement.

— Je la sens. Je sens sa chaleur. Ma petite fille !

Elle serra ses poings contre sa poitrine, tandis que de grosses larmes roulaient sur ses joues.

— Il y a quelqu'un d'autre, maman. Elle veut dire quelque chose à la dame qui est avec toi. Je pense qu'elle la connaît. Elle est malheureuse. Elle pleure et elle a les mains devant sa bouche, comme si elle avait vu quelque chose d'horrible. Je veux l'aider, mais je ne peux pas, elle ne m'écoute pas…

— Qui est-ce ?

— Elle pleure et maintenant j'ai envie de pleurer, moi aussi. Il y a quelque chose qui la rend malheureuse. S'il vous plaît, madame, arrêtez de pleurer, parce que…

— Pourquoi est-elle si triste ?

— Je ne sais pas… mais elle a très mal et elle n'arrête

pas de pleurer. Et elle a peur pour la dame avec toi, dit-elle d'une voix presque inaudible. Elle dit qu'il va lui arriver une chose terrible, une chose effrayante.

— Est-ce que Deirdre est toujours là ? demanda Brigid.

Kit sentit soudain l'air moins dense autour d'elle.

— Non, elle est partie. Mais elle reviendra vous voir.

La flamme de la bougie vacilla, puis s'éteignit d'un coup, sans qu'il y ait le moindre souffle dans la pièce.

— La séance est terminée, madame Malone. Maintenant vous savez que votre fille est heureuse là où elle est.

Et manifestement, Kit la rejoindrait bientôt.

Ou alors, pensa-t-elle, c'est encore une voix dans ma tête, et je suis vraiment folle.

29

Comme tous les vendredis soir, la salle était bondée. Voyant qu'il ne restait pas de tabouret libre, elle s'apprêtait à partir. Elle préférait le comptoir. Boire seule à une table, c'était pathétique. Et il y avait toujours un idiot pour se faire des idées.

Un client qui entrait l'attrapa par le bras un peu trop fermement et, pendant un instant, elle crut que Ian avait resurgi pour la tourmenter. Elle se raidit et sentit sa bouche s'assécher.

— Salut, dit l'homme en la lâchant.

Elle hésita.

— C'est David. Dave Brier. Vous me remettez ? On s'est rencontrés au bar la semaine dernière.

Elle se demanda si sa vie ne devenait pas trop compliquée. Elle voulait bien croire aux coïncidences, mais là, c'était un peu trop.

— Salut. Pardon, oui, bien sûr. C'est que je ne m'attendais pas à vous voir.

— Je ne voulais pas vous effrayer. Vous partiez ?

— Il n'y a plus de place, dit-elle en se frottant le bras à l'endroit où il l'avait serré – comme la fois où il l'avait aidée à se relever dans la rue.

— Si vous n'êtes pas trop pressée, patientons ensemble. Il y aura bien une table qui va se libérer. Ça me ferait plaisir de bavarder avec vous.

— Pourquoi pas, dit-elle, se demandant si elle n'était pas en train de se jeter dans la gueule du loup.

Des clients leur laissèrent bientôt une table. Elle commanda sa traditionnelle double vodka. De son côté, il prit une margarita avec de la salsa et des nachos à partager. L'ambiance était électrique, la musique un cran trop forte, et la salle résonnait du tintement des couverts. Kit sentit une fracture en elle, quelque chose qui se brisait en morceaux.

— Je n'ai rien avalé depuis ce matin, dit David, haussant la voix pour se faire entendre. Longue journée, trop de boulot… Vous avez l'air crevée, vous aussi.

— Ça se voit tant que ça ? Je pensais avoir un meilleur coup de pinceau.

Elle se sentait déstabilisée. Lorsqu'ils s'étaient rencontrés au comptoir, ç'avait été facile. Elle avait pu jouer son rôle sans problème. Mais ce soir, elle ne savait pas du tout qui elle allait être pour cet homme.

— Parfois, ça fait du bien de parler…

Elle hésita.

— Il y a quelque chose que je n'ai pas mentionné, la dernière fois. Qui était aussi la première. Je veux dire, on ne se connaît même pas et je vous raconte tout ça. Mais bon. J'ai une fille. Elle s'appelle Zoey. Elle vient d'avoir dix-sept ans et ça fait trois ans qu'elle est dans le coma.

Elle se sentit soudain embarrassée, comme si elle lui avait révélé qu'elle souffrait d'une maladie honteuse. Il accusa le coup.

— Mon Dieu, dit-il enfin. Je suis désolé, Kit. Qu'est-ce qui lui est arrivé, si ce n'est pas indiscret ?

— On attendait le métro pour aller à Carnegie Hall. J'avais acheté des billets pour un concert classique. Elle était… Zoey est pianiste. Elle prenait des leçons. Elle était douée. Elle est douée. Très. Elle veut être musicienne professionnelle.

Il l'écoutait avec attention.

— Tout s'est passé si vite que je n'ai rien vu, comme la plupart des gens autour de nous, je suppose. Mais elle, elle a assisté à ce… Je ne sais même pas comment dire ça… une femme est tombée sur la voie alors qu'un métro arrivait. Et Zoey s'est fracassé le crâne sur le quai. Elle a perdu connaissance.

— C'est dingue, cette histoire, dit-il en reculant le buste, comme projeté en arrière par la violence de ses paroles. Et vous dites que c'était où ?

— À quelques rues d'ici, au nord.

— La station Columbia University ?

Elle hocha la tête.

— Je crois avoir lu quelque chose là-dessus. Et vous étiez présente ?

— Oui, mais je n'ai rien vu. J'ai dû détourner les yeux un instant. Le métro est arrivé et soudain, les gens se sont mis à hurler, à crier au conducteur de s'arrêter, et la femme était sous les roues, encore vivante… le bruit… c'était indescriptible. Jamais je ne pourrai l'oublier. Le bruit d'une femme qui meurt. Le bruit d'une femme qui veut vivre.

— Et vous pensez qu'on l'a poussée ?

— Aucune idée. Je n'ai rien vu, je vous le répète. Zoey saurait le dire, je suppose. J'ai cru qu'elle s'était évanouie. Mais elle a été prise de convulsions, ce qui ne lui était jamais arrivé. Et depuis, elle est dans le coma.

Elle leva son verre.

— Ça fait tout drôle. J'étais là et je n'ai rien vu. Je ne sais pas pourquoi cette femme a perdu l'équilibre.

— Et votre fille… quel est le pronostic ?

— Les médecins refusent de se prononcer. Peut-être qu'elle passera le restant de ses jours dans cet état, peut-être qu'elle se réveillera un beau matin, ayant tout oublié. Ou qu'elle se rappellera tout.

— C'est à ce moment-là que vous avez commencé à faire des séances de spiritisme ? Après l'accident ?

Fais attention où tu mets les pieds, se dit-elle, songeant à qui elle avait affaire.

— Plus ou moins… Zoey est… elle est dans cette zone, cet endroit qui n'est ni la vie ni la mort. Est-ce que c'est ça qui m'a amenée à essayer de communiquer avec les esprits ? Possible. Je le fais tout le temps. Je sens que Zoey entend ce que je lui dis quand je suis avec elle. Elle rêve, comme tout le monde. Elle mène une vie parallèle dans le coma. J'aime penser qu'elle rêve qu'elle grandit. Qu'elle rêve de ce que je lui racontais au sujet de son père. De ses cours de piano, de ses amis au collège. Peut-être même de l'avenir. C'est dur, mais au moins elle est vivante.

Comme un fantôme, songea-t-elle. Là, et manifestement absente.

David la regardait avec ses yeux tristes. Puis il posa une main sur les siennes et les serra doucement. C'était une sensation délicieuse. Cela faisait une éternité que Kit n'avait pas été touchée par un homme et elle se sentit fondre.

— Il y a une chose que je dis souvent à mes clients. La frontière entre les vivants et les morts est plus fine qu'on l'imagine. Parfois, avec une lumière adéquate, on peut voir à travers et distinguer la silhouette de ceux qui nous ont quittés. Nous sommes toujours à seulement quelques centimètres de notre propre mort.

C'était une bonne accroche. Elle l'avait écrite quand elle avait commencé. Il faudrait qu'elle songe à la dépoussiérer pour s'en servir avec ses nouveaux clients.

— Et votre mari ?

— Je ne considère pas qu'il est mort. C'est pour ça que je ne peux pas communiquer avec lui.

— Parce que vous ne croyez pas totalement à sa mort…

Il semblait vraiment entendre ce qu'elle disait.

— Je sais que ça doit paraître morbide, et c'est peut-être juste de la pensée magique, mais parfois, je me dis qu'au lieu de contempler le passé, c'est l'avenir que nous voyons. Aujourd'hui, votre femme et mon mari sont encore vivants et nous anticipons leur sort.

Il lui jeta un regard de biais.

— Ce qui voudrait dire quoi ? Que c'est nous les morts ? Les fantômes ?

— Et qu'on pourrait passer tout le temps qu'on veut avec eux ? Non, pas vraiment. C'est comme la femme du métro. En une fraction de seconde, c'était fini. Je pense toujours à ce qu'elle avait prévu pour ce soir-là, le lendemain, le mois suivant. À la vie entière qu'elle croyait avoir devant elle. Et un instant plus tard, il n'y avait plus rien.

30

David la regarda.

— Vous êtes une drôle de personne. Alors, vous avez ce pouvoir, ce don de… de parler aux morts ? C'est fou, quand même…

— C'est comme ça, je n'y peux rien.

Il fallait qu'elle continue de faire semblant d'y croire. Ce type attendait probablement qu'elle se trahisse pour la coincer.

— On en reprend un ? demanda-t-il.

Elle regarda son verre vide.

— Oui. S'il vous plaît. Immédiatement. Sur-le-champ.

Elle releva les yeux et ils éclatèrent de rire. Ils grignotèrent encore un peu tandis que le serveur traversait la salle pour prendre leur commande. Elle attendait toujours que David lui avoue qu'il était policier. Combien de temps allait-il jouer au chat et à la souris avec elle ? Jusqu'à ce qu'elle creuse sa propre tombe ?

Il était peut-être déjà trop tard.

— Alors, vous croyez que vous pouvez me mettre en relation avec Caro ?

C'était à elle d'avancer un pion. Surprends-le, pensa-t-elle. Dévoile ton jeu. Elle verrait bien comment il réagirait. Au moins, maintenant, elle savait qui était vraiment Tony DeLuca.

— Je peux essayer… Sauf que… J'ai découvert que la police enquêtait sur moi.

Elle recula sur sa chaise : à ton tour.

— Ah oui ?

— Une de mes clientes m'a tout raconté. Une Irlandaise. Je connais même le nom du policier.

Ses yeux étaient limpides.

— Et vous, David, qu'est-ce que vous faites dans la vie ?

— Vraiment, vous ne savez pas ? dit-il en souriant. Malgré votre… don ?

— En fait, je le sais depuis le début. Vous êtes flic. Mais j'aurais préféré l'entendre de votre bouche.

Ce qui les aurait mis sur un pied d'égalité.

— Bravo. Vous êtes forte.

Alors, qui est le chat ?

Ensuite, il la raccompagna jusque chez elle. Ils s'arrêtèrent en bas de son immeuble. Le face-à-face embarrassant, pensait-elle toujours ; le moment où tout pouvait basculer.

— J'aimerais bien vous revoir. Pour dîner ou boire un verre… Mais peut-être que je brûle les étapes ?

Elle rit.

— Non, j'adorerais ça.

Elle se reprit.

— Ça me ferait plaisir.

— J'ai passé une excellente soirée. Je suis content de vous avoir revue.

— Moi aussi.

Elle se concentra pour le faire se retourner une dernière fois.

Mais il s'enfonça dans l'ombre et disparut.

31

Quel jour était-on ? Jeudi ? Alors, ils mangeraient des pâtes, comme tous les jeudis soir depuis le début de leur mariage, quand tout semblait encore neuf.

La vie de Tony et Connie Cabrini était devenue une succession d'habitudes et de rituels immuables. De leur appartement du Bronx au bureau de la répression des fraudes, le trajet était long. Traverser la ville du nord au sud le matin, du sud au nord le soir, tous les jours le même trajet, tous les jours la même rame bondée, tous les jours pareils.

Il arriva sur le palier un peu essoufflé et déverrouilla la porte. Connie avait encore mis la chaîne.

— S'il te plaît, c'est moi, ouvre.

Qu'est-ce qu'elle imaginait ? Qu'un tueur allait essayer d'entrer pendant qu'elle préparait sa sauce tomate en écoutant la radio ? Les yeux mi-clos, il aurait pu se croire dans l'appartement du Queens où il avait grandi. Sa mère qui remuait la sauce en fredonnant, une station de vieux tubes en bruit de fond, le regard tourné vers un passé idéalisé.

Connie prit son temps pour venir à la porte.

— Qui c'est ? demanda-t-elle avec un petit sourire.

Il soupira, et colla son visage dans l'entrebâillement, imitant Jack Nicholson.

— Tony est làààà !

Elle rit et dit qu'elle était heureuse qu'ils n'aient pas de hache.

— Pas besoin, j'ai un flingue, dit-il en refermant derrière lui.

Il retira son manteau et son étui, et rangea son arme à l'abri, en haut de la penderie, dans la chambre.

— Où est Frankie ?

— À ton avis ? Il sauve le monde, un ennemi après l'autre.

— Ah ! Ces jeux vidéo. Est-ce que ce gosse fait parfois ses devoirs ?

— Tu les faisais ?

— De temps en temps.

Frankie : treize ans d'âge légal, cinq d'âge mental, disait Tony. Il passait le plus clair de son temps dans l'univers imaginaire du jeu qui l'obsédait cette semaine-là, ou ce mois-là. Une fois, ça avait duré presque une année entière, une année à décimer des bataillons de créatures animées. L'adolescent entra d'un pas nonchalant dans la cuisine, alors que Tony se servait un whisky.

Il semblait prendre deux centimètres par semaine en ce moment, et il était déjà plus grand que ses parents.

— Quoi de neuf? lança Tony.

— Rien.

— Il n'y a jamais rien avec toi, dit Connie.

— Parce qu'il ne se passe jamais rien de nouveau.

Frankie ressortit de la pièce pour aller s'enfermer dans sa chambre.

— Alors, les esprits vont bien ?

— Bof. J'essaie de persuader Dave de me laisser m'occuper de cette fille.

— Elle est mignonne ?

— Exactement mon genre.

— Je croyais que c'était moi, ton genre, répliqua-t-elle avec un grand sourire.

— Mon autre genre.

Elle s'assit à la table, où le couvert était mis.

— Tu m'as déjà trompée ?

— Laisse-moi réfléchir…

Tony entreprit de compter silencieusement sur ses doigts.

— Jamais, dit-il lorsqu'il arriva à dix.

Il s'assit à son tour.

— Et toi, ta journée ?

— Comme Frankie : il ne se passe jamais rien quand tu es secrétaire dans une boîte de revêtements de sol. De l'ennui au mètre carré, et des représentants qui ne parlent que moquette et stratifié. Alors, tu vas la coincer ?

— Pour ça, il faudrait qu'elle prenne l'argent. Jusque-là, on a fait chou blanc. Mais David essaie une nouvelle approche. Il l'a draguée dans un bar.

— Une médium qui traîne dans les bars ?

Il haussa les épaules.

— Faut croire. Elle a perdu son mari dans les attentats du World Trade Center.

— Oh, dur. C'est celle chez qui tu as envoyé notre ancienne voisine ?

— Oui, mais la vieille m'a planté. Elle ne veut plus m'aider. Elle s'est laissé embobiner par cette pseudo-médium. Maintenant, elle s'imagine qu'elle va communiquer avec sa fille.

— Moi aussi, j'aimerais bien parler à mon père. Dire ses quatre vérités à ce vieux salaud.

— Je peux arranger ça, fit Tony en riant et elle lui donna une petite tape sur la main.

— C'est toujours David qui s'attribue tout le mérite quand vous bouclez une affaire. Tu n'en as pas marre ? Pourquoi tu ne lui demandes pas d'être un peu plus partageur ?

Elle prit une enveloppe sur le plan de travail.

— Ça te motivera peut-être. Je l'ai trouvée sous la porte ce matin. Cadeau du proprio.

Il l'ouvrit avant de la reposer avec lassitude.

— Et merde. Encore une augmentation de loyer.

— C'est pour ça que tu dois faire ton quota et obtenir cette promotion. Tu crois que les agents de la circulation se fichent de distribuer des PV ? Attends la fin du mois, quand ils essaient de rattraper le manque à gagner. Une augmentation, ça mettrait un peu de beurre dans les épinards.

— Je ne peux quand même pas obliger cette femme à accepter mon argent. Je lui en ai laissé, mais il faut qu'elle le prenne dans ma main.

— Dans ce cas, pourquoi tu lui en as donné ?

Il se resservit une rasade de whisky.

— Parce que j'ai eu pitié d'elle. Dans le fond, elle ne fait de mal à personne. Peut-être même qu'elle aide vraiment les gens, je n'en sais rien. Et elle est veuve. Ce n'est pas simple.

Connie posa une main sur la sienne.

— Faites votre travail, inspecteur Cabrini.

— Je ne fais que ça.

Elle se leva pour mettre l'eau des pâtes à chauffer.

— Alors, elle est comment, cette fois, discrète, élégante ?

— Voyante.

C'était toujours la même blague éculée mais ils ne s'en lassaient pas.

32

Le lendemain, sa première cliente fut une femme d'une cinquantaine d'années. Son fils avait disparu pendant un séjour en camp de vacances, vingt ans plus tôt. Il fallut quelques minutes à Kit pour prendre la mesure de ce que ça signifiait. *Vingt ans*. Cette femme avait passé toutes ces années à chercher un visage dans la foule, à prier et à espérer, et maintenant elle décidait de s'adresser à une médium. Kit ne se faisait pas d'illusion : c'était la solution de dernier recours, une supplique pour qu'on l'aide à trouver la paix.

Dans le cas d'un enfant disparu, elle ne pouvait rien faire. Elle n'allait pas prêter sa voix au fils de cette femme. Ce serait trop cruel, elle ne se le pardonnerait jamais.

Mais elle la prit en pitié. Son agitation faisait peine à voir. Ses yeux se posaient partout, sauf sur le visage de Kit ; ses mains voletaient. Elle s'était rongé les ongles jusqu'au sang et certains de ses doigts étaient rouges et enflés. Elle faisait constamment tourner une boucle de cheveux autour de son index.

Kit sentait une forme de folie chez elle : ne pas avoir de certitude, il n'y avait rien de pire. Au moins, elle pouvait voir Zoey, lui parler, tenir sa main, embrasser sa joue. Mais cette femme en était réduite à explorer ses souvenirs et un champ infini de conjectures.

C'était comme Peter. Où était-il ? Elle savait où elle voulait qu'il soit. Mais reviendrait-il ?

Une part d'elle s'attendait toujours à ce qu'il franchisse la porte un jour. C'était sa folie, son obsession, pas si différente de celle de sa visiteuse.

— Je suis désolée, mais je ne fais pas les personnes disparues.

— S'il vous plaît. Je ne sais plus vers qui me tourner. J'ai cru le voir quelquefois, dans le métro, et à la télé, dans ce reportage, aux informations, au milieu de la foule, dans la rue, après je ne sais quel accident et puis… On m'a dit que je me racontais des histoires. C'est ce que mon mari disait, en tout cas. Que j'avais perdu la tête, que je devais me faire soigner.

— Votre mari est-il toujours avec vous ?

Le visage de la femme s'éclaira.

— Il est mort et enterré, bon débarras. Et puis…

— Est-ce que je peux vous demander comment vous avez entendu parler de moi ?

— Quelqu'un qui vous mentionnait en ligne… sur un site quelconque…

Elle semblait avoir perdu le fil.

Kit attendit. Elle ne savait que penser de cette femme.

— Où j'en étais ?

— Je comprends, dit Kit, lui touchant la main.

— Vous voulez entendre quelque chose de complètement fou ? De vraiment insensé, je veux dire, ajouta-t-elle en riant. Le psychiatre que je voyais à l'époque m'a dit qu'il fallait que je laisse tomber, que je tourne la page. Que mon fils ne reviendrait pas.

Elle sourit.

— C'est bizarre, non ? Laisser tomber ? Comme si c'était une vieille chaussette ? Mais je ne peux pas laisser tomber, vous comprenez ? Laisser tomber ce serait…

Le laisser mourir, songea Kit, juste avant que la femme ne prononce ces mêmes mots.

— Je sais…

Elle lui raconta les circonstances de la disparition.

— On n'a jamais retrouvé de corps. Il n'y avait aucun témoin. À un moment donné, il était sur un radeau au milieu du lac, et un instant plus tard il n'y avait plus personne*.

Elle sortit un mouchoir en papier froissé de son sac et essuya ses larmes.

---

* Cf. du même auteur : *Noyade*, Gallimard, 2020.

— Il semblait s'être évaporé dans l'air, reprit-elle d'une voix où perçait l'hystérie. Comme dans un film d'horreur. Ce petit garçon, mon bébé, mon seul enfant. Et mon mari et moi étions censés continuer à vivre. Comment était-il arrivé sur ce radeau ? Cette question me hante. Parce que Joey ne savait pas nager. Et il avait peur d'aller là où il n'avait pas pied. Que faisait-il là ? Comment est-ce qu'il…

Kit posa la main sur le bras de la femme pour la calmer.

— Je comprends.

Mais elle ne semblait pas l'avoir entendue.

— Et mon fils n'était pas le premier. On nous a dit que plusieurs garçons avaient disparu en l'espace de vingt ou trente ans. Du camp d'été, mais aussi de la ville. Apparemment, il y aurait même eu une fille ou deux. Aucun de ces enfants n'a jamais été retrouvé.

Elle eut un sourire un peu tordu.

— Ça paraît totalement fou, n'est-ce pas ?

Kit ne pouvait pas la laisser repartir comme ça.

— Passons à côté.

33

— J'ai un peu peur, dit la femme d'une petite voix.

Elle était assise en face de Kit, la bougie entre elles.

— Vous pouvez me dire d'arrêter quand vous le voulez.

— Et s'il est encore vivant et… s'il souffre quelque part ?

— Il serait adulte aujourd'hui. Et je ne peux pas communiquer avec les vivants. Vous devez comprendre ça.

— Mais il est peut-être mort. Il lui est peut-être arrivé quelque chose d'horrible. Ce n'était qu'un petit garçon, et je ne peux pas m'empêcher de penser qu'il a souffert. Mon petit garçon. Qui a mal. Qui pleure. Abandonné.

Ses doigts tremblants étaient glacés dans la main de Kit.

— Maintenant, nous allons toutes les deux respirer profondément et voir s'il vient à nous.

Elle ne savait pas du tout ce qu'elle allait faire. Elle était obsédée par la femme qu'elle avait entendue lors des précédentes séances. Le fantôme dans sa vie, la voix dans sa tête.

— Ceux que nous aimons sont partout autour de nous. Ils cheminent toujours à nos côtés. Nous devons nous souvenir et croire. C'est ce qui les attache à nous. La fidélité et la mémoire. Regardez la bougie. Pensez à votre fils. Aux moments passés avec lui. Et surtout, à votre amour pour lui.

Une larme roula sur la joue de la visiteuse.

— Je ne l'ai jamais senti aussi proche.

Encore une fois, Kit eut l'impression d'être aspirée par le vide. Les sons diminuèrent et ses doigts s'engourdirent dans la main de la femme. Elle se trouvait dans un endroit qui n'était nulle part, l'antichambre de la mort.

Des images fragmentaires. Un plafond bas. Des poutres en bois. Du fil de fer. Un sol en terre battue. Une odeur d'humidité. Une puanteur d'ordures. Un lieu chargé d'histoire et de rituels, où s'étaient produites des choses inimaginables. Lorsqu'elle rouvrit les yeux, le cabinet de consultation avait disparu. Elle se trouvait dans une cave. De l'eau suintait le long des murs de pierre striés de griffures blanches, comme si quelqu'un avait essayé de laisser une trace de son passage, un nom, des initiales, un message, un appel au secours.

Des pierres noircies et des morceaux de charbon au pied d'un mur.

Un mouvement dans le coin, le glissement de quelque chose qui se déplaçait, se déroulait.

Un lieu de colère ancienne et de vengeance inassouvie.

Des vêtements, un tas de chemises et de blousons, à côté d'une dizaine de vieilles baskets usées, comme un autel à quelque dieu cruel.

Elle était dehors, à présent, un endroit qu'elle ne connaissait pas. Des arbres autour d'elle, les rouges et les ors des feuilles d'automne à peine tombées. Elle en vit une voltiger. Elle tenta de l'attraper, mais la feuille passa à travers sa main, et vint rejoindre ses sœurs au sol.

Le bois dominait un lac d'un bleu irréel. Un radeau dans l'air immobile, le radeau dont lui avait parlé la femme. Puis elle sentit une présence, une chaleur. Quelque chose la poussa à se baisser, à tâter les feuilles et l'humus en dessous, et elle comprit : le radeau sur lequel le garçon avait été vu pour la dernière fois et à présent l'endroit où il était, au milieu de cette nature magnifique. On ne le retrouverait jamais, personne ne connaîtrait son secret, à part elle.

— Il est ici, cria soudain la femme. Il est ici !

Kit ouvrit les yeux, le sortilège brisé. Le simple fait de toucher la terre semblait avoir libéré son esprit.

— Vous le sentez avec nous, maintenant. Il est en paix.

— Est-ce qu'il a souffert ?

— Non, mentit Kit.

Elle savait que c'était faux. Elle avait vu la cave. La peur qui, même après toutes ces années, flottait encore dans l'air telle une odeur putride. Mais c'était fini. Il avait enfin trouvé le repos. À présent il vivait seulement dans la mémoire de sa mère. Et Kit l'aiderait à communiquer avec lui.

— Dites-lui ce que vous vouliez lui dire depuis tout ce temps. Allez-y.

La femme parut soudain se secouer, et, les yeux brillants, elle expliqua à son fils qu'il lui avait manqué, qu'elle l'aimait, et qu'elle espérait le revoir bientôt. Elle lui parla des promenades qu'ils avaient faites ensemble à New York, se souvint qu'elle adorait le regarder jouer dans la cour de récréation. Le bonheur qui illuminait son visage bouleversa Kit. Et elle songea que Joey vivrait éternellement dans un passé alternatif, un lieu magique. Une histoire qui finissait bien.

— Je sais que je ne peux pas le voir aujourd'hui, mais qu'un jour je le pourrai. Mon petit garçon.

Kit se leva pour enlacer la femme qui éclata en sanglots sur son épaule.

— Vous savez si sa mort a été rapide ? demanda-t-elle quelques minutes plus tard, lorsqu'elle se fut ressaisie.

Kit songea à ce qu'elle avait vu. C'était étrangement réel, comme un décor de cinéma, chaque détail étudié. Elle n'avait qu'une vague idée de ce qui avait pu se passer. Une chose était sûre, un individu maléfique avait enlevé l'enfant, un être cruel et avide de pouvoir. Il avait dû faire durer l'agonie : une semaine, un mois, peut-être plus. Elle imaginait le jeune garçon – ils étaient peut-être plusieurs – qui attendait et écoutait. Une porte s'ouvrait.

Des pas lourds descendaient les marches. L'ombre qui s'étirait sur lui.

— Très rapide. Il n'a pas souffert.

La femme s'essuya les yeux.

— Maintenant, je vais enfin cesser de me tourmenter. Toutes ces années à retourner les mêmes questions dans ma tête. À ne pas savoir ce qu'il était devenu. Vous croyez qu'il pouvait lire dans mes pensées ?

— Oh oui. Nos disparus ont cette capacité. Comme je vous le disais, ils sont toujours à nos côtés. Mais cette fois, vous avez ouvert la porte, laissé entrer l'air et la lumière, vous lui avez permis de vous trouver. Maintenant, il est libre. Enfin. Il n'est plus seul.

— Parce que je lui demandais pardon. C'est de notre faute, si c'est arrivé. Nous l'avons tué, son père et moi. Nous l'avons abandonné. Nous l'avons envoyé dans ce camp par égoïsme, parce que nous avions besoin de temps pour régler nos problèmes. On ne se supportait plus, lui et moi, précisa-t-elle. Plusieurs mois après le divorce, on m'a annoncé qu'il était mort, mon mari, et ça ne m'a rien fait. Rien, ajouta-t-elle avec un sourire distant. Mais maintenant, je peux ressentir à nouveau. Je peux vivre.

Elle ouvrit les mains et les pressa contre sa poitrine, comme une mater dolorosa dans un tableau religieux.

— Il aurait mieux valu qu'il ne soit jamais né.

— Vous ne pouvez pas dire ça. Il vous a apporté de la

joie tant qu'il était de ce monde. Et maintenant, grâce à vous, il est en paix. Ne l'oubliez pas. Essayez de vous en souvenir jusqu'à la fin de vos jours pour que vous trouviez la paix à votre tour.

La femme sourit comme si les cieux s'étaient déchirés pour elle.

— Merci, madame Capriol. Vous avez accompli un miracle. Je vais vous payer, ajouta-t-elle en ouvrant son sac.

Kit constata qu'il ne contenait rien, hormis une paire de lunettes de lecture, quelques mouchoirs en papier et une carte de transport.

— Non, je ne veux rien. Ma récompense, c'est de voir votre visage.

Elle n'avait aucune envie qu'elle revienne. Kit avait maintenant matière à une bonne dizaine de cauchemars. Elle raccompagna la femme et l'étreignit encore une fois sur le seuil.

— Essayez d'être heureuse.

Elle referma la porte et dut étouffer ses propres pleurs dans ses poings.

Mais ce n'était pas fini. Elle sentait encore l'humidité de la cave. Elle voyait toujours les griffures sur le mur.

À présent, elle avait un pied dans chaque monde. Et elle était chez elle dans l'un comme dans l'autre.

34

Elle pensait à David aux moments les plus inattendus – dans le métro, à l'hôpital, au chevet de Zoey, en sortant des cours de théâtre hebdomadaires qu'elle suivait depuis peu. C'était à la fois agréable et un peu perturbant. Elle était peut-être célibataire depuis si longtemps qu'elle avait pris goût à sa solitude et cherchait à protéger son intimité. Elle avait déjà l'impression de jongler entre trois existences distinctes : médium, actrice et mère. Et voilà qu'un homme débarquait au milieu de tout ça. Maintenant, ça faisait quatre.

Curieusement, elle n'arrêtait pas d'oublier à quoi il ressemblait, comme s'il n'était qu'une tache à la surface de son monde. C'était le genre de visage qu'on ne retenait pas. On se retourne, il est là. Le temps de regarder ailleurs, il a disparu. Une image qui refusait de se fixer dans la mémoire. Comme s'il était déjà en train de franchir la porte. Un visage trop facile à oublier. Un visage qu'elle était incapable de déchiffrer.

Ce n'était pas nécessairement un défaut, cela dit. C'était tellement différent de Ian, qui lui était toujours là, prenait toute la place, absorbait la lumière ; le type d'homme qui impressionnait par sa force de caractère, son intellect, ses innombrables anecdotes et sa stature, mais dont le but dans la vie était de dévorer l'autre, de le dissoudre dans sa propre identité.

Après le départ de la femme, Kit écouta ses messages. Quelques clients voulaient un nouveau rendez-vous, des veufs et des veuves principalement, des gens qui se sentaient un peu trop coupables de la mort de leur conjoint. Il y avait aussi ceux qu'elle avait appelés après avoir vu un anniversaire de décès en ligne ou dans le *New York Times*. Mais pas assez pour rembourser ses traites. Elle préférait ne pas penser à ce qui se passerait si elle perdait l'appartement, c'était trop déprimant. Elle n'avait personne qui pouvait l'aider, aucune famille encore en vie de son côté ni de celui de Peter. La plupart de ses proches étaient dans la même situation qu'elle, ils vivaient à la petite semaine et guettaient les auditions annoncées dans les journaux professionnels. En désespoir de cause, l'une de ses amies âgée d'une vingtaine d'années s'était présentée à une audition pour le rôle principal dans *Annie*, au milieu de gamines de sept ou huit ans.

Pas de nouvelles de David.

Soudain – ça recommençait –, elle eut envie de le voir. Tout de suite, maintenant. Elle voulait lui parler du petit garçon disparu vingt ans plus tôt qui était enterré dans les bois.

Elle se rendit jusqu'à Broadway et regarda par la vitre. C'était calme, ce soir. Seules quelques tables occupées, deux personnes assises au comptoir. Elle entra, et s'installa sur son tabouret préféré, en bout de bar.

Louis leva un verre.

— Comme d'hab ?

Elle sourit. C'était réconfortant, l'impression de rentrer à la maison.

— Avec des nachos, s'il te plaît.

— Ça marche, Kit.

Il lui versa une dose de vodka supplémentaire. Je dois vraiment avoir une sale gueule, pensa-t-elle.

— Tu as vu qui, ces jours-ci ?

— Tu veux savoir si le flic est revenu ?

— Il ne m'a jamais dit qu'il était flic. Je m'en tiens à ça.

— Est-ce que ce serait indiscret de te demander ce que tu fais dans la vie, Kit ?

— Je suis la femme qui murmure à l'oreille des morts, dit-elle en riant. Sérieusement ? Je suis comédienne.

Il rit.

— Je vois le genre. Les films d'horreur.

Un de ces jours, elle lui donnerait sa carte. Un de ces jours, elle le prendrait dans sa toile.

Elle se demanda si elle aurait des nouvelles de ce rôle de photographe de guerre, puis elle cessa d'y penser, parce qu'elle connaissait la suite. Au début, c'était comme de pratiquer la divination : elle voyait des augures partout, le soleil qui perçait à travers les nuages, le premier flocon de neige, un horoscope encourageant lu sur Internet. Aujourd'hui, ils vont me rappeler. Demain, ils vont me rappeler. S'ils n'ont pas encore appelé, c'est mauvais signe. S'ils n'ont pas encore appelé, c'est bon signe. Ça signifie qu'ils pensent sérieusement à moi. Ça signifie qu'ils m'ont complètement oubliée.

Puis un mois plus tard, elle recevait un e-mail d'excuses bateau, qui se terminait systématiquement par : *Nous vous souhaitons bonne chance dans vos recherches.*

— Est-ce que j'ai pu te voir quelque part ? demanda Louis.

— À part sur ce tabouret ? J'ai joué dans une petite salle pas très loin d'ici, mais c'était il y a longtemps. *Les Sorcières de Salem.*

— Au Cherry Lane ? Je l'ai vu, figure-toi. Ma prof de théâtre avait organisé une sortie scolaire. J'étais au lycée.

— Ça ne me rajeunit pas, dit-elle en riant.

— Je ne m'en souviens pas très bien, si ce n'est que j'avais l'impression que ma tête allait exploser.

— Moi aussi, presque tous les soirs.

Elle lui dit le nom de son personnage.

— Tu étais géniale.

— Menteur, dit-elle, hilare. Tu ne te souviens certainement pas de moi. Mais j'ai participé au festival

Shakespeare in the Park du Delacorte quand j'avais vingt ans. Un petit rôle, en alternance avec une autre actrice. Dorcas, dans *Le Conte d'hiver*. Beaucoup d'imparfaits du subjonctif, et cette réplique immortelle : « Mopsa doit être votre maîtresse ; et un peu d'ail, pour préservatif contre ses baisers. »

— J'étais là et tu es la seule actrice dont je me souvienne.

— Dans ce cas, je mérite bien un verre offert par la maison, tu ne crois pas ?

— Mais oui, milady.

— J'étais une bergère, messire. Et mon principal partenaire était un clown.

Il s'éloigna pour servir un client. Elle avait eu raison de sortir. Elle avait besoin de respirer l'air des autres, d'échanger des propos insignifiants, de se faire offrir à boire et d'écouter David Byrne chanter « Psycho Killer », de vieilles chansons qui lui rappelaient des temps plus heureux. La personne qu'elle était autrefois, quand la vie était belle et qu'elle pensait que les jours difficiles étaient derrière elle. Et maintenant, elle avait un verre qui l'attendait.

— À la tienne, Étienne, dit-elle, citant sa mère.

35

Là.

Une note isolée, jouée sur le piano. À présent, elle était bien réveillée, les yeux grands ouverts. Elle tendit l'oreille.

Écoute.

Écoute avec les yeux. Guette le son dans le noir.

Elle tourna la tête vers la pendule : 2 h 13.

L'heure silencieuse où le temps semble suspendu, où la plupart des gens dorment d'un profond sommeil, tandis que certains meurent sans un mot, et que d'autres choisissent leur victime, la pourchassent, la laissent agoniser. Une heure pour rêver. Une heure pour se réveiller en sursaut, effrayée.

Elle se retourna dans son lit. La porte d'un appartement au bout du couloir se referma. Le verrou était poussé, la chaîne en place. Le silence revint.

Elle était en train de se rendormir, quand ça recommença : une note au piano.

Avait-elle rêvé ? Elle s'assit, écouta. Une troisième note retentit.

C'était ce qu'elle redoutait. Les monstres dans son esprit s'étaient échappés et maintenant ils pouvaient se promener, l'épier, la narguer et la ridiculiser. Ce qui était à l'intérieur était à l'extérieur. Comme la voix de la femme en pleurs. La voix qui la mettait en garde.

— Qui est là ?

Seul le silence lui répondit. Personne hormis Zoey n'avait jamais touché à cet instrument. Le couvercle était fermé depuis qu'elle était à l'hôpital.

Et puis…

Une note différente retentit et agonisa lentement. Elle entendait son propre souffle laborieux, à présent.

Il y avait quelqu'un dans l'appartement, quelqu'un qui avait ouvert le piano et appuyait sur les touches.

Elle écarta la couette et, sur la pointe des pieds, avança jusqu'au seuil de sa chambre. Trop effrayée pour regarder dans le salon, elle tendit l'oreille. Rien. Aucun bruit de pas ni de respiration.

Il faisait anormalement froid. Elle frissonna dans le débardeur qu'elle avait l'habitude de porter pour dormir. Elle croisa les bras sur sa poitrine pour se réchauffer, mais sa peau était glacée, comme celle d'une morte.

— Il y a quelqu'un ? demanda-t-elle encore, s'efforçant de garder son calme.

Elle prit son courage à deux mains et se dirigea vers le

salon. Elle avançait à tâtons, palpant l'obscurité, cherchant quelque chose ou quelqu'un. Mais il n'y avait qu'elle, qui entendait des bruits, des notes jouées par sa fille.

Elle alluma une lampe. Le piano était ouvert.

Elle tâcha de se souvenir de ce qu'elle avait fait quelques heures plus tôt en rentrant. Elle avait bu deux verres au bar et se sentait un peu trop éméchée. En arrivant chez elle, elle avait regardé la télé et après ça, elle avait dû aller se coucher, parce que, lorsqu'elle avait rouvert les yeux, il était 2 h 13 et elle était dans son lit. Avait-elle fait autre chose qu'elle avait oublié ?

Elle appuya sur le *do* central. Elle attendit que la note se dissipe. Puis elle retourna dans sa chambre et finit par se rendormir.

4 h 43.

Cette fois, on avait enchaîné toutes les notes de la gamme – ou plus – avec une rage soudaine. Elle se réveilla en sursaut. Son débardeur et son lit étaient trempés, et les muscles de ses jambes étaient douloureux, comme si quelqu'un avait essayé de la plaquer au matelas. Comme si on l'immobilisait encore.

Elle rabattit la couette sur sa tête. Laissez-moi, pensa-t-elle.

— Foutez-moi la paix ! cria-t-elle.

Les fantômes n'existaient pas. Il n'y avait que le souvenir et le pouvoir de suggestion.

Enfin, juste avant l'aube, elle sombra dans un sommeil agité pour se réveiller trois heures plus tard, découvrant par la fenêtre un ciel bas et une pluie battante. Cette fois, lorsqu'elle alla vérifier dans le salon, le piano était fermé.

Elle consulta sa messagerie. Un numéro inconnu l'avait appelée à 3 h 02, alors que son téléphone était en mode silencieux. Sur l'enregistrement, on distinguait des sifflements, un bruit de parasites radioélectriques. Et derrière, quelqu'un – une femme – qui essayait de se faire entendre. Kit monta le son et plaqua l'appareil contre son oreille. « S'il vous plaît, sauvez-moi », disait la voix entrecoupée de sanglots.

Les fantômes avaient finalement répondu présent.

36

Quelques heures plus tard, Jackie la faisait entrer dans son cabinet.

— Que s'est-il passé ? lui demanda-t-elle devant sa mine déconfite.

Kit lui raconta l'incident du piano.

— Vous êtes sûre de ne pas avoir rêvé ?

— Sûre et certaine. Je me suis réveillée, je suis allée dans le salon et le piano était ouvert. Il reste toujours fermé. Toujours. Et ce matin, j'ai trouvé ça sur mon téléphone.

Elle sortit son portable et chercha dans la liste des appels.

— Je veux que vous l'écoutiez.

Elle faisait défiler les messages avec une exaspération croissante.

— Il était là ce matin. Je le jure. La même voix que j'ai entendue pendant la séance. Elle appelait à l'aide. Elle me suppliait de la sauver.

— Continuez.

— C'est tout. Il était là ce matin.

— Bien. Et qui est cette femme ?

— Je n'en ai aucune idée. Je ne sais pas d'où elle sort, je ne connais pas son nom, je ne sais même pas si elle est réelle ou non. Mais je l'ai entendue.

— Et le message n'est plus là ?

Kit hocha la tête.

— Donc c'est une morte, dit Jackie du ton apaisant qu'on utilise pour calmer un enfant qui affirme qu'il y a un monstre sous son lit. C'est ce que vous croyez ?

La jeune femme hésita.

— Je n'en sais rien.

— Vous avez peur ?

— Une part de moi, oui, au moins depuis que j'ai communiqué avec l'esprit d'une gamine noyée, si j'en crois sa mère.

— Mais les morts appartiennent au passé. La logique nous dit qu'ils ne peuvent pas revenir.

Kit songea à ce qu'elle racontait à ses clients : que les morts voyaient tout, le passé, le présent et l'avenir. Elle connaissait les effets du pouvoir de suggestion et devait se rendre à l'évidence : elle était en train de se laisser entraîner dans un monde parallèle effrayant qu'elle avait créé de toutes pièces.

— Et donc, il y avait un message sur votre téléphone. La même voix, c'est ça ?

Kit acquiesça.

— C'est pour ça que je vous ai appelée. Je voulais vous le faire écouter. Que vous me disiez que je ne suis pas en train de perdre la tête. Je ne voulais pas être la seule à l'entendre.

Jackie ne répondit rien, espérant peut-être que cela permettrait à sa patiente de revenir à la raison.

— Vous pensez que je deviens folle, n'est-ce pas ?

— De quoi s'agit-il réellement, Kit ? Qu'est-ce qu'il vous arrive ?

— J'ai peur. Ce n'est pas censé se passer comme ça. Les séances de spiritisme, c'était juste un numéro. Et puis j'ai vu que je pouvais aider des gens et maintenant… on dirait que j'ai vraiment trouvé un passage vers… je ne sais pas, cet autre endroit où sont les morts.

Pourtant, une part d'elle savait que c'était impossible. Il n'y avait pas d'autre endroit, seulement les survivants qui consacraient trop de temps à ressasser leurs souvenirs et leurs regrets, incapables d'oublier, toujours prêts à pardonner.

— Vous pensez que votre appartement est hanté ?

— C'est ma vie qui l'est. La mort m'accompagne depuis que j'ai perdu Peter. Et il y a cet homme que j'ai rencontré récemment. Il m'intéresse. Il me donne envie de croire à un avenir où il n'y aurait pas que Zoey et moi.

Elle raconta à Jackie ce qu'elle savait de David.

— Vous êtes amoureuse ?

— Pas encore. Peut-être jamais. C'est un peu tôt.

— Une porte ouverte ne signifie pas nécessairement qu'on doit la franchir.

— Je sais, je sais.

Jackie réfléchit quelques instants.

— Bon, entre cette voix que vous entendez et le piano qui joue tout seul, il y a effectivement un problème. Mais je ne crois pas que vous souffriez d'un quelconque dérèglement mental.

— C'est quoi ? Un autre euphémisme pour ne pas parler de folie ?

— Non, ça veut simplement dire que selon moi, vous n'avez pas perdu tout contact avec la réalité. Néanmoins, j'estime qu'il serait salutaire que vous cessiez de prétendre que vous êtes médium pour revenir dans le monde des vivants. Allez à des auditions, suivez des cours, donnez-en si vous pouvez. Sortez, rencontrez des gens. Mais ça, ce que vous faites, ce n'est pas sain, Kit. Et je suis très inquiète.

— Je suis prête à tout arrêter si on me propose un rôle. J'ai eu une audition la semaine dernière. Ça s'est vraiment bien passé, et j'ai peut-être une chance. Mais je connais ce milieu, je sais ce qu'ils vont dire, je…

Jackie leva la main.

— OK, Kit, s'il vous plaît, stop. Vous vous emballez et après vous allez vous accuser d'être une ratée. Donc, vous arrêtez, d'accord ?

— Maintenant, vous allez dire que je traverse une phase maniaque, dit Kit avec un drôle de sourire.

— Je sais que vous avez eu votre lot d'épreuves ces dernières années, et je sais que c'est usant quand les problèmes s'amoncellent. Mais il faut penser et agir clairement. Vous faites des séances de spiritisme. Vous entendez des voix. Il semblerait qu'il se produit des choses étranges dans votre appartement, vous avez une fille dans le coma, et maintenant vous me dites que vous fréquentez un policier qui serait susceptible de transformer votre vie en enfer. Vous ne voyez pas un schéma qui se répète ici ?

— Il n'a rien à voir avec Ian.

Jackie éleva la voix d'un cran.

— Vous le connaissez à peine, Kit. Et vous avez l'air d'être déjà totalement sous le charme. Ou il vous a persuadée que vous l'étiez.

— Je sais, je sais, c'est juste que…

— Y a-t-il une chance qu'il vous arrête pour ce que vous faites ?

— Tout est possible. Ce n'est pas tant qu'il est peut-être simplement en train de faire son travail. C'est que j'ignore dans quelle mesure je peux me fier à lui. À nous.

— Mais il vous attire.

— Carrément.

Jackie la regarda longuement.

— Vous vous rendez compte qu'il vous manipule peut-être ?

Kit hocha la tête. Elle y avait pensé, bien sûr. Elle détourna les yeux.

— À mon avis, vous avez besoin de vous raccrocher à quelque chose de solide. Ce n'est pas le moment de se lancer dans le vide. Alors, vous voulez un conseil ? Prenez le temps de mieux le connaître. Écoutez votre intuition. Et allez-y mollo avec l'alcool, d'accord ?

— Je vais essayer.

— Menteuse, dit Jackie en souriant.

37

La cliente se présenta à sa porte à 19 heures précises, comme convenu. Elle ne lui donna que son prénom, Leslie, et lui serra la main. Elle était bien habillée, s'exprimait avec aisance : une femme qui avait les moyens.

— J'ai failli ne pas monter. Je suis… je dois avouer que je me sens un peu ridicule.

Kit sourit.

— Je comprends. Mais une fois que vous vous serez habituée au concept et à la pratique, vous verrez que cela peut être très réconfortant. Et bien sûr, vous êtes libre d'interrompre la séance à tout moment.

Avocate dans un cabinet bien établi, Leslie habitait le très chic Upper East Side. Quelques années plus tôt, elle avait eu une liaison avec un homme plus jeune qui était mort d'une tumeur au cerveau. Ils étaient ensemble depuis quatre ans, et leur relation reposait essentiellement sur des moments volés et des coups de fil furtifs. Son mari n'en avait jamais rien su.

— Il ne faut pas croire. J'aime mon mari. Je l'ai toujours aimé. Nous nous connaissons depuis, oh mon Dieu, l'université ? Je n'imagine pas vivre sans lui. Et nous avons deux enfants extraordinaires, qui sont tous les deux adultes à présent. Mais ce jeune homme m'avait tourné la tête. Un charmant garçon rencontré à une soirée de charité au Metropolitan Museum. J'étais flattée, bien sûr, extrêmement flattée. Avec lui, j'avais retrouvé une seconde jeunesse. Aujourd'hui, je pense encore à lui au moins une fois par jour. Je n'aurais jamais cru que je pouvais être aussi faible.

— Vous êtes simplement humaine. Nous avons tous nos moments de faiblesse. Et nous aimerions tous avoir fait certaines choses différemment autrefois.

— Et maintenant, j'espère parler aux morts.

Elle laissa échapper un rire bref.

— Une part de moi se dit : ne fais pas l'idiote. Sois réaliste. Je suis avocate. Dans mon monde, il n'y a de la place que pour les faits et les preuves. Alors, les esprits, c'est vraiment très loin de moi. Comme si on pouvait parler aux morts, ajouta-t-elle, avec une petite moue dédaigneuse.

— Mais c'est pour ça que vous êtes ici, non ? Parce que moi, je le peux. Et vous êtes assez curieuse pour essayer.

— Manifestement, vous êtes appréciée et on vous fait confiance. Je suis consciente que certaines personnes me trouveraient pathétique, mais… Il restait tellement de choses inachevées entre nous. Nous n'avons jamais eu l'occasion de nous dire adieu.

— Et ce qui est inachevé nous poursuit, je sais.

Bien que se trouvant ridicule, Leslie voulait voir si elle pouvait communiquer avec lui, où qu'il soit.

— Je ne crois pas spécialement à toutes ces fadaises, mais il y a eu des incidents étranges.

— Racontez-moi.

— Je n'arrête pas de le voir. Pas tout le temps, mais à des moments totalement inattendus. À l'intérieur d'un magasin devant lequel je passe. À l'autre bout d'un restaurant bondé. Une fois, j'étais à l'opéra avec mon mari, et, en sortant, j'aurais juré qu'il était dans la foule à quelques mètres de moi. Il était de dos, mais quand il a tourné la tête pour parler à la personne qui l'accompagnait, j'étais sûre que c'était lui. Et il adorait l'opéra. J'en ai eu le souffle coupé, ajouta-t-elle, portant la main à sa poitrine.

— Je comprends. Il m'arrive à moi aussi de voir mon mari. Même s'il a disparu il y a près de dix-huit ans. Dans un bus, au musée, n'importe où.

Comme si Peter et elle existaient en même temps dans différents niveaux de réalité, et se croisaient de temps en temps, échangeant seulement un bref salut silencieux.

— Puis-je savoir qui vous a parlé de moi ? demanda Kit, avant qu'elles n'entrent dans son cabinet.

— Dave Brier. Il m'a dit que vous étiez amis.

38

Leslie lui en avait assez révélé sur son amant pour que Kit puisse improviser, insistant sur tel ou tel détail. Au moment de partir, l'avocate lui tendit cinq billets de cent dollars.

Kit se sentit vaciller. Cela faisait longtemps qu'on ne lui avait pas proposé une telle somme. Elle était tentée d'accepter, d'autant plus qu'elle avait plus d'un mois de retard sur le remboursement de son emprunt. Mais c'était David qui lui avait envoyé cette cliente, et Tony avait déjà essayé de la piéger avec Brigid Malone.

— Je pourrais savoir pourquoi l'inspecteur Brier vous a conseillé de venir me voir ?

La femme sourit.

— Il m'a assuré que vous étiez sérieuse. Bien sûr, je lui ai demandé s'il avait l'intention de vous arrêter. Parce que dans ce cas, je pourrais vous laisser ma carte et vous proposer de vous représenter au tribunal. Mais non, il a dit que vous étiez juste amis.

— Je ne peux pas prendre cet argent, dit Kit, lui rendant les billets. Ainsi que je l'ai mentionné, la première séance est toujours gratuite. Si vous décidez de revenir, j'accepte les dons. C'est très généreux de votre part, mais pas maintenant.

Personne ne pouvait l'arrêter pour ça. Même pas David Brier.

L'épiant entre les rideaux, elle vit la femme quitter l'immeuble et traverser la rue.

— La pêche ? demanda Louis lorsqu'elle passa au bar le lendemain soir.

— Tu m'as bien regardée ?

Il éclata de rire, parce que c'était leur petit jeu, le barman sympa et la quadra dépressive, même si, pour changer, elle était plutôt satisfaite de sa journée.

Il baissa la voix.

— Au fait, le flic à qui tu parlais l'autre fois ? Il était là, il y a genre une heure.

Elle regarda autour d'elle.

— Ah oui ?

— Avec une femme. Ils ont dîné ensemble.

Il désigna du menton une table dans un coin. Celle où ils s'étaient assis quelques soirs plus tôt.

Curieusement, à présent, elle avait encore plus envie de le voir.

Il l'appela trois jours plus tard. Lorsque le numéro

apparut sur son écran, elle se demanda de qui il s'agissait. Un client ? Du démarchage ? Un pervers ?

— Salut, c'est Dave. Brier.

— Tiens, David. Bonjour.

Elle sentit son cœur battre plus vite dans sa poitrine.

— Je me souviens que la dernière fois, il a été question que je vous emmène dîner. J'espère que vous n'avez pas cru que j'avais oublié.

— Oui. Bien sûr. Je veux dire non, je n'ai pas cru que vous aviez oublié, répondit-elle en riant.

Ça y est, elle avait déjà tout gâché. Trop d'enthousiasme. Jouer les insaisissables n'était pas dans sa nature. Jackie avait raison : elle était prête à se raccrocher à n'importe quoi, au moindre semblant de promesse. Un homme dans un bar, une oreille compatissante qui prononçait quelques mots bienveillants. Quelqu'un qui, comme elle, avait perdu un conjoint.

Elle s'était efforcée de se créer un réseau amical, au fil des ans, des gens sur qui elle pouvait compter et à qui elle pouvait se confier, des gens dont elle se sentait proche. Ce n'était pas évident, mais il y avait un groupe d'acteurs avec qui elle avait travaillé sur quelques pièces, même si cela remontait à dix ou quinze ans. Ils se réunissaient une fois par mois pour boire un verre ou dîner, toujours dans un établissement différent, principalement à Manhattan. Les conversations tournaient vite au déballage de mésaventures professionnelles. Ce metteur en scène est un enfoiré, cette actrice une diva, celui-là a été sympa, ce producteur a essayé de me tripoter. Ils savaient tous qu'ils étaient des rivaux potentiels. Ils parlaient peu de leurs projets, et si quelqu'un mentionnait une audition, tous les autres l'enregistraient.

Et pour peu que l'un d'entre eux ait décroché un rôle digne de ce nom, le reste du groupe, Kit comprise, estimait que leur journée était gâchée par cette horrible nouvelle.

Mais David était le premier homme qui semblait vraiment s'intéresser à elle depuis longtemps.

— Je sais que je m'y prends un peu tard, mais demain soir je serai dans le quartier jusqu'à 19 heures. Je me demandais si on pourrait se retrouver du côté de South Street Seaport après, et aller au restaurant.

— Attendez, je vérifie dans mon agenda.

Elle posa le téléphone et compta silencieusement jusqu'à dix. Lentement, à l'envers, en français.

— Oui, c'est bon. Je m'en réjouis à l'avance.

— Moi aussi, dit-il, et elle entendit le sourire dans sa voix.

Il lui expliqua où ils pourraient se retrouver.

— Sinon, tout va bien ?

— Oui, ça va. Ça va même on ne peut mieux.

Elle se demandait pourquoi elle avait cru bon d'ajouter ça.

— Parfait. Alors, à demain.

Kit se regarda dans le miroir de la chambre d'un œil critique. Quarante-trois ans, pas seize. Et un jour comme aujourd'hui, elle en paraissait plutôt cinquante. Mais un cinquante agréable, un cinquante séduisant. Un cinquante ferme et cool, qui aurait juste besoin d'un petit relooking. Allez, quarante-trois.

Le lendemain matin, alors qu'elle sortait de la douche après son jogging, on sonna en bas. Elle posa son sèche-cheveux pour aller répondre. C'était une femme. Elle était assistante sociale dans une résidence médicalisée de l'East Side.

— Je souhaiterais vous parler au sujet de l'une de nos patientes.

— Vous devez faire erreur, désolée.

Kit s'apprêtait à retourner se coiffer mais l'autre insista.

— Il s'agit d'une femme qui est venue vous voir il y a quelques jours.

Elle lui donna le nom de sa patiente et Kit lui ouvrit, bien décidée à ne rien lui révéler.

La visiteuse se présenta : Jessica Dowd. Dans les quarante-cinq ans. Nette. Tirée à quatre épingles. Impénétrable – jusqu'à un certain point. Une apparence froide. Peut-être célibataire, ou plutôt divorcée. Petit à petit, Kit voyait le masque se fissurer : elle avait une plaque rouge sur le cou et n'arrêtait pas de se gratter ; les articulations de ses doigts étaient aussi blanches que l'os. Une femme à bout, devina Kit. Au bord de la crise de nerfs. *On se calme, ma petite dame…*

Elle lui montra un badge plastifié au bout d'une lanière confirmant qu'elle était employée dans l'établissement et demanda à lui parler.

— Juste quelques minutes. Si ce n'est pas le moment, on peut…

— Non, pas de problème, dit Kit, l'invitant à entrer.

Elles s'assirent dans le salon.

— Depuis combien de temps connaissiez-vous la femme qui est venue vous voir, Mme Proctor ?

— Je ne l'avais jamais vue avant.

— Quel était l'objet de sa visite ?

— C'est confidentiel, répondit Kit en souriant.

— Je vois…

Jessica Dowd s'interrompit quelques instants.

— Est-ce vous qui l'avez contactée ? Je pose la question car elle s'est enfuie de l'établissement, et, à son retour, quelques heures plus tard, elle a dit qu'elle était allée vous voir. À cette adresse. Pour vous parler. Elle affirme que vous l'auriez mise en relation avec son fils décédé.

La femme inclina la tête sur le côté, attendant des explications. Kit commençait à la détester.

— Je ne lui ai pas pris d'argent et elle ne m'en a pas proposé. C'était une conversation, pas une transaction.

— Vous prétendez donc être un genre de médium ?

— C'est vous qui le dites, pas moi.

— Qui êtes-vous, alors ?

— Kit. Kit Capriol.

Elle avait l'air de se prendre pour James Bond – sans le smoking, le pistolet, la voiture et les pin-up. Et l'autorisation de tuer. Le dry-martini, en revanche, ce ne serait pas de refus, mais ce serait pour plus tard. C'était idiot d'avoir répondu ça. Elle avait dû passer pour une folle et confirmer tous les préjugés que cette Jessica Dowd avait sur les gens de son espèce.

Celle-ci sourit sans découvrir ses dents, comme sur la photo qui figurait sur le badge qu'elle avait autour du cou. Toute son attitude disait qu'elle avait pitié de Kit : une pauvre femme qui se racontait des histoires. Triste, seule et zinzin.

— Ce que vous faites chez vous ne me regarde pas. Mais Mme Proctor est sous ma responsabilité. Je devrais peut-être être plus claire. Mme Proctor souffre d'Alzheimer précoce. Elle a un rapport très fragile à la réalité. Elle parle souvent de son fils. Parfois, elle imagine qu'elle discute avec lui. Cela peut durer des heures. En réalité, nous ne savons même pas si cet enfant a jamais existé ailleurs que dans sa tête. Vous l'avez confortée dans son délire. Et croyez-moi, ce n'est pas un service que vous lui avez rendu. Quand elle est rentrée – c'est un miracle qu'elle ait retrouvé son chemin –, elle était dans un état d'agitation extrême. Elle riait, faisait des bonds, tournoyait, chantait et disait à tout le monde ce que vous aviez fait pour elle. Au point où il a fallu la raccompagner dans sa chambre et lui administrer un sédatif.

Elle s'appuya contre le dossier de son fauteuil et dévisagea Kit.

— Si je peux me permettre, c'est une des choses les plus cruelles qu'il m'ait été donné de voir. Entretenir ses illusions, en particulier dans son état.

— Je n'avais pas idée qu'elle…

— J'en suis consciente.

— Elle était vraiment heureuse. Quoi que vous pensiez de moi, je n'ai pas voulu lui faire de mal. Je l'ai simplement mise en relation avec son fils mort, même s'il n'existe que dans son esprit, même s'il n'est qu'une invention. Un personnage dans son histoire.

— Vous prétendez donc l'avoir vu ?

— J'ai vu l'endroit où il est mort. Où il est enterré. C'était il y a longtemps. À présent, il est en paix. C'est ce qu'elle voulait entendre. Qu'il n'y avait pas de souffrance, pas de douleur.

Kit préférait lui épargner les détails, la cave, les murs griffés, les tas de vêtements et les baskets. L'atmosphère sordide.

— Et vous y croyez ?

— La question n'est pas de croire ou de ne pas croire. J'y étais.

— Vous y croyez, répéta-t-elle. Vous êtes comme elle.

Vous croyez à tous les délires qui vous passent par la tête. Ou alors, vous êtes une manipulatrice.

— Je crois mes clients, pas nécessairement ce que j'entends ou ce que je vois.

Jessica Dowd prit une grande inspiration. Elle n'avait manifestement pas de temps à perdre avec les dingues de son acabit. Eh bien, tant mieux, car Kit l'avait assez vue.

— Je vais vous demander de partir, maintenant. Et je ne vais pas m'excuser d'avoir apporté un peu de joie dans la vie de cette pauvre femme.

La visiteuse se leva. Elle semblait avoir des envies de meurtre.

— Laissez-nous nous charger de la psychologie, vous voulez bien ? Je sais qui vous êtes maintenant, et je sais où vous habitez.

— C'est une menace ? Pas étonnant que votre mari vous ait quittée.

Jessica Dowd avait déjà ouvert la porte, mais à ces mots elle la referma.

— D'où sortez-vous ça ?

Ce n'était pas bien compliqué. Cette femme avait l'air impossible à vivre et Kit ne préférait pas penser à l'appréhension qu'elle devait susciter chez les patients, lorsqu'elle arpentait le couloir, les clés tintant à sa ceinture, ouvrant grand les portes, les toisant et leur parlant comme s'ils étaient des gamins de cinq ans condamnés à passer le restant de leur vie au coin.

— Je viens de le voir.

— Vous êtes complètement folle. Mêlez-vous de vos affaires.

Du seuil, Kit regarda Jessica Dowd s'éloigner.

— J'avais raison au sujet de votre mari, hein ? lança-t-elle comme elle s'apprêtait à disparaître dans l'ascenseur.

La femme se retourna et la toisa avec mépris.

— Oh, et tenez la porte. Il est juste derrière vous.

Elle se sentait beaucoup mieux, à présent. Prête à attaquer la journée.

39

En rentrant de son cours de théâtre, en fin d'après-midi, elle vit que Rita Daly, la directrice de casting de Los Angeles, lui avait laissé un message.

Elle s'assit sur son lit et s'efforça de tempérer son enthousiasme. Mais les directeurs de casting n'appelaient pas en personne, à moins d'avoir de bonnes nouvelles ; en fait à Hollywood, personne ne vous appelait pour vous annoncer que vous n'aviez pas le rôle. Vous étiez censée le deviner. Le silence était la réponse habituelle, parce qu'on avait oublié votre existence.

Elle appuya sur PLAY et sa main qui tenait le téléphone se mit à trembler.

— *Bonjour, Kit, j'aurais préféré qu'on se parle de vive voix, mais manifestement vous êtes occupée donc je me suis dit que j'allais laisser un message. Deux choses. D'abord, la vidéo que j'ai faite de vous était un peu étrange. C'est une nouvelle caméra et elle ne nous a jamais joué de mauvais tour, mais quand j'ai voulu montrer le film ici... c'est bizarre, parce que Blake et moi, on l'a visionnée après vous avoir vue et tout allait bien, mais quand je l'ai envoyée aux autres, l'image était… noire. Il n'y avait plus rien, et le son… des parasites. Comme s'il n'y avait jamais eu d'audition. J'ai fait vérifier la caméra, mais on n'a rien trouvé. Donc voilà, je suis vraiment désolée pour ça. Le second point, qui est plus important, et qui n'a clairement aucun rapport avec la qualité de votre travail, c'est que les producteurs ont décidé qu'ils préféraient un nom connu et un héros masculin, parce que… ma foi, vous savez ce que c'est. Le projet a plus de chances de marcher comme ça. C'est dur pour les femmes dans cette industrie, mais je suis sûre que je ne vous apprends rien. Malgré tout, je voulais que vous sachiez : votre audition m'a vraiment plu et je garde votre CV sous le coude. Je vous souhaite…*

Elle avait dû perdre le réseau car le reste était inaudible.

Sonnée, Kit s'efforçait de digérer la déception. Elle réécouta le message une fois avant de l'effacer. Elle était au bord des larmes, comme du temps où elle était encore comédienne en herbe. Elle y avait vraiment cru. Elle avait placé pas mal d'espoirs dans ce rôle. Elle s'y voyait déjà : se lever avant l'aube pour aller à la caravane de maquillage, picorer sur les tables du service de restauration à l'heure du déjeuner, bavarder de choses et d'autres avec les acteurs, se faire de nouveaux amis. Maintenant, elle n'avait plus qu'à tirer un trait sur ses rêves, jusqu'à la prochaine fois. Mais avait-elle vraiment un avenir dans ce métier ?

Après tout, son audition avait été effacée comme si elle n'avait jamais existé.

40

Kit contemplait Brooklyn de l'autre côté de l'East River, lorsqu'elle le sentit approcher, une silhouette dans le coin de son œil gauche. N'en fais pas trop, pensa-t-elle. Ne souris pas. Il se matérialisa à côté d'elle.

— Hé, salut ! dit-elle avec un sourire radieux.

Raté…

— J'espère que je ne vous ai pas fait attendre trop longtemps ?

— Non, à peine deux heures.

— Sans rire ?

— Plutôt cinq minutes.

— Tout va bien ?

— Oui, répondit-elle, s'efforçant de garder le sourire. Super.

En réalité, avec ce qui s'était passé chez elle, elle redoutait la tombée de la nuit, la solitude de 2 heures du matin, l'angoisse de 4 heures, les fantômes qui s'invitaient dans l'appartement. Elle avait du mal à s'endormir et, quand elle y parvenait enfin, son sommeil était léger. Une part d'elle attendait que ça recommence : le piano, le froid anormal, la sensation d'une présence.

Une péniche glissait silencieusement sur l'eau. Elle fit mugir sa corne de brume après avoir franchi le pont.

— La dernière fois que je suis venue ici, c'était pour l'anniversaire de ma fille. Zoey avait invité trois copines. On a déjeuné sur la jetée. Puis elle a voulu aller au mémorial du 11-Septembre. Je n'en avais aucune envie, mais c'était son anniversaire, je ne pouvais pas lui refuser ça.

— Vous y êtes allées ?

— Zoey a dit à ses amies : « C'est ici que mon père est mort » et j'ai éclaté en sanglots. Je me suis vraiment donnée en spectacle, les gens me dévisageaient et se détournaient. Ils étaient gênés. Et puis d'un coup, j'ai senti cet étrange sentiment de paix. Comme si le fait de me tenir à l'endroit où se dressait autrefois la tour Nord m'avait rapprochée de Peter. Depuis, j'y suis retournée plusieurs fois seule. Pour me recueillir et penser à lui. En évitant les marchands de souvenirs.

Il posa une main dans son dos.

— Je suis heureux que ça vous ait finalement fait du bien.

Aussitôt, les yeux de Kit s'embuèrent. Elle les essuya avec un petit rire embarrassé.

Le restaurant était à quelques minutes de là. C'était plein, mais David avait eu la bonne idée de réserver.

Lorsqu'ils furent assis sur la terrasse, les boissons commandées, elle lui demanda s'il avait des enfants. Elle se rendit compte qu'elle ne savait vraiment pas grand-chose sur lui, alors qu'elle-même s'était beaucoup livrée.

— C'était au programme. Je veux dire, on en avait parlé, pas énormément, mais de temps en temps. Elle en voulait cinq. Elle avait quatre frères et sœurs, j'imagine que c'est pour ça. Je lui disais que c'était quatre de trop. À force de négociations, on s'était mis d'accord sur trois.

Il se tut et détourna les yeux.

— J'avais bon espoir de la convaincre de s'en tenir à deux. Mais elle est morte avant qu'on en ait eu un seul.

Elle effleura sa main.

— Je suis désolée, David.

Le serveur apporta leurs verres.

— Au fait, j'ai fouillé dans les archives et j'ai retrouvé le rapport sur le drame auquel votre fille a assisté il y a trois ans. Il semble que la victime souffrait de dépression et qu'elle était suivie par un psychiatre. On a conclu à un suicide. Donc, affaire classée.

Il leva son verre.

— Santé.

— Ça me fait plaisir de vous revoir, David.

Il tendit la main et ses doigts caressèrent la joue de Kit.

— Alors, quoi de neuf?

— Tout et rien, oh, au fait, j'y pense, cette avocate, la femme que vous m'avez envoyée…

— Leslie Palmer. Oui, elle était très satisfaite de sa séance. Je n'en sais pas plus, elle ne m'a pas dit à qui elle voulait parler, mais, en tout cas, elle était ravie.

Kit ne comprenait toujours pas quel était le lien entre eux. Était-ce l'avocate qui avait demandé une recommandation à David ? Ou lui qui avait tout manigancé ?

Il y eut un silence, puis elle changea de sujet.

— Sinon, il y a cette femme qui est venue me consulter à propos de son fils. Il a disparu il y a des années alors qu'il était à un camp d'été.

Elle lui décrivit ce qu'elle avait vu. Elle ne fut pas surprise de constater qu'elle avait éveillé son intérêt. Rien de tel qu'une affaire non résolue pour titiller un policier.

— En résumé, vous avez vu une scène de crime ?

— Tout ce que je sais, c'est que c'était un sous-sol ou une cave, et que quelqu'un avait été enfermé là.

La pyramide de chaussures et les vêtements l'avaient vraiment bouleversée. Des trophées trahissant une obsession. Une atmosphère sépulcrale.

— Il s'est passé quelque chose d'horrible dans cet endroit. Ça flottait encore dans l'air, comme un brouillard. Ça se sentait, même si on ne le voyait pas. Comme un vieux souvenir qui refuse de s'effacer. Une photo qui ne pâlit pas.

Il l'examina avec curiosité.

— Et c'est arrivé quand ?

— Il y a quelques jours…

— Non, cette chose dont vous parlez.

— D'après la mère, cela fait plus de vingt ans. Elle espérait qu'il était encore en vie. Mais je pense qu'il est mort. Enterré dans un bois près d'un lac. C'est là que je me suis retrouvée ensuite. Je sentais la brise qui venait du lac. Je distinguais des collines à l'arrière-plan…

— La vision était aussi claire ?

— J'y étais, David. J'ai vu les feuilles mortes tomber. Le sol en était couvert. Un endroit incroyablement paisible. Quand je me suis baissée pour toucher la terre, elle était tiède. Pas la chaleur de l'herbe au soleil, une chaleur plus profonde.

— Les cadavres sont froids.

— Pourtant, je sentais du vivant à cet endroit, comme s'il restait quelque chose de lui. Bizarrement, tout semblait parfaitement naturel. Je n'avais pas peur, j'avais l'impression d'être à ma place. Et en même temps, j'avais la sensation que rien ne pouvait me toucher, rien ne pouvait me faire du mal. J'étais là et je n'étais pas là.

— Est-ce que vous êtes allée trouver la police ?

Elle secoua la tête.

— Je serais incapable de dire où c'était et, de toute façon, à quoi bon ? Je ne suis pas détective privé, je suis médium. On ne me prendrait pas au sérieux…

— Ça dépend. La police n'a pas l'habitude de faire

appel à des voyants, mais il arrive que les unités d'enquête soient disposées à écouter ce qu'ils ont à dire. Surtout si l'affaire n'a jamais été élucidée. Hé, je regarde les séries policières moi aussi, ajouta-t-il en souriant.

— En plus, la mère du garçon souffre d'Alzheimer. Selon une employée de l'établissement où elle est soignée, ils ne sont même pas sûrs qu'elle ait eu un fils. Ils pensent qu'elle délire.

— Vous l'avez vu, pourtant…

— Non, j'ai vu *quelque chose*. C'est différent.

Elle but une gorgée.

— Mais ce n'est pas tout. Il m'est arrivé des choses bizarres, récemment. Des phénomènes que je ne peux pas expliquer.

Elle lui parla du piano et de la vidéo de l'audition qui s'était effacée.

— Et puis j'ai reçu un message vocal. Ça fait plusieurs fois que j'entends une femme pleurer. En particulier quand je suis en séance. Mes clients ne l'entendent pas, mais moi, si.

Il la dévisagea, dubitatif.

— La voix était la même ?

— Exactement la même.

— Vous pouvez me le faire écouter ?

Elle eut un rire sans joie.

— Le message ? Il a disparu aussi. Il était là, je l'ai

écouté plusieurs fois, et quand j'ai voulu réessayer, un peu plus tard, il n'y avait plus rien.

Il plissa les yeux.

— Donc vous êtes la seule à l'avoir entendu ?

— Oui. Mais il était là, j'en suis sûre.

— Et maintenant il a disparu de votre messagerie ?

Son expression ne laissa guère de place au doute : il la croyait folle à lier.

— Ce genre d'incident vous est déjà arrivé ? Des bruits mystérieux au milieu de la nuit, un message téléphonique qui s'efface tout seul ?

— Non, jamais.

Elle eut soudain honte. Son air aimablement incrédule la mettait au supplice. Elle avait l'impression d'être redevenue une petite fille qui accumule les bêtises et les maladresses.

— Et vous vivez seule.

— Qu'est-ce que vous voulez dire, David ?

Mais elle le savait très bien. Personne d'autre n'avait vu ce qu'elle décrivait. Personne ne pouvait confirmer ses dires. Personne ne pouvait se porter garant pour elle. Il n'y avait qu'elle et l'invisible, sa parole contre la réalité.

41

Lorsque le serveur s'approcha pour leur énumérer les plats du jour, ils n'avaient même pas encore ouvert leurs menus.

— En fait, je crois qu'on va prendre une autre tournée avant de commander, décréta David.

— Bon, jouons cartes sur table avant de penser au dîner. Quand comptiez-vous m'arrêter ? Après le dessert ? Dans ce cas, autant se débarrasser tout de suite de cette formalité.

Elle avança ses poignets, prête à recevoir les menottes.

— Kit, s'il vous plaît.

— Ce n'est pas moi qui vous intéresse. Vous voulez me traîner au poste et me mettre sous les verrous, comme dans les films : empreintes digitales, photos anthropométriques, la totale. Je remporte le premier round parce que je vous ai percé à jour. Vous avez raison, tout le monde regarde les séries policières. Et pour être honnête, j'ai bien aimé partager la vedette avec vous. Mais j'ai l'impression que la première saison ne va pas être renouvelée, je me trompe ?

— D'accord... Je travaille à la répression des fraudes. Et ce sont les témoignages de vos clients sur Internet qui nous ont alertés. Ils semblent tous conquis, tous persuadés que vous êtes authentique. Mais vous le savez comme moi, les vrais médiums, ça n'existe pas.

— Peut-être pas dans votre monde. Pour vous, il n'y a que les gentils et les méchants. Et tant pis pour l'immense zone grise entre les deux.

— Votre domaine.

— C'est un endroit intéressant. Vous devriez nous rendre visite à l'occasion.

Il rit.

— Je ne sais jamais quand vous êtes sérieuse et quand vous vous payez ma tête.

Elle leva son verre et but une gorgée.

— Alors, qu'est-ce que vous me voulez vraiment ?

Il prit une longue inspiration.

— Honnêtement ? Au début, lorsqu'on a entendu parler de vous, mon partenaire et moi, on s'est dit que ça allait être facile. Au bureau, on nous met la pression. D'autant plus qu'en ce moment il y a une recrudescence de prétendus voyants. Encore plus que d'habitude. Quand les temps sont durs, quand les gens sont inquiets pour l'avenir, les escrocs surgissent de toutes parts pour leur pomper leurs économies. On a vu des veuves isolées qui n'avaient plus un sou sur leur compte et une commode couverte d'amulettes et de grigris achetés à prix d'or. Mais avec vous, je reconnais qu'on n'a pas grand-chose. Vous ne demandez pas d'argent, pas directement, en tout cas. Vous ne promettez rien, ne vendez rien, et vous ne sollicitez pas les gens dans la rue. Vous savez contourner la loi. Ce qui, paradoxalement, est assez admirable.

Le serveur réapparut. Il n'avait visiblement pas envie de revenir une troisième fois pour prendre leur commande.

— On va bientôt fermer.

— Bientôt comment ? demanda Kit.

— Dans deux heures, répondit le serveur, qui ne leur avait pas adressé un sourire depuis leur arrivée.

— Dans ce cas, on va commander, dit David d'un ton apaisant.

Lorsqu'ils se retrouvèrent seuls, Kit le regarda droit dans les yeux et parla lentement et distinctement.

— Je ne vais pas y aller par quatre chemins, David. Si nous pouvons être honnêtes l'un avec l'autre, si chacun respecte ce que fait l'autre, nous pouvons nous entendre. Mais il y a une chose. Cette femme, cette voix… je ne l'ai pas inventée et elle m'appelle pour une raison…

— Mais encore ?

— Si je le savais, je vous le dirais. Mais parlons plutôt

du flic qui enquête sur moi, Tony Cabrini. Je parie que c'est lui, votre partenaire.

À présent, c'était à elle d'attendre. Et elle avait tout son temps.

42

David répondit sans hésiter.

— Écoutez, Tony est un brave type, mais il veut à tout prix faire une arrestation. Il a besoin d'une promotion.

— Et moi je suis la cible idéale.

Il hocha la tête.

— À ses yeux, oui. Il est un peu impulsif. Vous coffrer est devenu une obsession chez lui. Mais ne vous inquiétez pas. Vous avez raison, c'est mon partenaire. Et je peux me débrouiller pour qu'il vous laisse tranquille. Je vous donne ma parole.

— Donc il s'est mis en tête de m'inciter à commettre une infraction. Ce qui pourrait lui coûter son job, si je ne m'abuse, vu que c'est illégal.

Il sourit.

— Vous avez été flic ou quoi ?

— Comme vous le savez sans doute déjà, quand je ne parle pas aux esprits, je suis comédienne. Du théâtre surtout, un peu de télé. J'ai eu un petit rôle dans une série policière HBO il y a trois ans. J'étais censée être infiltrée chez des malfrats. Deux ou trois scènes, quelques dizaines de répliques. Et beaucoup de provocations à l'infraction. J'ai mal fini. Comme la moitié de la distribution, qui a terminé sa vie au fond d'un bois ou d'un bayou. Moi, on a retrouvé mon corps en train de se décomposer dans un marécage au quatrième épisode. Et ma tête à côté d'un pack de bières dans le frigo d'un type au sixième.

— On dirait qu'ils se sont pas trop mal débrouillés pour recoller les morceaux.

— Alors, vous allez me protéger des agissements illégaux de votre copain ?

— Je ne peux pas faire grand-chose en m'appuyant uniquement sur vos soupçons. Vous devez me fournir des faits. Des preuves qu'il outrepasse ses prérogatives.

— Je veux juste être sûre qu'il me laissera tranquille.

Elle le voyait qui réfléchissait à ce que cela impliquait.

— Je vous assure que je ferai tout ce qui est en mon pouvoir. Tant que ça reste dans le cadre de la loi. L'avantage, c'est que maintenant vous avez un policier pour vous protéger. Je parle de moi, ajouta-t-il avec un petit sourire.

Elle l'examina attentivement.

— Vous m'auriez avoué que vous étiez policier, si je n'avais pas pris les devants ?

— Quand vous dites ça aux gens, en général, ils partent

en courant. Mais vous saviez qui j'étais et ça n'a pas eu l'air de vous gêner outre mesure.

— Sinon, je ne serais pas ici ce soir.

— Écoutez, Kit. Vous me plaisez. Vous me plaisez vraiment.

— Désolée si je suis méfiante, mais depuis la mort de mon mari, je n'ai pas eu beaucoup de chance avec les hommes. Entre ceux qui m'ont menti et ceux qui m'ont blessée, j'ai été servie. Je n'accorde pas ma confiance comme ça…

— Je comprends…

— Et si vous voulez qu'on continue à se voir, ou plus si affinités, vous devez être franc avec moi. Il faut que je sache… Est-ce que vous fréquentez quelqu'un en ce moment ?

— Pourquoi cette question ?

— Parce que Louis, vous savez, le barman du bar où on s'est rencontrés, il a mentionné qu'il vous avait vu avec une femme.

Il éclata de rire.

— Maggie, vous voulez dire ? Maggie Fergusson ? C'est une vieille copine du bureau du FBI à Baltimore. Elle est de passage à New York, elle nous donne un coup de main dans une affaire. De toute manière, vous ne pouvez pas être jalouse de Mags, elle est déjà prise. Par son épouse.

— Désolée, mais je préfère savoir où je mets les pieds.

C'est seulement… Je suis encore un peu fragile, surtout en ce moment avec mes soucis d'argent. Il va falloir être patient. Ne pas me bousculer.

— Pas de problème. Et si cette femme qui essaie de vous dire je ne sais quoi continue de vous harceler, prévenez-moi, d'accord ?

Elle rit.

— Qu'est-ce que vous allez faire ? Arrêter une voix désincarnée ?

— Ça m'inquiète un peu. Ce que vous vivez en ce moment. Les voix. Les visions. Je me demande si vous ne devriez pas calmer le jeu avec les morts.

— J'en déduis que vous ne voulez pas tenter de parler à Caroline ?

— Pas tout de suite. Quand je me sentirai prêt. Oh, avant que j'oublie… Voilà mon numéro de portable.

Elle le saisit dans son répertoire : David Brier. Une manière d'officialiser leur relation.

Le serveur apporta leurs plats et ils continuèrent de bavarder en mangeant.

Après le repas, Kit s'éclipsa un instant.

Elle referma la porte des toilettes derrière elle. À présent qu'elle était seule, elle sentait les effets de l'alcool. Deux cocktails, c'était au moins un de trop. Elle savait pourtant qu'elle ne supportait pas les martinis, mais elle avait voulu réessayer. Et ça ne lui réussissait pas mieux que d'habitude. Elle s'approcha d'un lavabo, se lava les mains et se passa un peu d'eau sur le visage. Elle ferma le robinet et, lorsqu'elle se redressa, elle vit une femme derrière elle, à quelques dizaines de centimètres, la tête dans l'ombre. Elle tendait le bras vers elle.

— Oui ? fit Kit. Je peux faire quelque chose pour vous ?

Lorsqu'elle se retourna, l'inconnue avait disparu.

Elle n'avait entendu personne entrer. Et tous les cabinets étaient ouverts. Soudain, une serveuse poussa la porte.

— Est-ce qu'il y a une Kate ici ?

— Vous voulez dire Kit ?

— Peut-être. Votre ami s'inquiétait.

Manifestement, elle s'attendait à la trouver évanouie par terre, une seringue dans le bras.

— Il y avait une femme ici à l'instant. Elle n'avait pas l'air bien.

La serveuse regarda autour d'elle.

— Je ne vois personne. Votre ami voulait que je m'assure qu'il ne vous était rien arrivé.

— Je me suis absentée deux minutes.

— D'après lui, c'était plutôt quinze ou vingt.

— Il a dit ça ?

La femme hocha la tête.

— Je ne comprends pas. Je suis simplement venue me rafraîchir et me recoiffer…

— Je vous répète ce qu'il m'a dit.

Merde.

— Je vais bien. Dites-lui que j'arrive.

La honte. Je dois être ivre morte. Où étaient passées ces vingt minutes ? Avait-elle perdu toute notion du temps ?

Elle avait besoin d'un café. Elle avait besoin de rentrer chez elle et de dormir. Elle avait besoin de se réveiller demain matin et d'avoir tout oublié. Elle avait besoin d'être n'importe où sauf ici, à picoler et à raconter sa vie à un homme qui lui plaisait trop pour que ça se finisse bien. Parce que chaque fois qu'elle tombait amoureuse, le type mourait, se révélait être un salaud ou se volatilisait comme un fantôme dans l'éther.

Elle se regarda encore dans le miroir tandis qu'elle se séchait les mains. Personne, à part elle.

David se leva lorsqu'elle rejoignit la table d'un pas incertain.

— Tout va bien ?

— À part le fait que je suis pompette ? Désolée d'avoir été aussi longue. Je croyais m'être absentée deux minutes. Je ne sais pas ce qui m'est arrivé.

— Je commençais à m'inquiéter.

— Tout va bien maintenant, assura-t-elle avec un sourire un peu forcé.

— Allons-y.

Il sortit son téléphone pour appeler un Uber.

— Il y a un chauffeur au bout de la rue.

Il y eut un coup de tonnerre au loin, et l'air devint électrique, crépitant. Le ciel chargé d'ozone était couleur charbon.

Une Kia blanche s'arrêta à leur niveau au moment où une pluie torrentielle s'abattait sur eux. David demanda au chauffeur de déposer Kit en premier.

— J'habite à un quart d'heure, ajouta-t-il.

Le chauffeur était étonnamment silencieux. Lorsqu'elle jeta un coup d'œil dans le rétroviseur central, Kit remarqua qu'il l'examinait. Elle se détourna, puis regarda de nouveau. Il la dévisageait toujours avec insistance, comme s'il l'avait déjà vue quelque part et essayait de se souvenir où. Elle prit la main de David.

— J'ai passé une excellente soirée. Merci. Et merci pour votre sincérité. Je suis vraiment confuse pour tout à l'heure.

— Je suis content que vous alliez bien. J'aimerais qu'on se revoie bientôt.

— Moi aussi, répondit-elle en souriant.

Ils arrivèrent devant chez elle une trentaine de minutes plus tard.

— C'est l'immeuble à droite.

Avant de la laisser descendre, David tourna la tête pour l'embrasser.

— Tu veux monter ? murmura-t-elle dans son oreille.

— Je ne peux pas.

— Rien qu'un petit moment ?

Encore une fois, le chauffeur regardait son reflet dans le rétroviseur, comme s'il essayait de lui dire quelque chose.

— Remettons ça à un autre soir. Quand on sera tous les deux un peu plus sobres.

Elle sourit et lui serra la main.

— C'est plus sage, en effet. Et merci encore.

Il se pencha pour l'embrasser une seconde fois, légèrement, juste un bref baiser sur les lèvres. Elle se sentait revivre.

Mais elle ne lui faisait pas confiance pour autant.

43

Elle entra et alluma toutes les lampes sur son passage.

Elle s'immobilisa sur le seuil du salon. Le piano était ouvert et il y avait une partition sur le cadre. Elle s'approcha. La « Sonate au clair de lune » de Beethoven. Elle n'y était pas avant. Zoey venait de commencer à l'étudier quand elle était tombée dans le coma.

Elle regarda autour d'elle.

— Bonsoir ?

Je deviens folle, se dit-elle. Comme si quelqu'un était venu, avait joué du piano et était reparti.

Lorsqu'elle alluma dans la chambre de sa fille, la température chuta d'un coup et elle frissonna. La penderie de Zoey, qu'elle était sûre d'avoir refermée, était béante. Tout comme le tiroir de la table de chevet, pas de quelques centimètres, mais presque entièrement.

Kit s'en approcha et se figea.

Elle poussa le tiroir, prit une inspiration et le tira de nouveau. Un tour de magie. On ferme les yeux et quand on les rouvre, il n'y a plus rien. On se réveille, et ce n'était qu'un rêve.

Mais c'était toujours là. Elle recueillit délicatement la boucle d'oreille entre ses doigts, un simple brillant, et l'approcha de la lampe de chevet pour l'examiner. Zoey n'avait pas les oreilles percées. Et le contenu du tiroir – les écouteurs, le paquet de chewing-gums, la photo de Kit et Peter – s'était volatilisé.

Elle regarda dans la penderie. À la place des vêtements d'adolescente de sa fille, il y avait des affaires qu'elle n'avait jamais vues auparavant, des affaires qui semblaient celles d'une femme plus âgée.

C'était comme si elle avait pénétré dans un appartement jumeau du sien mais qui appartenait à quelqu'un d'autre, ou comme si les précédents occupants, le Français et la femme qui entendait des voix, n'étaient jamais partis. Elle recula et regarda les murs. La plupart des posters de Zoey avaient été remplacés par des reproductions encadrées et des photos de personnes et de lieux inconnus de Kit. Elle avait l'impression d'être entrée par effraction chez elle.

— Stop, dit-elle d'une voix forte. Maintenant, laissez-moi.

Elle éteignit et ferma la porte derrière elle.

44

Kit se réveilla en sursaut, se demandant si quelqu'un l'avait appelée à haute voix. Cela lui fit l'effet d'une gifle.

Son réveil affichait 2 h 03. Et clic, il était 2 h 04. Un silence de mort régnait dans l'appartement. Plusieurs heures s'étaient écoulées depuis qu'elle s'était écroulée sur son lit. Et quelque chose l'avait tirée du sommeil, un cri dans la rue, une sirène de police.

Elle étira ses jambes et ferma les yeux. Elle avait mal à la tête, mais ce n'était pas déplaisant. Gueule de bois, sans doute. Elle aurait tout le temps de le regretter demain.

Elle irait rendre visite à Zoey. Elle parlerait à sa fille, répéterait les mots qu'elle lui disait depuis trois ans, lui confierait ses espoirs, des nouvelles anodines. Des phrases qui lui semblaient creuses, à force.

Lorsqu'il faisait doux, au printemps et en été, en sortant de l'hôpital elle traversait la 5ᵉ Avenue pour aller marcher dans le parc. La même allée, les mêmes corbeaux, la même routine : une promenade dans le passé.

C'était devenu un rituel, une série de gestes et de mots mystérieux, un cérémonial dont la signification véritable lui échappait, un tour de magie inachevé. Un jour, elle traverserait le labyrinthe. Un jour, elle irait jusqu'au bout.

Elle respirait calmement, sentait le battement de son cœur ralentir. Bientôt, le sommeil l'emporterait de nouveau. C'est alors qu'elle l'entendit : une infime modification du silence, un chuchotement dans l'obscurité.

Elle ouvrit les yeux pour découvrir une silhouette au pied de son lit, la tête légèrement inclinée, les traits indistincts. Une ombre plus qu'une personne.

Tu me manques…, semblait murmurer l'intrus.

Il porta ses mains à son visage, comme pour pleurer.

— David ?

Comme la silhouette ne bougeait pas, elle poussa un cri qui ressemblait plus à une expiration, une respiration brutale, sans que la vision se dissipe.

C'est impossible, se dit-elle. *Je refuse d'y croire*.

Elle ferma les paupières et s'efforça de penser à autre chose, n'importe quoi, des banalités, des bons souvenirs, des temps plus heureux. L'apparition pouvait-elle lire dans ses pensées, reculer et s'évanouir ? Lorsqu'elle rouvrit les yeux, ce fut sur la lumière grise de l'aube.

45

Avant sa douche, avant le comprimé d'Advil que réclamait sa tête douloureuse, avant le café et la lecture de la rubrique nécrologique, stylo rouge à la main, elle l'appela sur son portable.

— David Brier.

Il avait vraiment un ton de policier : professionnel, pas un mot de trop.

— Bonjour, dit-elle d'une voix aussi joyeuse que possible, compte tenu de la nuit qu'elle avait passée et de la matinée morose qui s'annonçait.

Elle jeta un coup d'œil par la fenêtre de sa chambre. Il ne tombait plus que des gouttes éparses et déjà elle voyait le ciel bleu réapparaître entre les nuages déchiquetés.

— Oui ?

Il ne semblait pas l'avoir reconnue.

Le brouhaha dans le fond s'estompa. Il avait dû sortir de la pièce.

— Allô ?

— C'est Kit. Tu te souviens ? Hier soir.

Il y eut un long silence.

— Pardon ? Qui est à l'appareil ?

— C'est moi. On a dîné ensemble près du port.

— Quand ça ?

Elle n'en revenait pas. C'était bien la voix de David, en tout cas, ça lui ressemblait.

— J'ai dû me tromper de numéro.

Elle s'excusa, il ne répondit rien et elle raccrocha.

Lorsqu'elle réessaya, quelques instants plus tard, elle tomba directement sur la messagerie. La messagerie de David.

— Bonjour, je ne sais pas ce qui se passe…

Elle coupa la communication sans terminer sa phrase. Qu'est-ce que ça signifiait ? Avait-il décidé de la blacklister ?

Elle regarda son écran : *David Brier.*

Elle ne s'était pourtant pas trompée de numéro.

Il l'ignorait.

Elle rejoua la soirée de la veille dans sa tête. Ils étaient arrivés devant son immeuble à 22 heures passées. Elle revit le regard étrange du chauffeur, et le sourire de David à travers la vitre, alors qu'elle lui adressait un signe depuis la porte. Une séquence parfaitement nette au milieu de la brume de ses souvenirs, comme une série d'étapes qui la mèneraient à une réponse. Puis un autre détail lui revint : il n'y avait rien sur la voiture, pas d'autocollant, rien pour indiquer qu'il s'agissait bien d'un Uber. Il était au bout de la rue, avait dit David, et le temps qu'ils sortent du restaurant, il était là qui les attendait le long du trottoir.

Ça ne signifiait rien, bien sûr, ce n'était qu'une question de perception. Comme quand elle voyait des objets qui n'étaient pas là plus tôt. Dans la chambre de Zoey, par exemple : les boucles d'oreilles, les vêtements inconnus, les posters.

Elle vérifia la porte de l'appartement. Elle n'était pas verrouillée et la chaîne n'était pas mise. Lorsqu'elle entra dans le salon, le piano était fermé, la partition avait disparu.

Dans la chambre de Zoey, elle ouvrit le tiroir de la table de chevet. Un paquet de chewing-gums entamé, des écouteurs. Un mouchoir en papier froissé. La photo de Kit et Peter. Rien d'autre. Dans la penderie, les vêtements étaient ceux de sa fille : ses jeans, quelques jupes, la robe noire qu'elle portait pour les récitals, les habits qu'elle avait le soir de l'accident, tout était à sa place.

Il était inutile de parler à Jackie. Inutile d'en appeler à la logique et au bon sens. Kit savait ce qui se passait. Elle en avait fait son métier.

46

Le temps d'atteindre le premier palier, Tony Cabrini était hors d'haleine. Il préférait ne pas penser à ce que ce serait quand il aurait soixante-deux ans, l'âge où son père était mort d'une crise cardiaque au volant du bus qu'il conduisait. Ça avait dû être un joyeux bordel. Il imaginait le véhicule s'encastrer dans les voitures garées et les camions de livraison, alors qu'il roulait dans la 14e Rue, en direction de l'ouest de Manhattan. Les flics avaient d'abord cru que le chauffeur était ivre. Mais c'était un corps sans vie qu'ils avaient découvert affalé sur le volant, et cent vingt-deux passagers hébétés, se demandant ce qui était arrivé. Un jour, ce serait le tour de Tony.

Il reprit son souffle, la main sur la rampe, avant de se lancer à l'assaut de l'étage suivant. Lorsqu'il leva les yeux, Connie l'attendait sur le pas de la porte.

— Qu'est-ce qu'il y a ?

— Monte, je vais t'expliquer.

Elle était déjà à l'intérieur lorsqu'il arriva sur le seuil.

— On a un problème. Dommage que tu n'étais pas là. Maintenant, c'est trop tard.

— Hé, c'est pas moi qui ai demandé à travailler un samedi.

— Et David, il travaillait ?

— Il était en congé.

— Alors, tu as passé ton week-end derrière un bureau à essayer de trouver le moyen d'arrêter des toquées avec des boules de cristal, pendant que lui, il était au golf ?

— Dave ne joue pas au golf.

— Tu m'as comprise.

Il savait très bien ce que Dave faisait. Il l'imagina dans l'ascenseur, montant chez Kit Capriol.

Il s'assit lourdement à la table. La journée avait été chaude, et la soirée s'annonçait à peine plus fraîche. Connie avait mis le ventilateur dans la cuisine, un appareil qui faisait un vacarme infernal et qu'il n'avait jamais pris la peine de remplacer. Il ferma les yeux. L'air brûlant de la ville et un relent d'ordures lui envahirent les narines.

— On nous a coupé le gaz. Je ne peux pas préparer le repas. Je ne peux même pas me doucher.

— Qui voudrait prendre une douche chaude par ce temps ?

— Tu as envie d'une douche froide ? Vas-y. Tu ne tiendras pas deux secondes.

— Tu n'as pas payé la facture du mois dernier ?

— Je croyais que tu t'en étais chargé… Oh et puis tu

sais quoi ? Frankie et moi, on va aller dormir chez ma sœur. Si tu as faim, tu n'auras qu'à aller t'acheter deux parts de pizza. Je m'en moque. Je te demande juste de payer les factures, bon sang.

Il soutint son regard jusqu'à ce qu'elle détourne les yeux. Puis il sortit de l'appartement et elle claqua la porte derrière lui.

47

Manger était le dernier de ses soucis. Tony se dirigea vers Angelo's, à quelques rues de chez eux. Sal tenait le bar, comme d'habitude.

— Y a pas foule, constata Tony.

Un match des Mets passait à la télé, le son coupé. Le juke-box était silencieux. Et le seul autre client au bout du comptoir semblait attendre d'avoir fini sa bière pour aller se pendre. Il truciderait peut-être quelques personnes avant, songea Tony, ce qui lui arracha un petit rire.

— Il est encore tôt, répondit le barman. Le samedi, tu sais comment c'est. Qu'est-ce que je te sers ?

— Une Bud et un shot. On va commencer par deux de chaque.

— Sale journée ?

— Je suis resté le cul vissé sur ma chaise. Il n'y en avait que pour les homicides.

Sal posa une bière et un petit verre de bourbon devant Tony.

— Oui, j'en ai entendu parler. Qu'est-ce qui s'est passé, au juste ? Une fête de quartier dans le Queens et un excité de la gâchette a sorti son flingue, c'est ça ?

— Cinq morts. Un jour comme un autre dans une ville de huit millions d'habitants.

— Bientôt neuf, Tony. Neuf millions. C'est exponentiel. Cinq vies de perdues, dix de retrouvées.

Tony avala le bourbon cul sec et rit.

— De toute façon, qu'est-ce que c'est, un million, entre amis, hein ?

Pendant la demi-heure suivante, quelques clients arrivèrent, uniquement des habitués. Tony en était à sa quatrième tournée. Il regarda le match un petit moment puis se lassa, alors que les Mets étaient menés 6-1 à la fin de la quatrième manche.

— Un dernier pour la route, annonça-t-il.

— Tu conduis ? demanda Sal.

— T'es malade ?

Il avait des choses à faire, des gens à voir, des vies à gâcher. Après avoir réglé l'addition, il se dirigea vers le métro. Il était ivre, et pas qu'un peu. Agréablement hébété. Et sacrément remonté. Il avait l'impression que chaque fois qu'il prenait une initiative, Dave avait une meilleure idée. Ou une idée plus appréciée de la hiérarchie.

Le quai n'était pas aussi bondé que d'habitude, à cette heure. Tandis qu'il attendait, il remarqua une femme.

Elle était sur la ligne jaune, distraite par son téléphone et ce qu'elle écoutait au casque. Une rame approchait. Il la rejoignit en trois enjambées et la tira en arrière au moment où le métro apparaissait. Un pas de plus, elle tombait.

Surprise, elle le fusilla du regard. Il lui montra sa plaque.

— Je suis policier. Vous étiez trop près du bord. Vous avez eu de la chance. Faites attention à bien vous tenir en arrière de la ligne jaune, s'il vous plaît.

La prochaine fois, pensa-t-il. Mais il ne serait pas là pour la sauver.

48

Kit rentra de l'hôpital à 15 heures et s'allongea, pensant se reposer quelques minutes. Presque aussitôt, elle sombra dans un sommeil sans rêves, dont elle émergea péniblement, comme si elle devait s'arracher à un liquide visqueux et noirâtre. Elle regarda son réveil : 20 h 03. Et aussitôt, 20 h 04.

Elle n'avait rien de prévu ce soir, personne à voir. Elle referma les yeux. Cinq heures de perdues. Cinq heures envolées. Et après ? De toute manière, personne ne l'attendait. Pas d'audition. Pas de rendez-vous avant deux jours. Pas de message de David. Qu'avait-elle raté ? Cinq heures pendant lesquelles elle avait simplement cessé d'exister dans ce monde.

Elle se rendormit pour être réveillée une heure plus tard par la « Sonate au clair de lune ». Quelqu'un jouait les premières mesures encore et encore. Il y eut un coup violent sur les touches, et la personne reprit une fois de plus au début.

Kit se leva et s'avança prudemment jusqu'au seuil du salon. Elle n'avait plus peur. Tout ce qui s'était passé, ce qui se passait et se passerait à l'avenir était devenu parfaitement normal. C'était son monde, à présent.

Assise au piano, le dos tourné, une femme jouait, répétant les mêmes mesures, une fois, deux fois, trois fois.

— Zoey, murmura Kit.

À l'instant où sa fille allait tourner la tête, un minuscule diamant à son oreille gauche, quelqu'un frappa à la porte. Aussitôt, Zoey disparut.

— Qui est là ? bredouilla Kit.

— David. C'est moi, David.

Une voix posée, venant du couloir.

Elle s'appuya contre le mur, réfléchit un instant, puis lui ouvrit.

— Je passais dans le quartier. Ça va ? ajouta-t-il en l'examinant attentivement.

Elle recula. Que faisait-il là ? Il y avait quelque chose qui clochait.

— Je ne comprends pas…

— Quelqu'un est sorti de l'immeuble au moment où j'arrivais. C'est pour ça que je n'ai pas sonné en bas. Je pense que j'ai laissé ma montre ici tout à l'heure.

— Ta montre ? Quand ça ?

— Ne me dis pas que tu as déjà oublié. Je suis passé vers 19 heures, 19 h 10. Je voulais te faire une surprise et on a fini dans ton lit.

Il entra dans la chambre et en ressortit, la montre à la main.

— J'étais sûr de l'avoir laissée par terre.

Il l'attacha à son poignet.

Elle ne se rappelait absolument rien.

— Mais je dormais…

— Ce n'est pas exactement le mot que j'utiliserais, dit-il en riant.

— Je suis allée voir Zoey, et en rentrant je me suis allongée, je ne tenais plus debout…

Comment une telle chose avait-elle pu arriver et ne lui laisser aucun souvenir ? Est-ce qu'elle était vraiment folle ? Comment avait-elle pu perdre toute conscience de ses actes pendant plusieurs heures ?

Et puis il y avait le coup de téléphone. Elle lui montra son journal d'appels.

— C'est bien ton numéro ?

— C'est moi qui te l'ai donné.

— Quand je t'ai appelé, tu as fait comme si tu ne me connaissais pas.

— Je ne pouvais pas te parler.

— Pourquoi tu ne l'as pas dit ?

— C'était… compliqué. Excuse-moi.

— Tu en es sûr ? Parce que j'avais vraiment l'impression que tu ne savais pas du tout qui j'étais.

— Tu es mal tombée. Je suis désolé, on a eu une semaine de dingue.

Elle lui parla du piano.

— Un morceau que Zoey venait de commencer à étudier. Elle était ici la nuit dernière, David, je te le promets. Elle était ici et elle s'exerçait au piano.

— Mais tu l'as vue à l'hôpital cet après-midi.

Il était inutile d'essayer de comprendre.

— Tu l'as filmée avec ton téléphone ?

— Non.

— Tu es sûre que ce n'est pas ton imagination ?

Elle s'assit à la table de la cuisine.

— Mais je l'ai vue, David. Elle était... différente. Plus âgée, je pense. Elle jouait le début et elle recommençait. Elle se tournait pour me dire quelque chose, et puis à ce moment tu as frappé.

Elle s'entendait parler et elle savait ce qu'elle allait devoir dire ensuite.

— Et soudain, elle n'était plus là.

Elle prit sa tête dans ses mains. Elle ne comprenait pas. Et ces trous de mémoire ? Ça ne lui était jamais arrivé. Elle avait cru perdre la raison après la mort de Peter – était-ce en train de recommencer ?

David s'assit à côté d'elle sur le canapé.

— Écoute, je suis flic. Mon domaine, c'est le tangible. Je ne dis pas que tu te trompes ou que tu mens. Je dis que, sans preuve solide, c'était peut-être juste un rêve. Ou ton imagination.

Ou un mensonge. Il n'avait pas prononcé le mot, mais il le pensait très fort.

Elle lui prit la main.

— Tu as sûrement raison. Je galère depuis trop longtemps. Et je suis seule depuis presque autant de temps. Je tourne en rond et ce n'est pas bon pour la tête.

— Tu as peut-être simplement réussi à te faire peur, à force de fricoter avec les esprits.

Elle sourit.

— Il est temps que je change de métier.

— Avant ça, on pourra faire une séance ? Tes adieux à la scène, en quelque sorte, si tu envisages de raccrocher ?

— Caroline ? Je peux essayer, si tu veux.

— Maintenant ?

— Dans l'état où je suis ? dit-elle en riant. Pas comme ça. J'ai besoin de m'habiller, il y a tout un rituel. Il faut que je prépare les lieux. Que je prenne le temps de me poser.

Que je me recentre, disait-elle pour impressionner une certaine clientèle.

Il mit les mains à plat sur la table.

— Alors, quand ?

— Choisis le jour et l'heure. Je te dirai si je suis disponible.

Comment allait-elle s'en sortir ? Elle ne savait rien de sa femme, hormis son prénom. Il n'y avait pas d'avis de décès, aucune référence à une Caroline Brier qui aurait à peu près son âge. Mais il ne devait pas être différent des autres. Quand on a perdu quelqu'un, on se souvient de petites choses, de détails qui la plupart du temps échappent au reste du monde. Un regard à un moment précis, un geste, des mots qui n'ont de sens que pour soi. La meilleure solution, avait-elle appris, était d'appeler l'esprit et d'affirmer qu'il était présent dans la pièce. Généralement, cela suffisait à créer le trouble. *Elle est à côté de moi, je peux toucher sa main.* C'était une forme de séduction, un travail de sape subtil, une usure progressive du scepticisme. Quand elle voyait briller l'étincelle de la foi dans les yeux du client, c'était gagné. Ils pouvaient entamer la conversation à sens unique avec le passé, toujours les mêmes phrases : *Tu me manques. Je t'aime. Je pense à toi.*

Une fois le contact établi, il était rare que la personne ne réclame pas une deuxième et une troisième séance. Mais pour cela, il fallait que tous les éléments soient parfaitement en place.

— Et elles durent combien de temps, ces séances ?

— Je préfère parler de consultation. C'est très variable. Dans le meilleur des cas, quinze ou vingt minutes suffisent pour obtenir une réponse. Mais parfois il faut une heure. Ça dépend de la réceptivité du client et de la mienne. C'est comme un aimant. Plus il est puissant, plus il va être efficace.

— Et ensuite, je te paie ?

— Je te l'ai dit… La première consultation est gratuite. Après, normalement, j'accepte les dons. Mais je ne veux pas que tu me paies quoi que ce soit.

— J'ai du mal à croire que les gens reviennent.

— Oh, ça, ils reviennent, tu peux me faire confiance. Ils ont des choses à raconter à la personne qui est partie. Pour eux, la vie a continué…

— Et les morts répondent ?

— Presque toujours.

Il fronça les sourcils.

— Tu commences à me faire peur.

— Puis, quand nos vies touchent à leur fin, quand les voix s'éteignent et que les souvenirs pâlissent, ils attendent qu'on les rejoigne. Ils ne sont pas pressés. Ils ont tout le temps du monde.

— Je ne trouve pas ça plus rassurant.

— Nous ne voyons pas les choses ainsi.

— Nous, c'est-à-dire ?

— Les esprits et moi.

Il rit.

— D'accord, ça devient carrément flippant, ton truc. Allez, à demain.

Il l'embrassa et elle le raccompagna à la porte. Dès qu'elle entendit l'ascenseur descendre, elle mit la chaîne et alla voir ce qu'elle avait au frigo. Pas grand-chose, sauf à considérer que des tranches de rosbif iridescentes oubliées depuis plus d'une semaine étaient comestibles.

Elle enfila des chaussures, une veste, prit son sac et sortit. Elle allait grignoter un morceau au bar, ça lui changerait les idées.

Mais on l'attendait en bas.

49

Il est là qui attend son heure, par une nuit nuageuse, l'air lourd d'une menace imminente. Elle le sent sur sa langue et sous sa peau, un fourmillement, entre la brûlure et la démangeaison. Elle ne sait pas quand, elle ne sait pas comment, mais elle devine que le moment arrive. Tous ceux qui meurent, bêtes et hommes, se couchent par terre et ferment les yeux à l'approche des ténèbres. Et elle fera comme les autres.

Il traversa la rue et lui emboîta le pas, s'accrochant à elle comme un mauvais souvenir obsédant.

— Bonsoir, c'est moi… Tony, vous me remettez ? Tony DeLuca. Je voulais justement vous parler. Et puis j'ai vu Dave sortir de chez vous, et j'ai pensé que vous seriez…

— Désolée, je ne consulte pas ce soir. S'il vous plaît, laissez-moi. Vous m'importunez.

Elle accéléra le pas et prit son téléphone. Elle appela David et tomba sur sa messagerie.

— C'est Kit. Il est revenu, Tony, et je crois qu'il a bu, et…

Il l'avait rattrapée. Elle ne raccrocha pas, serrant le portable dans sa main. Elle voulait que Dave entende tout.

— Il faut qu'on parle, insista Cabrini. C'est important.

— Prenez rendez-vous. Là, je n'ai pas le temps.

Il lui saisit le bras, l'obligeant à s'arrêter. Elle pivota pour lui faire face.

— Lâchez-moi.

Il empestait l'alcool. Ses yeux fuyants luisaient sous l'éclairage du réverbère. Il avait besoin d'un verre pour se donner du courage, comme elle à l'occasion. Dans d'autres circonstances, elle aurait sans doute eu pitié de lui. Mais là, ce n'était vraiment pas le moment.

— Je ne partirai pas tant qu'on n'en aura pas fini, tous les deux.

— Je ne consulte pas. Surtout un samedi soir et sans rendez-vous. Je vous conseille de rentrer chez vous et de cuver. Allez dormir. Et arrêtez de m'emmerder.

Il avait l'air de trouver ça drôle.

— Je pourrais vous appréhender sur-le-champ, vous savez.

— Pour quel motif? Usage de gros mot?

— Délit de rébellion lors d'une interpellation.

C'était ridicule.

— Jusqu'à nouvel ordre, je ne suis accusée de rien. Et je vous rappelle qu'on est dans la rue, il y a des gens partout autour de nous. L'image de la police n'en sortira pas grandie, si vous vous donnez en spectacle dans l'état où vous êtes. Alors, bonne soirée, inspecteur. Pensez à votre carrière et laissez-moi tranquille. Merci.

Il continuait de marcher à sa hauteur. Elle entrevit Louis derrière le comptoir en passant devant le restaurant et ne s'arrêta pas. Elle avait l'impression d'être la victime d'une prise d'otage en train de mal tourner.

— Cinq minutes, c'est tout ce que je demande.

— Pas maintenant, en quelle langue faut-il vous le dire ? Appelez-moi pour prendre rendez-vous et on parlera tant que vous voudrez.

Elle était prête à lui promettre n'importe quoi pour qu'il s'en aille.

— Écoutez-moi. C'est une chose de faire semblant de communiquer avec les esprits. Mais profiter des familles qui ont perdu quelqu'un dans les attentats ou à la guerre, c'en est une autre. Vous savez que j'ai raison. Si vous passez en jugement, les jurés vont vous détester. Surtout ici, à New York.

Il hurlait, à présent.

— Et ce n'est pas tout. Mon partenaire, Dave. Je parie que vous êtes raide dingue de lui, pas vrai ? Eh bien, il vous mène en bateau depuis le début. C'est un jeu perdu d'avance.

Elle s'arrêta et se planta devant lui.

— Vous êtes venu me voir, je vous ai fourni le service que vous m'aviez demandé. Maintenant, je ne veux plus entendre parler de vous. Je ne vous ai pas réclamé un sou. De quoi est-ce que vous vous plaignez ? Surtout que vous n'avez jamais vu Angela DeLuca.

— C'est pour ça que je suis là. Tenez, dit-il en agitant des billets pliés. Prenez-les. Aidez-moi.

— Je pourrais vous dénoncer pour tentative de corruption. Jusqu'à nouvel ordre, c'est illégal.

Elle n'était plus qu'à cent mètres du métro. Elle monterait dans le premier train, descendrait quelques stations plus loin et rentrerait chez elle. Mais il ne la lâchait pas.

— Voilà ce que je vous propose, dit-il, essoufflé, balbutiant. Je vous arrête et on va au poste. Ils ne vous garderont pas si vous pouvez payer la caution. Ça ne sera pas grand-chose. Premier délit ? Vous vous en tirerez avec une peine conditionnelle et une amende. Et moi, une fois que j'aurai eu ma promotion, je ferai en sorte qu'on vous laisse tranquille. Tout le monde est gagnant, non ?

— Donc je me fais arrêter et je me retrouve avec un casier judiciaire pour que vous obteniez de l'avancement, c'est bien ça ?

— Un échange de bons procédés.

— Allez-y, arrêtez-moi. Vous regretterez d'avoir croisé mon chemin. Je peux jouer mon rôle mieux que vous ne l'imaginez. Et je connais un tas de monde prêt à se porter garant de mon honnêteté. À commencer par la vieille dame irlandaise que vous m'avez envoyée.

Il laissa échapper un rire nerveux.

— Qui ? Brigid ? Elle est morte.

Kit ralentit et le regarda.

— Un voisin s'est plaint de l'odeur. On l'a retrouvée morte chez elle. Ça faisait presque une semaine. Donc ne comptez pas sur elle. De toute façon, vous rêvez si vous croyez que vos clients vont prendre le risque de se ridiculiser à la barre pour vous. Menacez-moi tant que vous voulez, vous êtes fichue. Rappelez-vous seulement que je peux vous faciliter les choses.

Kit revit Brigid, assise sur son canapé, une femme au terme de sa vie qui voulait simplement renouer avec sa fille depuis longtemps disparue. Elle pensa à ses larmes lorsqu'elle avait entendu sa voix.

Elle s'élança soudain, comme les matins où elle courait pour fuir ses souvenirs. Un camion UPS arrivait à toute allure dans la 115e Rue. Le feu était rouge pour les piétons. Elle hésita, puis fonça. Le véhicule klaxonna furieusement. Elle manqua de trébucher et crut pendant un instant que son heure était venue. Une fois sur le trottoir d'en face, elle vit Tony qui attendait pour traverser.

Deux minutes plus tard, elle était sur le quai. Des usagers distraits avaient le nez sur leur téléphone, perdus dans un monde de LOL et de smileys.

Lorsqu'elle regarda derrière elle, il était déjà là, qui la

cherchait des yeux. Elle se plaça sur la ligne jaune. À présent, elle entendait le bruit, sentait la vibration remonter le long de ses jambes : une rame à l'approche. Elle se retourna encore. Il l'avait repérée et jouait des coudes pour la rejoindre.

Vite, vite, pria-t-elle. Mais Tony était derrière elle. Il tenta de l'attraper par le bras. Elle vit l'engin surgir du tunnel, entendit le crissement des freins, et après ça, plus rien. Seulement la chaleur et le bruit.

Et les hurlements.

50

Affalée sur un banc, elle leva les yeux vers la policière.

— Vous disiez quelque chose ?

Le tunnel résonnait de cris et du grésillement des radios. Les secours se mêlaient aux policiers en uniforme et en civil, examinant les rails et parlant au téléphone. Assis sur le quai, le conducteur de la rame se balançait d'avant en arrière, la tête entre les mains, effondré.

— Je vous demandais si ça allait, madame.

— Que s'est-il passé ?

— Vous ne savez pas ?

Kit secoua la tête. On s'agitait autour de la voie. La policière se retourna pour voir ce qui se passait.

— Vous le remontez ? dit-elle d'une voix forte. Parce que dans ce cas, j'emmène la dame. On ne va pas lui infliger ça.

— On vous préviendra, lui répondit-on.

Elle revint vers Kit.

— Je ne vous souhaite pas d'assister à l'acte deux. Où on en était ?

— Je ne sais plus.

— Ah oui… Votre nom.

— Kit Capriol.

Elle le lui épela et la policière le nota dans son calepin.

— Qu'est-ce qui s'est passé ici ?

— Vous avez dit « Kit » ? C'est un diminutif ? Un surnom ? Je vais avoir besoin d'un prénom officiel, de votre adresse, tout.

— Catherine, répondit-elle, avec l'impression de parler d'une femme qu'elle connaissait à peine ou dont elle avait oublié l'existence. Mais on m'a toujours appelée Kit.

Elle lui donna son adresse et son téléphone.

— C'est le numéro où on peut vous joindre le plus facilement ?

— C'est le seul.

La policière referma son calepin.

— Vous avez eu de la chance. La vie de Catherine Capriol aurait pu se terminer abruptement il y a une heure. Un jour, vous le raconterez à vos petits-enfants.

Ça m'étonnerait, songea Kit.

— Je ne comprends pas.

— Vous n'avez vraiment rien vu du tout ?

Kit fit signe que non.

— Tant mieux pour vous. Un homme est tombé sur les rails au moment où le métro arrivait.

Elle regarda derrière elle et secoua la tête.

— Ce n'est pas beau à voir. On ne l'a pas encore identifié. Il ne reste pas grand-chose là-dessous.

Kit songea à Tony, obsédé par sa promotion. Pourvu qu'il ne revienne pas la hanter, une voix la persécutant sans répit.

— Si c'est la personne à laquelle je pense, il s'appelle DeLuca. Non, ce n'est pas son vrai nom, il est policier, inspecteur. Cabrini, je crois que c'est ça. Tony Cabrini.

— Vous le connaissiez ? Et il était policier ? Eh bien, voilà autre chose.

— Il me menaçait.

La femme se tourna vers ses collègues.

— Hé, je vais avoir besoin d'un officier pour parler à cette dame.

Kit se maudit intérieurement. Maintenant, elle était leur principale suspecte.

51

Au bord du quai, David se retourna et les rejoignit.

— Je m'occupe d'elle.

Kit écarquilla les yeux.

— Qu'est-ce que tu fais là ?

— Vous vous connaissez, tous les deux ? fit la policière, avant de s'éloigner en secouant la tête.

— Je sortais de chez toi. J'attendais le métro pour rentrer.

— Tu étais là quand c'est arrivé ?

Sur la voie, quelqu'un réclama une housse.

— Mettez-en une paire. Il y a assez de morceaux pour reconstituer deux corps, ajouta-t-il, ce qui fit rire quelques collègues.

C'est étrange comme la mort peut devenir banale, songea-t-elle. Une journée de travail parmi d'autres. Pour les flics et pour elle.

— Un inspecteur du commissariat du quartier va

t'interroger. Mais uniquement si tu te sens d'attaque. Tu dois être en état de choc.

Elle le regardait toujours, sonnée.

— Alors, tu étais là ? répéta-t-elle.

— Je suppose que Tony a essayé de te rattraper et qu'il a trébuché. Deux témoins affirment qu'il a été poussé.

Il s'approcha encore et baissa la voix.

— Je te conseille de ne pas mentionner Tony. Tu ne lui as pas parlé juste avant, et surtout pas un mot sur le spiritisme. Tu ne connais pas Tony Cabrini, d'accord ? Je t'ai promis que je te protégerais, compte sur moi.

— Sauf que la policière qui m'interrogeait… Je lui ai dit qu'il était inspecteur.

Il pinça les lèvres.

— Dans ce cas, il va falloir faire avec.

— Tu as entendu ce qu'il m'a dit ? Je t'ai appelé et je suis tombée sur la messagerie…

Il hocha la tête.

— Oui. J'ai presque toute la conversation sur mon téléphone. Si ça se savait, tu pourrais avoir des problèmes, ajouta-t-il en baissant encore la voix. Ce que tu lui as dit ressemble très fort à une menace.

— Mais il essayait de m'acheter pour obtenir de l'avancement !

— Une menace reste une menace.

Une fois de plus, elle eut le sentiment qu'il y avait

quelque chose qui la gênait chez David, sans qu'elle puisse mettre le doigt dessus.

— Tu vas l'effacer ?

— Je ferai mon possible pour t'aider.

Un homme plus âgé vêtu d'un polo jaune, d'un blazer marine et d'un pantalon kaki les rejoignit. Il se présenta : lieutenant Woodson. Elle remarqua une petite tache sur sa chemise. Du ketchup, semblait-il. Une soirée barbecue interrompue.

— Nous terminons avec les deux autres témoins et vous serez la troisième. Vous vous appelez vraiment Kitten* ? demanda-t-il en jetant un coup d'œil à son calepin.

— Kit. Catherine.

— L'agent qui a pris vos coordonnées avait d'abord écrit Kitten, dit-il en haussant les épaules. C'est bruyant, ici, ajouta-t-il en regardant autour de lui.

— Je ne pense pas vous être très utile, je n'ai rien vu.

— L'un des témoins affirme que la victime et vous-même étiez ensemble. Qu'il vous parlait. Et vous avez dit à ma collègue qu'il était policier.

David s'interposa et demanda au lieutenant si c'était le meilleur endroit pour l'interroger.

— Vous vous connaissez ?

— Nous sommes amis. Est-ce que je pourrais assister à la déposition ?

---

* « Chaton », en anglais. (*Note de la traductrice.*)

— Si vous pensez que ça peut être utile.

À présent, une équipe médicale se trouvait sur la voie, en combinaison de protection, masque et gants.

— Vous montez avec nous ? demanda Woodson à David, qui acquiesça.

Le trajet en voiture ne dura pas plus de cinq minutes. Le lieutenant ouvrit une salle d'interrogatoire et ils s'assirent à la table, les deux hommes en face de Kit. On se serait cru dans un film ou dans une série : des meubles moches dans une pièce moche, avec une lumière blafarde, les mots « nique ta mère » gravés sur la table.

— Avant de commencer, madame Capriol, est-ce que vous souhaitez la présence d'un avocat ?

— À quoi bon ? Je n'ai rien fait de mal.

Woodson le nota.

— Cette conversation sera enregistrée. Comme toujours, c'est une formalité, rien de plus. Mais ça signifie que tout ce que vous direz sera enregistré, vous comprenez ?

— Est-ce que je suis accusée de quelque chose ?

Il ne répondit rien. Elle se tourna vers David. Son visage était impénétrable. Comme s'il ne l'avait jamais vue de sa vie.

52

— Expliquez-moi un peu comment vous vous êtes retrouvée sur le quai avec la victime.

Les yeux de David se posèrent sur elle.

— Je marchais dans la rue et cet homme m'a abordée.

— Cet homme, c'est-à-dire ?

— Celui qui est mort. Si c'est bien lui.

— D'après les notes qu'on m'a données, vous avez déclaré à ma collègue qu'il était policier.

— C'est ce qu'il m'a dit.

— Et vous le connaissiez ?

Elle hésita.

— Oui.

— Pourquoi vous a-t-il abordée ?

— Je crois qu'il avait bu. Je ne comprenais pas ce qu'il voulait. Il insistait pour que je prenne son argent.

Le lieutenant l'examina attentivement.

— Il vous faisait des avances ?

— Je n'ai pas dit ça. Il essayait de me forcer à prendre son argent.

— Pourquoi ?

— Je n'en ai pas la moindre idée.

— Un témoin affirme vous avoir vus vous disputer bruyamment dans la rue avant l'accident.

— Il m'importunait. Je voulais qu'il me laisse tranquille.

Le lieutenant regarda ses notes.

— Vous avez d'abord dit qu'il s'appelait Tony DeLuca, c'est bien ça ?

— Oui.

— Mais d'après la policière qui vous a interrogée, vous avez ajouté que ce n'était pas son vrai nom.

Kit ne répondit rien.

— La victime serait l'inspecteur Anthony Cabrini, de la répression des fraudes.

Il s'interrompit un instant.

— Quelle est votre profession ?

— Je suis comédienne.

— Je pense que le lieutenant Woodson aimerait savoir comment vous vous êtes connus, intervint David.

Elle se redressa sur sa chaise, se demandant dans quelle direction il essayait de l'aiguiller.

— Il m'avait déjà contactée et je l'avais envoyé promener.

— Ah oui ? Pourquoi ?

À présent, David la regardait avec insistance.

— Il réclamait des faveurs sexuelles.

C'était la seule solution si elle voulait s'en sortir.

— Et que lui avez-vous répondu ?

— Que je n'étais pas une prostituée.

Woodson se pencha sur la table.

— Mais pourquoi vous a-t-il fait ce genre de proposition, à votre avis ?

Elle secoua la tête, comme pour se débarrasser de toutes les questions sans réponses qui se bousculaient à l'intérieur.

— Je n'en sais rien. Honnêtement, je ne vois pas.

— Est-ce que votre attitude a pu lui laisser penser que vous étiez disposée à…

Elle ne put réprimer un gloussement.

— Franchement, vous m'avez bien regardée ?

Woodson l'ignora et se tourna vers David.

— Est-ce que vous connaissiez également la victime ?

— C'était mon partenaire.

Ça commençait à faire beaucoup de coïncidences pour le lieutenant. Il eut un petit rire.

— Pourquoi ai-je l'impression qu'on me cache quelque chose ?

53

Sur le bureau de Dave Brier étaient éparpillés des clichés de la police scientifique : ce qu'il restait de Tony Cabrini après l'accident, sa tête projetée à plusieurs mètres de ce qui avait été son torse.

À l'enterrement, huit policiers en tenue d'apparat qui n'avaient jamais vu Tony de leur vie avaient porté son cercueil de l'église au corbillard, suivis de Connie et Frank. Il y avait aussi ce qui semblait être la moitié du clergé de New York, en chasuble et étole liturgique. Un joueur de cornemuse solitaire interpréta *Amazing Grace*. Un peu en retrait, David assistait à la cérémonie. Il appellerait la veuve dans quelques semaines. Une formalité, ce qui se faisait dans ce genre de situation.

On avait provisoirement conclu à un accident, mais le dossier restait ouvert. Plusieurs témoins avaient parlé d'une femme en colère qui se trouvait avec lui. Il était question d'éclats de voix.

D'autres personnes sur le quai prenaient des selfies au

moment du drame. Il y avait notamment une photo qui avait retenu l'attention de David. Derrière le visage souriant du photographe, on reconnaissait Kit et Tony. Kit semblait avoir le bras en l'air, prête à le frapper.

Sur le bureau de Dave se trouvaient aussi un dossier étiqueté PROPRIÉTÉ DU FBI et une petite carte détaillée des États-Unis, où un certain nombre de villes – dont Los Angeles, Palm Beach, Philadelphie et New York – étaient signalées au feutre rouge.

Sur son écran s'alignaient des photos d'identité judiciaire et des portraits-robots. Un seul d'entre eux retint son attention, un dessin venant des archives de la police du Delaware, à Wilmington. Les cheveux étaient plus clairs et la femme portait des lunettes à monture noire. Pourtant…

Il leva les yeux et vit l'inspectrice Rosie Vargas s'approcher de lui.

— Alors, dit-elle en ouvrant son ordinateur portable. J'ai réuni quelques informations pour toi ces deux derniers jours. Il apparaît que Kit Capriol a voyagé sous cette identité principalement pour aller à Los Angeles. Des auditions, quelques rôles. Son nom de jeune fille est Catherine Covell, au fait.

— J'avais vu, oui.

— Avant ça, pas grand-chose, à part un semestre universitaire à Londres, quand elle était en troisième année à Vassar. Puis ce qui semble être un voyage de noces en Grèce et en Italie.

Rosie alla chercha une chaise qu'elle installa à côté de celle de Dave.

— Des antécédents ?

— Même pas un excès de vitesse. Casier vierge de chez vierge.

— Je sens un « mais » qui se profile.

Elle sourit.

— On tient peut-être une piste. En passant en revue les affaires de faux médiums à l'échelle fédérale, l'ordinateur nous a sorti un dossier. Ce n'est pas dit que ce soit elle, mais je voulais quand même que tu voies ça.

Elle cliqua sur un document envoyé par le service de la répression des fraudes de Washington.

— L'unité a été rebaptisée répression des délits financiers et cybernétiques. Ils s'intéressent beaucoup moins aux extralucides, aujourd'hui, et beaucoup plus aux usurpations d'identité.

— Je comprends, soupira Dave. Moi aussi, je trouverais ça plus intéressant.

— Donc, à propos d'identité, il y a cette affaire que tu connais déjà, dit-elle en indiquant la partie supérieure de l'écran où deux fichiers s'ouvrirent côte à côte. J'ai creusé un peu. Une femme blanche non identifiée, entre vingt-cinq et trente ans, opérant dans le triangle Maryland-Delaware-Washington.

— Oui, j'en ai parlé à Maggie Fergusson du bureau du FBI à Baltimore, la dernière fois qu'elle est venue ici pour le boulot. Elle n'avait rien de très probant.

Il examina encore le portrait-robot.

— Sans doute parce que ça remonte à combien ? Quatorze ans ? Et la personne qui nous intéresse en a maintenant quarante-trois, c'est ça ? Elle en aurait eu vingt-neuf à l'époque et il y a prescription de toute manière. Mais quand même, regarde. Ce serait deux ans après le mariage de Catherine et Peter Capriol. Avant d'être embauché à Westchester, Capriol a travaillé pour plusieurs chaînes de restaurants – Olive Garden, Chipotle, Panera –, quatre mois ici, six là. Il était apprécié de ses employeurs, avait d'excellentes références. Il attendait clairement une meilleure offre.

— Ce qui est arrivé avec Windows on the World.

— Exactement. Mais avant ça, il se retrouvait parfois au chômage pendant plusieurs mois. Et même chose pour sa femme ; le cuisinier et l'actrice. De longues périodes de vaches maigres.

Comme elle en connaissait aujourd'hui, songea David. En fouillant un peu, il avait découvert qu'elle avait du retard pour tous ses règlements mensuels : emprunt immobilier, factures médicales, cartes de crédit dont le plafond était depuis longtemps atteint. Le spiritisme était sa solution de dépannage habituel, dans ce genre de situation. Il commençait à mieux cerner le personnage.

Rosie cliqua sur un autre lien et fit apparaître les portraits-robots réalisés à partir des descriptions de plusieurs de leurs victimes.

— C'était un tandem. Le mari et la femme. Jeunes, séduisants, charismatiques. Je me souviens d'avoir lu… attends, dit-elle en tournant les pages de son calepin. D'après un témoin : « Elle aurait pu me vendre les clés de Fort Knox, j'aurais marché. Elle savait y faire. »

David n'en doutait pas. Après tout, lui-même avait failli croire à son prétendu don. Failli, seulement.

— Tu as une description détaillée du couple ?

— Pas vraiment. Uniquement ce que les témoins ont dit au dessinateur de la police, dit-elle en désignant l'écran. Manifestement, c'étaient des pros du déguisement, perruque et maquillage. Comme dans cette série, avec ce couple d'espions russes…

— *Les Américains* ?

— Oui, c'est ça. Sur la carte, tu peux voir que nos deux escrocs ont resurgi un an plus tard, à Palm Beach. Leur spécialité, c'étaient les riches retraités qui pleuraient la mort d'un conjoint. Apparemment, la femme avait la cote auprès des veufs. Elle s'habillait un peu sexy et le simple fait de se retrouver seul avec elle requinquait le bonhomme, trop heureux qu'une jolie fille s'intéresse à lui. La tienne est mignonne ?

Il ne put s'empêcher de sourire.

— Oui. Très. Mais revenons à notre couple. Quel mode opératoire ?

— Classique. Pendant qu'elle appelait les esprits dans sa chambre d'hôtel – c'étaient toujours les clients qui se déplaçaient, jamais le contraire…

— Comment elle se débrouillait ?

— Elle leur racontait qu'une fois elle s'était rendue au domicile d'un homme qui lui avait sauté dessus. Et que depuis, elle préférait être prudente.

— Et ils marchaient ?

— Pourquoi est-ce qu'ils ne l'auraient pas crue ? Quoi qu'il en soit, pendant qu'elle tapait la causette avec les morts, son mari s'introduisait chez le pigeon. Il ne prenait rien de trop évident, ni télé ni ordinateur. Il fouillait les tiroirs et raflait tout ce qui semblait avoir de la valeur. Beaucoup avaient gardé les bijoux de leur femme et ne vérifiaient pas régulièrement s'ils étaient là. Le couple a dû se faire pas mal d'argent comme ça.

Rosie s'interrompit et regarda Dave.

— Tu disais qu'elle habite où ?

— Morningside Heights.

Elle émit un petit sifflement.

— C'est pas donné, donné, comme quartier.

David relut rapidement le rapport transmis par le bureau du shérif du comté de Palm Beach. Il semblait qu'un certain nombre de clients étaient devenus tellement dépendants d'elle que toutes leurs économies y étaient passées.

Rosie feuilleta son calepin.

— D'après ce que j'ai sur les Capriol, cette série de cambriolages dans la région de Washington se serait déroulée juste avant qu'ils ne quittent leur appartement de New Rochelle. La femme opérait uniquement en fin de semaine. Et comme je le disais, toujours d'un hôtel.

— De New York, c'est facile de faire l'aller-retour dans le week-end.

— Trois heures de train et ils étaient prêts à se mettre au boulot. Puis les Capriol ont emménagé à Morningside Heights. Le mari a commencé à travailler à Windows on the World, et on connaît la suite. Il y a un autre détail intéressant. En décembre 2001, Catherine Capriol a été admise dans une clinique privée à côté de Hartford.

Elle cliqua sur un nouveau lien et le site de l'hôpital apparut sur l'écran. On aurait dit une petite université privée dans le Vermont ou l'Ohio.

David regarda la page.

— Le nom ne me dit rien.

— Un hôpital psy. Mais pour dingos de première classe. Des gens atteints de dépression. Des gens qui se font du mal. Des schizophrènes nantis qui entendent des voix. Quoi qu'il en soit, elle est restée là-bas jusqu'à fin janvier 2002. Un peu plus de six semaines. Mais ça s'arrête là. Les dossiers médicaux sont protégés par le secret professionnel.

Il attrapa un bloc-notes et un stylo.

— On a un contact ?

— Oui, à Washington. Inspecteur Albert Mendoza. Chef adjoint de la répression des fraudes.

— J'aimerais lui parler.

— Dans ce cas, tu vas devoir t'adresser à ta médium. Mendoza est mort, dit-elle avec un gloussement incongru.

— Mort naturelle ?

— Uniquement si tu estimes que passer sous un métro est une mort naturelle. Et en ce qui concerne Palm Beach, le flic chargé de l'affaire a pris sa retraite en Nouvelle-Écosse. Loin des palmiers et des tropiques.

Elle referma son ordinateur et rangea son bloc-notes.

— Si c'est elle, elle est très forte. Fais gaffe à toi. Pour autant, elle te manipule comme les pigeons qui viennent la voir.

Rosie remit la chaise à sa place.

— Il y a une autre possibilité, bien sûr : on fait fausse route. Elle n'a aucun rapport avec les escrocs de Palm Beach et elle n'est coupable de rien. Sauf peut-être d'être un peu trop maligne.

54

Lorsque le téléphone sonna, le lendemain matin, il était encore beaucoup trop tôt pour Kit. Sa main chercha l'appareil à tâtons sur la table de chevet – pas le verre, pas l'aspirine, pas le livre, ah le voilà –, et parvint tout juste à articuler un bonjour, dont seule la seconde syllabe était véritablement audible.

Il y eut un bruit de parasites, des fragments de voix, comme si le signal n'était pas très bon, et puis…

— Ça va ?

C'était David.

— Oui.

— Ça n'en a pas l'air.

— Je me sens à moitié morte, à vrai dire.

— Regarde par la fenêtre.

Elle souleva le store. Sous l'échafaudage, sur le trottoir d'en face, exactement à l'endroit où se tenait Tony l'autre soir, elle vit David en costume et cravate, le téléphone à l'oreille. Elle trouva cela plus intrusif qu'agréable. Depuis combien de temps surveillait-il sa fenêtre pendant qu'elle dormait ? À cette idée, elle sentit courir sur sa peau un picotement qui ressemblait à de la peur.

— Je voulais te faire la surprise.

Il leva vers elle un sac en papier.

— Petit-déj. Sans le café. Trop compliqué à ne pas renverser. Et après il faut que je file travailler.

Elle était déconcertée : au poste, c'était tout juste s'il semblait la connaître, et maintenant, il lui apportait le petit-déjeuner.

— Il faut que je me douche. Je lance le café et j'ôte le verrou. Entre. J'en ai pour une minute.

Ce ne fut qu'en refermant le robinet qu'elle réalisa qu'elle avait oublié d'ouvrir. Elle se sécha rapidement, s'enveloppa d'une serviette et se précipita vers la porte, laissant dans son sillage des traces de pas mouillés.

Le verrou était tiré. Et David se tenait juste derrière elle.

— Salut.

Elle se retourna et le dévisagea avec de grands yeux.

— Comment es-tu entré ?

— Tu avais manifestement oublié d'ouvrir, mais…

Il agita une clé.

C'était comme un zoom dans un film, censé tout expliquer en un seul plan. Sauf que, dans ce cas, cela ne faisait que rajouter une couche au mystère.

— Désolé, je ne voulais pas te faire peur. C'était idiot de ma part, dit-il en l'enlaçant.

— D'où tu sors cette clé ?

— C'est toi qui me l'as donnée la dernière fois. Parce que tu préférais que j'aie un double. Tu ne te rappelles pas ?

Cela ne lui disait absolument rien. Avaient-ils vraiment couché ensemble ? Elle n'en avait aucun souvenir. Comme si ça n'était jamais arrivé. En ce qui concernait les clés, outre la sienne, elle n'en avait que deux : celle de Zoey, sur un porte-clés en forme de piano à queue qui se trouvait encore dans sa commode, et une autre dans un tiroir à couteaux de la cuisine.

— Désolée, mais ça me semble un peu prématuré, David.

Elle tendit la main et il la laissa tomber dans sa paume.

Ils se connaissaient depuis près de trois semaines et elle ignorait où il habitait. Elle savait seulement qu'il était policier et veuf depuis un an. Mais tout allait trop vite pour elle ; elle avait déjà perdu le fil de leur relation. À croire qu'il existait une autre version d'elle dans une dimension parallèle, avec qui elle partageait un nom et un passé, mais qui menait une vie différente, qu'elle ne faisait qu'entrapercevoir dans un demi-sommeil à 3 heures du matin, ou sur des messages téléphoniques qui s'effaçaient sans explication.

Cela lui rappelait son tout premier rôle, celui qui lui

avait inoculé le virus du théâtre, au lycée, dans une pièce de Thornton Wilder intitulée *Notre petite ville*. Elle jouait une femme revenue d'entre les morts pour rendre visite à son moi plus jeune : *Existe-t-il un seul être humain qui soit conscient d'être vivant tant qu'il est de ce monde? À chaque minute?*

Elle avait quatorze ans et, pendant les trois semaines de répétitions, elle s'était interrogée sur cette réplique. Et quand elle avait posé la question à sa professeure de théâtre, sa réponse ne l'avait pas beaucoup aidée.

— Un jour, ce sera évident pour toi, comme ça l'est pour Emily dans la pièce.

— Mais elle est morte quand elle dit ça.

La femme avait simplement eu un de ces sourires entendus dont elle était coutumière.

55

Kit se rendit dans la cuisine et ouvrit le tiroir à couteaux. Elle y remit le double et le referma.

— Le café est prêt. Sers-toi une tasse pendant que je m'habille.

— J'ai pris des muffins aux myrtilles, ça te va ?

— Parfait, merci. Il y a des assiettes dans le placard de droite au-dessus de l'évier.

Quand il s'approcha pour l'embrasser, il glissa son doigt dans la serviette et tira dessus pour la dénouer. Il la regarda nue pour la première fois.

— Si tu es libre samedi, je me disais qu'on pourrait aller faire une balade en voiture le long de l'Hudson. Ça te fera du bien de te changer les idées. Et ça ne me fera pas de mal non plus. On pourra dormir sur place, il y a une charmante petite auberge. Près de Storm King. Tu connais le parc de sculptures ?

— J'y suis allée, oui.

La coïncidence la frappa. Elle se souvint de la photo trouvée dans le tiroir de Zoey, alors qu'elle la croyait dans un carton au fond d'un placard. Elle songea au corbeau, qu'elle n'avait jamais remarqué avant. Si les corbeaux étaient des messagers de l'au-delà, qu'essayait-il de lui dire ?

— Je réserverai une chambre et une table pour dîner. On rentrera dimanche. Et on se voit toujours ce soir ?

Ils avaient rendez-vous dans un restaurant près du Lincoln Center, et elle regrettait déjà d'avoir accepté.

— Oui. Bien sûr. Et pour ce week-end, c'est une bonne idée.

— Ça va te plaire, j'en suis sûr.

Kit le laissa pour aller s'habiller. Elle peigna ses cheveux mouillés et lorsqu'elle revint dans la cuisine, elle le surprit penché sur la table où se trouvaient son ordinateur et des documents, dont le *Times* de la veille, où un anniversaire de décès était entouré deux fois. Elle savait exactement ce qu'il était en train de lire.

> Alison Ingalls. Sa famille et ses collègues de l'Institut des Beaux-Arts de NYU, où elle enseignait, pensent à elle en ce jour où elle aurait fêté son trentième anniversaire. Au moment de sa mort, Alison achevait une étude d'*Une jeune fille assoupie* de Vermeer, exposée au Metropolitan Museum.

Elle avait aussi imprimé un avis de décès payant, publié dans le *Times* trois ans plus tôt en avril. Lorsqu'elle l'avait lu, un souvenir lui était revenu en mémoire.

> Howard et Barbara Ingalls de Croton-on-Hudson, dans l'État de New York, ont la douleur de vous faire part de la disparition de leur fille Alison, dite Ali. Née à Cambridge, en Angleterre, elle était arrivée aux États-Unis avec ses parents, lorsque son père est venu enseigner à Columbia. Elle s'était découvert une passion pour la peinture hollandaise à l'époque où, étudiante en histoire de l'art à NYU, elle exerçait comme guide bénévole au Metropolitan Museum.

Malgré l'absence de photo, Kit se souvenait d'elle très clairement.

Il y avait un homme dans l'encadrement de la porte, se rappelait-elle avoir entendu au musée, quelques mois après la mort de Peter. L'artiste avait repeint par-dessus, et il ne restait qu'un rectangle vide, dans un monde de symboles et de présages. L'homme venait-il de boire du vin avec la jeune femme ? Lui avait-il brisé le cœur, lui annonçant qu'il la quittait ? La femme du tableau, la servante qui dormait sur la table, avait-elle rêvé cet homme, et, quand le rêve s'était dissipé, le peintre l'avait-il simplement effacé ? Qui était-il ? Reviendrait-il ? Avait-il disparu à jamais, n'était-il qu'un souvenir vague dans la mémoire de l'artiste, un fantasme fugace dans l'esprit de la jeune femme ?

Kit avait le sentiment que la vie d'Alison et la sienne s'entremêlaient, qu'un étrange tour du destin les avait rapprochées brièvement autrefois, pour les réunir aujourd'hui au-delà de la mort. En découvrant l'avis, elle s'était demandé si elles avaient échangé un regard, comme si chacune connaissait un secret sur l'autre.

Sur une feuille de papier, elle avait noté l'adresse et le numéro de téléphone de ses parents.

Après leur avoir présenté ses condoléances, elle ajouterait : *Je voulais vous dire qu'Alison m'avait contactée…*

Ressusciter Alison, ce serait en quelque sorte ressusciter celle que Kit avait été. Mais tout ce qui restait, c'était un fantôme dans l'encadrement de la porte.

56

— Normalement, je mets une nappe par-dessus, si je sais que je vais avoir de la visite, dit Kit.

Il se redressa brutalement. Elle prit un morceau de tissu plié sur une chaise et en recouvrit la table.

— Tu étais là depuis longtemps ?

— Suffisamment.

— Tout ça, sur ton bureau, le livre sur le 11-Septembre, les journaux…

— Il faut bien que je me procure quelques informations sur la personne avec laquelle je suis censée communiquer, non ? Réfléchis. Tout ce que je sais au sujet de ta femme, c'est qu'elle aimait les cookies de Magnolia Bakery. Comment veux-tu que je fasse une séance avec ça ? Mais c'est toi qui vois.

Les biscuits n'avaient jamais fait apparaître de fantômes, juste quelques kilos en plus.

Il prit l'avis de décès d'Alison Ingalls.

— Pourquoi elle ?

— Je pense l'avoir croisée une fois au MET. Il y a trois ou quatre ans. Elle faisait une conférence dans une salle et il y avait quelque chose chez elle… Je ne sais pas au juste, mais elle a prononcé des mots qui m'ont touchée, qui ont résonné en moi. Un jour, je comprendrai peut-être pourquoi.

Elle jugea préférable de ne pas mentionner qu'elle pensait aussi avoir vu Peter, ce jour-là.

— Et tu comptes faire quoi ? Appeler ses parents ?

C'était une affirmation plus qu'une question.

— Je dois reconnaître que tu te débrouilles bien. Tu sais que j'ai failli marcher ? Je te croyais, au début.

Il ne semblait pas choqué le moins du monde. À quoi jouait-il au juste ?

— Pourquoi cesser de me croire maintenant ? Comme je te l'ai dit, je dois faire des recherches avant mes consultations. Le nom du défunt ne suffit pas. J'ai besoin d'informations pour montrer que je sais qui ils étaient de leur vivant. Le facteur empathie. C'est ce qui les fait venir à moi.

— Et tu es comédienne.

— Mais j'ai aussi le don. Parfois, ça me conduit dans des lieux paisibles, et je peux réunir mes clients avec ceux qu'ils ont perdus. Et d'autres fois, je me retrouve dans des endroits effrayants. Surtout si quelqu'un essaie de me dire quelque chose. Ou de m'avertir.

— Tu as fait des recherches sur Caroline ?

— Pas encore, mentit-elle.

Comme l'homme dans l'encadrement de la porte, sa femme semblait avoir été effacée, escamotée, et n'avoir laissé aucune trace dans le monde.

— Si je suis venu te voir ce matin, c'est aussi pour te mettre en garde. Une plainte a été déposée contre toi. Ça se présente mal, Kit.

57

Il s'assit en face d'elle.

— Une assistante sociale dans une résidence médicalisée, ici à Manhattan, t'accuse d'abus de faiblesse. Elle affirme que tu aurais trompé une patiente, qui serait depuis dans un état d'agitation préoccupant et nécessiterait un suivi quotidien. Apparemment, avant de te voir, cette femme allait bien. Mais maintenant, elle perd la tête. Elle discute avec un fils inexistant parfois pendant des heures et lui demande de lui pardonner. On est obligé de la maintenir sous sédatifs.

— Je sais de qui tu parles. L'assistante sociale avait l'air plus folle que sa patiente.

— Peut-être, mais on ne peut pas ignorer une plainte. Tôt ou tard, ça va ressortir et on confiera peut-être l'affaire à quelqu'un d'autre. D'ici là, je vais voir ce que je peux faire. Mais je ne te garantis rien.

Elle tendit la main vers lui.

— David… Je t'ai parlé de cette histoire, tu te souviens?

J'ai vu l'endroit où ce garçon est mort. Et aussi celui où il est enterré. Je ne sais pas dans quelle ville ni dans quel État, mais je l'ai vu et je n'ai rien dit, pour ne pas faire plus de peine à cette femme. Je lui ai raconté qu'il était en paix, et quand elle est partie, elle était satisfaite.

— Calme ?

— Heureuse.

— Et tu as réellement vu tout ce que tu dis ?

Elle le regarda dans les yeux.

— Je te le jure.

Elle se demanda si c'était simplement le flic qui parfois réapparaissait en lui. Mais elle avait soudain l'impression d'avoir affaire à un inconnu. De découvrir le revers de la médaille. Un visage différent, un caractère plus sombre, plus distant.

Elle toucha sa main.

— Coucou… Je suis toujours là, tu sais.

Il recula sur sa chaise et l'examina.

— Ça me pose un vrai problème. On reçoit toutes sortes de plaintes : des affaires très diverses, usurpation d'identité, fraude à l'assurance, voyants, cliniques de chirurgie esthétique qui promettent des transformations miraculeuses. Et la plupart de ces gens ne peuvent pas prouver qu'ils accomplissent effectivement ce dont ils se prétendent capables. Mais il y a toujours des malheureux prêts à se ruiner, quand ils ne meurent pas de leurs traitements de charlatan. C'est pour ça qu'on doit les poursuivre.

— Mais j'ai permis à Brigid Malone de passer du temps en compagnie de sa fille. Cette voix, les mots de cette petite fille : elle a bien vu que je communiquais avec elle. Elle savait que c'était elle.

— Tu l'as persuadée, tu veux dire. Tu l'as manipulée.

— Non. Ce n'était pas moi, il y avait vraiment quelqu'un qui parlait à travers moi.

— La vieille dame a peut-être fait semblant. Tu sais maintenant que Cabrini s'est servi d'elle.

— La première fois, mais pas après m'avoir tout avoué.

— Elle avait besoin d'argent et Tony la payait. Si ça se trouve, elle n'a jamais perdu sa fille. Tu n'as aucune preuve. Que tes journaux et tes livres, ajouta-t-il en désignant la table.

Il avait réussi à la faire douter.

— Tu sais que je suis comédienne. Je peux jouer un tas de rôles. Je peux imiter les accents, j'ai une bonne oreille. Je le fais pour l'argent, je l'admets, parce qu'il faut payer les frais d'hospitalisation de Zoey et que je n'ai pas fini de rembourser cet appartement. Mais je sais que j'aide les gens. Que je leur apporte un réconfort…

— Un réconfort bâti sur du vent.

— Peu importe. Je réunis quelques informations sur les défunts et j'improvise. Et la plupart du temps, les gens me croient. Parce que c'est ce qu'ils veulent entendre. Sauf qu'il s'est passé quelque chose. Maintenant, je communique vraiment avec les morts. Et je pense qu'ils sont en train d'envahir ma vie. Ils vivent dans mon appartement. Ils jouent du piano, déplacent des objets, me font voir des choses qui n'existent pas.

— Des fantômes ?

58

La journée s'annonçait exceptionnellement chaude pour la saison. À 11 heures du matin, la température frôlait déjà les 34 degrés. Kit attendait sur un quai bondé qui empestait la sueur, l'haleine de fumeur, et une eau de toilette bon marché dont quelqu'un à côté d'elle avait dû s'asperger. Elle avait l'impression de s'être baignée dans un égout.

Elle jeta un coup d'œil à sa montre. Son cours, dans le sous-sol d'une église du Village, débuterait dans quarante minutes. Ensuite, elle rendrait visite à Zoey à l'hôpital. Trop de temps de transport, pas assez de vie.

Elle risqua un regard prudent vers la voie. Il ne restait rien, pas une fibre de textile, pas un éclat d'os. Un entrefilet dans le journal, glaçant de sobriété, disait seulement que Tony Cabrini avait été victime d'un accident mortel. Le faire-part, publié dans le *Daily News* deux jours après le drame, ne donnait aucun détail. Qu'étaient les avis de décès, sinon une forme de fiction, une révision de la réalité pour résumer trente, quarante ou quatre-vingts années compliquées en une vingtaine de mots anodins ?

Il nous manque déjà. Elle restera toujours dans nos cœurs. Dans les espaces vides du non-dit : c'était là que se passait la vie, là où elle était la plus intéressante, la plus surprenante.

> Fils de feu Camilla et Francis Cabrini. Marié à Connie (Abato) Cabrini depuis dix-huit ans. Père de Frank Cabrini. Diplômé du lycée DeWitt Clinton dans le Bronx et de Pace University, où il a obtenu une licence de droit pénal. Inspecteur estimé au service de la répression des fraudes, de la police de New York.

Non sans une certaine perversité, elle se demanda si un jour Connie sonnerait à sa porte dans l'espoir de parler à son époux, et l'ironie d'un tel scénario lui arracha un sourire.

Le quai continuait de se remplir, une foule perdue dans le brouillard des réseaux sociaux, oublieuse de ce qui l'entourait, trop occupée à visionner des vidéos, à faire défiler des fils de discussion, à taper des mots à un ami ou à un amoureux. Il lui semblait que tout le monde, sauf elle, écoutait de la musique ou regardait un écran. Une rame déjà bondée arriva.

Elle monta dans une voiture et s'accrocha à la barre métallique poisseuse.

Le train décrivit un virage et les passagers se penchèrent légèrement vers la gauche. Soudain, près de la porte, apparut Tony Cabrini, calme et détaché, contemplant le tunnel noir, un sourire sur le visage. Il s'apprêtait à se retourner, lorsqu'un type coiffé d'une casquette des Yankees et vêtu d'un tee-shirt imprimé d'un dessin de Bansky représentant un rat avec un radiocassette s'interposa entre eux. Elle reconnut le chauffeur Uber qui les avait ramenés l'autre soir, David et elle. Elle se demanda s'il l'avait suivie ou s'il n'avait pas la moindre idée de qui elle était. L'homme qui regardait son téléphone se signa soudain comme s'il avait vu le diable. Il leva les yeux vers Kit et descendit à la station suivante. Tony réapparut dans son champ de vision.

À se demander si elle l'avait ressuscité en pensant à lui. Il portait les mêmes vêtements que le jour de sa mort, un blazer, une chemise blanche, la cravate desserrée, le col ouvert.

À présent, Tony avait les yeux fixés sur elle, et elle se demanda qui regardait qui, qui était mort et qui était vivant. C'était si intense qu'elle eut soudain le vertige et sentit ses jambes flageoler, son sens de la réalité se dérober.

Elle devait se tromper. Elle l'avait vu pour la dernière fois sur le quai du métro, le samedi précédent. Il l'avait saisie par le bras, puis les gens s'étaient mis à hurler et il avait disparu. Lorsqu'elle était revenue à elle, une policière l'interrogeait parce qu'il était mort. Que s'était-il passé entre le moment où il l'avait rattrapée et les questions ? Elle n'en avait aucun souvenir.

Il était vivant. Sauf qu'il ne l'était pas.

Il pouvait s'agir de quelqu'un qui lui ressemblait, comme elle avait croisé des hommes qui se confondaient avec Peter au fil des ans : son mari accompagné d'une nouvelle famille au musée, son mari dans le bus, avec son sourire un peu tordu, un coin de la bouche plus haut que l'autre.

Le métro atteignit son arrêt et elle descendit. Son imagination lui jouait des tours. Cela lui arrivait de plus en plus fréquemment ces derniers temps.

Lorsqu'elle se retourna, Tony leva la main discrètement, le salut des morts aux vivants.

59

Elle reçut l'e-mail au moment où elle sortait de la station. *Rappelez-moi rapidement, merci*, disait simplement la directrice de casting de sa dernière audition.

Rita décrocha à la troisième sonnerie.

— Kit. Merci d'avoir fait si vite. Alors, il y a une nouvelle société indépendante à Santa Monica qui veut créer une mini-série et je pense que j'ai quelque chose de parfait pour vous. On a le financement, les premiers rôles ont signé, et la série sera vendue aux gros réseaux câblés. HBO est déjà sur le coup. Ainsi que Netflix. En ce moment, ils sont en train de sélectionner le reste de la distribution. Vous avez une minute ? J'aimerais vous faire un topo.

Elle émergea à l'air libre.

— C'est basé sur une histoire vraie, poursuivit Rita. Au sujet d'un enfant qui a disparu il y a plusieurs années. Ils cherchent quelqu'un pour jouer la mère. C'est un second rôle, mais d'après ce que j'ai lu dans le scénario, il y a un beau potentiel émotionnel, le genre d'histoire qu'adore le public. Les dialogues sont solides, et je pense que vous pourriez facilement décrocher le rôle. J'ai parlé de vous aux producteurs, ils ont vu vos portraits et quelques photos que j'avais prises de vous à New York, qui par chance n'ont pas été effacées. Ils aimeraient vous rencontrer. Et, au fait, vous êtes dans la bonne tranche d'âge. Je vous enverrai le pilote par e-mail dès que la révision sera terminée, probablement en fin de semaine prochaine. Lisez-le et on en reparle. Ah, sinon, j'ai aussi laissé des messages à votre manager et à votre agente. Il faudra sans doute que vous veniez à Los Angeles pour l'audition.

— Ce n'est pas un problème.

— Excellent. Je croise les doigts.

Ce soir-là, lorsqu'elle arriva au restaurant à côté du Lincoln Center, David était déjà installé, le nez sur son portable. Il leva les yeux et lui sourit, paraissant presque surpris de la voir.

— Tu as l'air en forme.

Elle lui parla de l'appel téléphonique.

— Ça tombe à pic, dit-elle.

Pour la première fois depuis des années, elle se sentait réellement détendue.

Après avoir commandé à boire, elle s'assit confortablement pour observer les gens au comptoir, de jeunes couples, quelques personnes isolées. Elle espérait que c'était fini, les clients et leur communion avec les morts, les soirées à boire seule au bar, le vide qui l'envahissait après. Le sentiment de s'être perdue quelque part en route. Aujourd'hui, elle se sentait légère, elle planait sur un nuage, hors de son corps.

Son regard se posa sur David.

— En fait, je sais seulement que tu es policier, que tu vis à une dizaine de rues de chez moi, que tu es veuf. Il y a beaucoup d'inconnues, monsieur. Alors, maintenant, mets-toi à table, ajouta-t-elle en prenant sa voix de flic de la télé.

Il rit.

— OK, donc, voici les grandes dates d'une vie pas très exaltante. Né à Philadelphie. J'ai quarante-trois ans. J'aime faire de la voile, quand je peux emprunter un bateau à un copain pour l'après-midi. J'aime voyager. J'aime la pizza aux boulettes de viande. J'aime le café fort. Je dors à poil et en général du côté droit. Je ne ronfle pas. En tout cas, je ne pense pas.

— Eh bien moi, si, dit-elle en riant. Je plaisante. Enfin, je n'en sais rien. Peut-être que si.

Leurs boissons arrivèrent.

— Ah, encore un détail. Je crois que je suis vraiment bien avec toi.

Elle savait qu'il avait raison. Elle oubliait des choses, en imaginait d'autres. Elle lui avait certainement donné une clé après avoir bu un verre de trop. Tout avait une explication rationnelle.

Sauf ce qui n'en avait pas.

Il leva son verre pour trinquer.

Tchin.

L'affaire était réglée.

60

Pour la première fois depuis des mois – des années, à vrai dire –, elle se sentait vivante. Elle n'était plus seule et sa carrière allait peut-être enfin décoller. Par la fenêtre, Kit ne voyait plus que les couleurs vives des passants qui traversaient la place pour se rendre à l'opéra. Elle avait de nouveau le sentiment de faire partie du monde.

— Oui, lança-t-elle soudain, terminant sa pensée à voix haute. Tout ira bien. Et j'ai décidé que je n'essaierai pas de communiquer avec Caroline. Je sais que ta femme et toi étiez heureux. Je sais qu'elle te manque. Et je sais aussi que tu as des doutes sur mes capacités de médium. Mais ce n'est pas la question, parce que là, il s'agit de nous deux. Ça ne signifie pas qu'il n'y a pas de place pour Caroline dans ta vie. Mais c'est ta vie, pas la nôtre. Tout comme Peter appartient à ma vie, à mon histoire. Ce qu'il reste de lui, ce sont mes souvenirs et la fille que nous avons conçue ensemble. Je pense qu'on devrait regarder devant nous, pas derrière. Se concentrer sur l'endroit où on veut aller. Quoi qu'il arrive.

— Je comprends. Et je suis d'accord.

Le visage de David s'assombrit soudain.

— Qu'est-ce qu'il y a ?

Il prit une inspiration.

— Au fait, je ne voudrais pas plomber l'atmosphère, mais cet après-midi j'ai eu un entretien avec l'assistante sociale, celle qui parlait de porter plainte. Tu as raison, elle est un peu bizarre.

Kit aurait plutôt dit *complètement givrée*.

— Je lui ai expliqué que si la patiente était venue te voir de sa propre initiative, sans que tu l'aies invitée ou sollicitée, on ne pouvait rien faire. Elle a débarqué chez toi, a réclamé une consultation et elle est satisfaite. Tu es sûre qu'elle ne t'a pas payée, hein ?

— Pas un sou. J'aurais refusé, d'ailleurs.

— C'est bien. De toute façon, cette Jessica Dowd a reconnu que les patients n'avaient pas le droit de garder des espèces dans leur chambre. Il arrivait trop souvent que l'argent finisse dans la poche d'un autre résident. Qui n'avait aucun souvenir d'y avoir touché.

— Alors, elle va retirer sa plainte ?

— J'ai passé quarante minutes avec elle, Kit. Tu l'as vue, tu sais comment elle est. Mais je pense l'avoir convaincue que s'acharner serait une perte de temps et un gouffre financier, car son employeur aurait besoin d'un avocat.

— Et la femme qui est venue me consulter ?

— Elle a atteint un stade de la maladie où elle ne se souvient même plus de son nom. Et elle a cessé de parler à son fils. Elle reste assise devant sa fenêtre, sans prononcer un mot.

Ainsi, Joey avait peut-être déjà été oublié. Si le père du garçon était mort également, il n'y avait plus personne pour préserver la mémoire de l'enfant disparu. Kit ne savait même pas à quoi il ressemblait. Mais elle au moins penserait à lui de temps en temps, en paix dans une clairière, à l'ombre d'un bosquet d'érables.

David la raccompagna chez elle et, plus tard, après son départ, elle s'endormit d'un sommeil si léger qu'une part d'elle était consciente qu'elle somnolait. Les sirènes des pompiers et de la police s'estompèrent peu à peu, alors que le quartier allait se coucher, et elle finit par sombrer dans une profonde léthargie, peuplée d'images ambiguës.

Sa mère gravissait les marches d'une station de métro. Abandonnée au pied de l'escalier, Kit la voyait s'éloigner sans se retourner. Enfin, alors qu'elle n'était plus qu'une silhouette qui se découpait au milieu d'un rectangle de soleil, elle pivotait pour la regarder. « Si tu ne te dépêches pas, tu vas devoir mourir encore une fois. » Kit se réveilla en sursaut, les yeux écarquillés. Les chiffres de son réveil scintillaient doucement à côté d'elle : 3 h 13.

Elle laissa ses paupières se refermer, écouta la respiration de l'appartement. C'était un silence différent, pas l'absence de bruit pesante qu'elle connaissait, mais quelque chose de plus nerveux, de corrosif, une tonalité si aiguë qu'on la sentait plus qu'on ne l'entendait.

Ce sera comme ça, quand je ne serai plus vivante. Cette pensée s'imposa à elle, indiscutable.

Soudain, elle eut la certitude de ne pas être seule. David était parti peu après 23 heures, songea-t-elle. Elle s'assit au bord du lit. *Concentre-toi, réfléchis.*

Écoute.

Il y avait quelqu'un dans la chambre de Zoey.

Sans allumer, elle avança sur la pointe des pieds jusqu'à la porte. Elle l'ouvrit avec précaution. Sa fille était dans son lit, s'efforçant d'étouffer ses sanglots ; seul le sommet de son crâne était visible au-dessus de la couverture.

Kit s'approcha.

— C'est maman, Zoey. Ne pleure pas, tu as fait un mauvais rêve, dit-elle d'une voix douce.

Elle tendit une main consolatrice vers elle. À l'instant où Zoey allait se retourner et lever la tête de l'oreiller, Kit ouvrit les yeux. La lumière du jour éclairait son lit. Au même moment, elle crut entendre la porte d'entrée se refermer.

Elle remonta le store : des cyclistes, un taxi, d'autres voitures, un camion FedEx. Une femme marchait en direction de Broadway, une besace sur l'épaule. Kit se raisonna. Ce n'était qu'un rêve. Pourtant, elle se rappelait clairement s'être réveillée avec le sentiment qu'elle n'était plus seule.

Elle prépara du café et ouvrit son ordinateur portable sur la table de la cuisine pour consulter ses e-mails. Elle écrivit à son manager et à son agente, disant qu'elle se réjouissait de cette audition à Los Angeles. Puis elle referma l'ordinateur et prit son sac. Alors qu'elle sortait de l'immeuble, Jessica Dowd traversa la rue et se planta devant elle.

— Qu'est-ce que vous voulez ?

— Je n'en aurai que pour une minute.

— Je sais que vous êtes allée à la police. Je sais aussi qu'on vous a dit que vous perdiez votre temps. Que faites-vous ici ?

— Je voulais vous donner des nouvelles de la patiente qui est venue vous voir. Mme Proctor est décédée la nuit dernière. Désormais, il n'y a plus personne pour se souvenir de son fils. S'il a jamais existé. Nous pensons que c'était juste le fruit de son imagination. Un enfant qu'elle s'était inventé pour s'attirer la sympathie des gens.

Kit songea au regard hagard de la femme.

— Pourtant, elle a eu un fils. J'ai vu l'endroit où il est enterré.

Jessica Dowd rit doucement.

— Dans ce cas, si vous croisez son fantôme, transmettez-lui mes amitiés.

— Va te faire foutre, espèce de malade ! cria Kit à pleins poumons.

Soudain, elle se rendit compte qu'on la dévisageait : une folle, seule, à la dérive.

— Quelqu'un a crié ? demanda-t-elle aussi dignement que possible, avant de s'éloigner d'un pas tranquille.

61

Elle sortit son bras par la fenêtre de la voiture pour sentir le vent contre sa paume. Lorsqu'elle tourna la tête vers lui, David souriait.

— J'habitais pas très loin d'ici, dit-il en levant le menton vers le pare-brise. À Stony Point.

— Je croyais que tu étais de Philadelphie.

— J'avais quatre ans, quand on est venus ici. Mon père avait été muté. Il était dans les assurances, ajouta-t-il en haussant les épaules.

— Tu as grandi dans le coin, alors ?

— J'allais au lycée à North Rockland, dit-il en indiquant de la main un panneau de sortie portant le nom de l'école. Classe 1994.

— Pas de frères et sœurs ?

— J'ai toujours été un solitaire.

— Tes parents sont vivants ?

— Mon père est mort il y a dix ans. Ma mère l'a suivi trois ans plus tard. Il ne reste que moi.

L'auberge se situait au bout d'une longue allée qui débouchait sur un petit parking. Une pancarte discrète derrière une fenêtre à l'entrée affichait que l'établissement était complet. David sortit leurs sacs du coffre, verrouilla la voiture et pénétra dans le hall.

Le regard de la réceptionniste glissa de David à Kit, avant de revenir sur lui.

— Bonjour, monsieur Brier, nous sommes heureux de vous revoir.

— Tu es déjà venu ? demanda-t-elle, lorsqu'ils furent dans leur chambre.

— Quand on vivait dans le coin, mon père nous emmenait souvent dîner ici, le dimanche soir. Je viens chaque fois que je peux. C'est idéal si on a envie de s'évader, de se vider la tête, d'admirer la vue sur le fleuve. Même les flics ont besoin de fuir la ville de temps en temps. On passe trop de temps assis à un bureau, à essayer de recouper des informations pour boucler une enquête. C'est une vie pas très marrante, tu sais. Je suppose que j'ai doublement de la chance avec toi. Une affaire classée et nous voilà tous les deux ici.

Il rit, jouant avec un bouton de son chemisier.

Ils arrivèrent au parc de sculptures à 14 heures, après un bref déjeuner dans un *diner* au bord de la route. Il paya leurs deux entrées. Alors qu'ils déambulaient, elle repensa à sa visite avec Peter. À la photo qu'ils avaient demandé à quelqu'un de prendre. Au corbeau, le bec ouvert derrière eux. Comme si le temps s'était effacé et qu'elle allait découvrir son mari l'attendant sous le même arbre. Et que tout ce qui s'était passé après était encore à venir.

Elle s'appuya contre le tronc.

— Si on prenait une photo ? De nous deux ?

— Où ça ?

— Ici. Un jour, j'aimerais que Zoey la voie.

Elle demanda à une visiteuse si elle voulait bien les photographier et elle lui tendit son téléphone. Elle prit David par la taille et il passa un bras autour de ses épaules.

Lorsqu'elle examina la photo, elle se rendit compte qu'il y avait un défaut : son visage était en partie masqué par le reflet de la lumière dans son œil droit. Et David ne regardait pas l'objectif. Elle était là et elle n'y était pas. Et apparemment, lui non plus.

62

Quand ils descendirent pour boire un verre à 17 heures, la réceptionniste officiait derrière le bar. Sur un tabouret au bout du comptoir, une femme d'un certain âge consultait son téléphone. Elle avait des taches de vieillesse sur les mains et les ongles peints en violet.

Kit et David commandèrent. L'autre cliente posa son portable et les examina en plissant les yeux.

— Je vous connais, dit-elle.

Sa voix était teintée d'un léger accent du Sud plutôt agréable, et machinalement Kit tenta de le reproduire dans sa tête. *Je vous connais.*

David ne broncha pas.

— Moi ? demanda Kit.

La femme fit signe que non. Elle avait l'air éméchée. Elle montra David du doigt.

— Votre ami. Je l'ai déjà vu ici.

Ses yeux revinrent sur Kit.

— Bonne chance, ajouta-t-elle en riant.

Bonne chance ?

Le verre vide de la femme fut remplacé par un plein. Elle souleva la petite paille et aspira ingénument son cocktail.

— Ah ça, c'est le bonheur, murmura-t-elle, surtout pour elle-même.

— J'ai oublié mon téléphone dans la chambre, dit David. Je reviens.

— Et moi qui espérais lui avoir tapé dans l'œil, plaisanta la femme.

Elle attendit qu'il ait disparu.

— Vous le connaissez depuis longtemps ?

La barmaid essuyait ses verres, ne leur prêtant aucune attention.

— Pas vraiment.

— Il vient ici depuis des années. Vous allez dire que je suis mal placée pour parler, vu que moi aussi, mais c'est parce que j'habite à côté. Je n'aime pas boire seule. Ça me rend amère et antisociale.

— Je comprends.

— Vous êtes la troisième.

Kit se tourna vers elle.

— La troisième quoi ?

David réapparut. Il se hissa sur le tabouret et posa son téléphone devant lui.

— Déjà deux appels en absence.

— Il faut que tu rappelles ?

— Pas un samedi, non.

Il trinqua à sa santé.

— Pas seulement à moi, dit Kit. À nous deux.

Il sourit.

— Oui. À nous deux.

Lorsqu'elle porta le verre à ses lèvres, elle vit que la femme à l'autre bout du comptoir la regardait avec insistance.

Après le repas, ils allèrent faire un tour dans le jardin derrière l'auberge.

— Merci pour le dîner. C'était délicieux.

— Ils ont un excellent cuisinier. Depuis que le *Times* a publié une critique élogieuse du restaurant, un tas de New-Yorkais viennent ici. J'avais fait la réservation avant même de t'inviter. Ce n'est pas toujours facile d'avoir une table.

Elle s'immobilisa et le regarda.

— Et si j'avais dit non ?

— Je savais que tu ne refuserais pas.

— Mais si j'avais dit non ?

— Eh bien, il aurait fallu que j'insiste, répondit-il en souriant.

63

Le lendemain matin, encore couchée, elle jeta un coup d'œil à son téléphone pendant que David était sous la douche. Elle avait reçu un SMS de l'hôpital à 7 h 37. *Merci de venir dès que possible aux soins intensifs.*

Elle s'assit et, le cœur battant, appela l'hôpital. On la mit en communication avec le poste des infirmiers. Pas de réponse. Elle réessaya deux fois sans succès. La quatrième tentative fut la bonne. Elle demanda à parler à Diane, l'infirmière qui s'occupait de Zoey depuis le début.

— Elle prend sa pause. Enfin son petit-déjeuner.

— J'ai reçu un message il y a un petit moment m'alertant que ma fille se trouvait en soins intensifs. Cela fait deux ans qu'elle n'y a pas été et…

— Je m'excuse. Je ne suis pas autorisée à divulguer d'informations sur nos patients au téléphone. Nous sommes très attachés à la protection de la vie privée.

— Mais je suis sa mère !

— Qu'est-ce qui me le prouve ? rétorqua la femme et Kit raccrocha brutalement.

David sortit de la douche.

— Tu as faim ?

— Il faut que je rentre à New York. Maintenant.

— Pourquoi ?

— C'est Zoey.

— Est-ce qu'elle…

— Je n'en sais rien. Mais je dois y aller.

— On s'habille et on fonce.

Il alla chercher la voiture et récupéra Kit devant l'auberge. Elle ouvrit la portière puis se ravisa.

— Un instant. Il faut que je fasse un tour aux toilettes. J'en ai pour une minute.

Elle avait remarqué que la femme qui les avait accueillis la veille était de retour à la réception. Elle s'approcha.

— Dites-moi, par curiosité, est-ce que vous pourriez me dire quand M. Brier a réservé la chambre où nous avons dormi ?

— Bien sûr.

Elle consulta son ordinateur, appuya sur une touche, puis une autre, et lui donna la date.

— Vous en êtes sûre ?

La femme fit pivoter l'écran.

— Voyez vous-même.

C'était exactement un mois avant le soir où David l'avait abordée au bar en bas de chez elle.

64

Elle ne dit rien pendant les premiers kilomètres. Plus elle y réfléchissait, moins elle comprenait. Quelque chose clochait dans la chronologie, leur chronologie.

— Tu crois qu'il s'est passé quoi ? demanda enfin David.

— Je suis sa mère. J'imagine le pire, bien sûr.

— Ça va aller. On surmontera cette épreuve. On la surmontera ensemble.

David conduisait le pied au plancher lorsqu'il se fit flasher par un radar sur Palisades Parkway. Il ralentit aussitôt et, quand le policier les rejoignit, il avait déjà son permis et sa carte grise à la main. L'homme regarda David, puis les documents qu'il lui présentait avec l'expression impénétrable d'un flic de série télévisée.

— Je suis inspecteur. Police de New York.

— Et moi je suis le Père Noël.

— Je vais prendre ma plaque dans ma poche. D'accord ?

— Vous êtes armé ?

— Je ne suis pas en service et je ne porte pas d'arme.

— S'il vous plaît, sortez du véhicule et pas de geste brusque.

Kit vit l'homme caresser la crosse de son pistolet dans son étui avec le dos de sa main, tandis que David refermait la portière et tirait lentement sa plaque de sa poche.

Elle n'entendit pas leur échange, mais ce fut réglé en une minute et David réintégra la voiture. Le policier baissa la tête et examina Kit à travers ses lunettes de soleil.

— Toutes mes condoléances, madame, dit-il avant de rendre ses papiers à David.

— Qu'est-ce que tu lui as dit ? demanda-t-elle lorsqu'ils furent seuls.

— Rien, rien, dit-il en prenant sa main.

— Pas d'amende ?

Il sourit.

— Bien sûr que non.

Une fois le policier disparu, David sortit son arme de sous son siège.

65

Le couloir était désert quand David et Kit émergèrent de l'ascenseur : pas de médecin, personne au poste des infirmiers. Et lorsqu'ils arrivèrent devant la chambre que Zoey occupait depuis qu'elle était dans le coma, elle était vide.

Il n'y avait qu'une explication. Sentant monter l'adrénaline, Kit se mit à courir.

Une infirmière sortait d'une autre chambre. Kit s'arrêta net, chancelante.

— Que s'est-il passé ? Où est ma fille ? Zoey Capriol ?

— On a essayé de vous joindre. Le Dr Roman devrait être là d'une minute à l'autre.

Kit lui agrippa le bras.

— Dites-le-moi, elle est morte ?

L'infirmière tourna la tête.

— Tenez, le voilà.

— Je vais attendre dans le hall, d'accord ? dit David.

Le médecin proposa à Kit de le suivre dans son bureau,

un étage plus bas. Il ferma la porte et l'invita à s'asseoir en face de lui. Elle sentait que tout son corps commençait à trembler.

— L'infirmière ne vous a rien dit ? Zoey s'est réveillée il y a environ deux heures. Et pas seulement pour une minute ou deux. On a essayé de vous appeler, mais…

— Pardon ?

— Il semblerait que Zoey soit sortie du coma.

Il lui laissa le temps d'absorber la nouvelle.

— Ce n'est pas possible. Je croyais que…

— Je sais, je craignais que vous pensiez ça. Mais nous ne donnons pas ce genre d'informations par e-mail ou par SMS. Je regrette que Diane n'ait pas pu vous parler directement. Normalement, on amène un patient en soins intensifs pour pratiquer des examens et le stabiliser si nécessaire. Mais nous n'avons rien vu de préoccupant et elle a pu quitter le service assez rapidement.

Kit eut l'impression que le temps s'arrêtait. Ses yeux s'embuèrent. Le soulagement et l'épuisement, le trop-plein d'émotion. Une nouvelle vie commençait pour elle.

— Excusez-moi, dit-elle, prenant un mouchoir en papier.

— Je vois beaucoup de larmes, Kit. Pour une fois qu'on pleure de joie dans mon bureau, je ne vais pas me plaindre.

Elle lui demanda comment réagissait Zoey.

— Il va falloir qu'elle fasse un gros effort de réadaptation, bien sûr. Elle n'est pas consciente d'avoir été dans le coma. Son dernier souvenir, c'est sans doute quand elle se trouvait sur ce quai de métro avec vous. Lorsqu'elle va comprendre ce qui s'est passé, ce sera peut-être difficile pour elle. Ça le sera nécessairement. Il lui faudra du temps et de la patience pour accepter qu'une part significative de sa vie s'est déroulée sans elle. En ce qui concerne sa santé physique, nous allons devoir attendre d'autres signes de stabilisation. Il y a trois ans, nous avons traité les conséquences du traumatisme crânien. L'IRM que nous lui avons fait passer tout à l'heure n'a révélé aucune lésion visible. Donc, pour l'instant, on la garde sous surveillance. Et lorsqu'elle pourra sortir, nous mettrons en place une équipe de soins neurologiques pour vous aider pendant la convalescence.

— Et quand est-ce que…

— Je dirais au moins un mois, peut-être plus. Mais ne nous emballons pas, Kit. Nous ne savons pas encore si c'est temporaire ou permanent. Il faudra lui faire subir d'autres examens pendant un jour ou deux pour avoir une idée plus précise de son état et envisager la suite. En tout cas, pour l'instant, c'est très prometteur.

Une part d'elle avait toujours du mal à y croire.

— Comment est-ce arrivé, je veux dire qu'est-ce que…

Il ouvrit les mains.

— Il semblerait qu'elle se soit rétablie naturellement.

— Elle saura combien de temps elle a été inconsciente ?

— Elle ne sait même pas qu'elle a dix-sept ans. Il s'est passé beaucoup de choses en trois ans et c'est à nous et à vous de la ramener en douceur dans ce nouveau monde. Il faudra être patients.

Ce qui signifiait que, dans sa tête, Zoey était toujours au collège. Plus de trois ans de perdus.

— Je peux la voir ?

Il sourit.

— Bien sûr, mais quelques minutes seulement, d'accord ?

Ils sortirent du bureau et se dirigèrent à grands pas vers les ascenseurs. L'un d'eux s'ouvrit sur David.

— Ça va ?

— Zoey s'est réveillée, s'écria Kit avec un accent d'incrédulité dans la voix.

La nouvelle le prit au dépourvu.

— C'est incroyable, dit-il enfin. C'est fantastique.

— Je monte la voir.

Elle le présenta au médecin.

— Je pense que, dans un premier temps, vous devriez y aller seule, Kit. Après, si tout se passe bien, je ne vois pas d'inconvénient à ce que votre ami entre deux minutes pour lui dire bonjour.

Sans réfléchir, elle prit la main de David et la serra. Il se pencha vers elle.

— J'ai l'impression de connaître Zoey depuis des années, dit-il doucement. Je serais heureux de pouvoir la rencontrer.

— Rappelez-vous qu'elle ne vous reconnaîtra peut-être pas tout de suite, dit le Dr Roman à Kit lorsqu'ils arrivèrent devant sa chambre. Soyez patiente. Et quand nous saurons à quoi nous en tenir sur son état, elle entamera la phase de rééducation. Elle va devoir réapprendre à marcher et faire travailler tous les muscles qu'elle n'a pas utilisés depuis trois ans. Chaque chose en son temps.

Diane et une autre infirmière se trouvaient dans la chambre. Le lit avait été relevé pour redresser légèrement le buste de Zoey. On avait baissé les lumières et fermé les stores afin que la lumière ne l'agresse pas trop. Elle semblait endormie, le visage calme et détendu. Rayonnant, même. Comme si Kit l'avait ramenée à la vie à force de rêver.

— Regarde qui est là, Zoey, dit doucement Diane.

Les paupières de la jeune fille papillotèrent. Lorsqu'elle vit sa mère, elle esquissa un faible sourire. Elle essaya de s'asseoir, puis retomba sur l'oreiller. Ce n'était pas grave, Kit avait lu dans ses yeux qu'elle l'avait reconnue. Elle recommença à pleurer et le Dr Roman posa la main sur son épaule.

— Ça tient du miracle, n'est-ce pas ?

Kit hocha la tête et essuya ses larmes du bout des doigts.

— On dirait qu'elle n'a pas vieilli d'un jour, murmura-t-elle à Diane.

— Elle a été bien soignée. Par nous et par vous.

Elle n'arrivait pas à croire que Zoey avait dix-sept ans. Elle s'assit sur une chaise à côté du lit.

— Tu m'as beaucoup manqué, ma chérie. Je venais te voir plusieurs fois par semaine. Pour te raconter ce que je faisais, et…

Les lèvres de sa fille remuèrent, mais aucun son n'en sortit.

— Elle a elle aussi une histoire à raconter, dit le médecin. Et vous l'entendrez bientôt. Je pense que vous pouvez lui présenter votre ami, maintenant. Mais ne restez pas trop longtemps.

66

— J'aimerais que tu fasses la connaissance de quelqu'un, Zoey.

Ce qu'elle avait découvert à l'auberge lui paraissait soudain dérisoire devant l'importance de ce moment.

— Tu es d'accord ?

Zoey avait l'air un peu perdue.

— Il s'appelle David. Tu veux bien ?

Elle ouvrit la porte et revint avec lui.

— Zoey, voici David.

Elle le présenta à Diane, tandis que Zoey essayait de s'asseoir sur le lit, les regardant tour à tour.

— Ta maman m'a beaucoup parlé de toi, dit-il, prenant une chaise à côté de celle de Kit. Surtout de tes talents de musicienne. J'aimerais beaucoup t'entendre jouer, et j'espère que ce sera très bientôt.

Il sourit à Kit.

— C'est à peu près tout ce que je sais de Zoey Capriol.

Celle-ci se tourna vers sa mère, les yeux écarquillés.

— Ça va, ma chérie ?

Le moniteur cardiaque se mit à biper, indiquant que les battements de son cœur s'accéléraient. On leur demanda de la laisser en attendant que le docteur vienne l'examiner.

— C'est mieux qu'elle se repose, de toute façon, ajouta l'infirmière.

67

Trois ans plus tôt, après le drame, une infirmière avait demandé à Kit ce qui s'était passé. Elle venait d'arriver à l'hôpital dans l'ambulance qui avait transporté Zoey, et elle attendait pendant qu'on examinait sa fille. Elle n'avait pu répondre que : « Il y a eu un accident. » Les mots lui semblaient vides de sens, comme si sa voix appartenait à quelqu'un d'autre. « Une femme… Je crois qu'elle est tombée sur les rails dans le métro. » Elle avait levé les mains pour indiquer qu'elle ne savait pas quoi dire de plus. Elle n'avait rien vu, et si on n'a rien vu, est-ce réellement arrivé ?

Deux policiers s'étaient approchés. Ils s'étaient présentés à voix basse et avaient demandé à une infirmière s'il y avait une pièce où ils pouvaient s'isoler. Comme il n'y en avait pas, ils finirent par interroger Kit dans le couloir.

— Nous sommes désolés de vous importuner dans un moment pareil, mais nous faisons notre possible pour parler rapidement à tous les témoins que nous avons pu identifier.

La voix du policier était douce et rassurante. Il l'invita à s'asseoir et Kit sentit qu'elle se détendait un peu.

— Ce serait possible de lui apporter de l'eau ? lança-t-il à la ronde.

— Quelle est la dernière chose dont vous vous souveniez, lui demanda son partenaire.

— Ma fille… J'ai vu ma fille par terre. Elle n'a jamais fait ça avant. C'est une adolescente parfaitement normale. Elle a toujours été en bonne santé.

Elle ne savait pas quoi ajouter. Elle va vite se rétablir, pensa-t-elle. Elle en était intimement persuadée.

— Oui, mais qu'avez-vous vu sur le quai ?

— C'était bondé. À cette heure-là, les gens allaient au théâtre ou au restaurant, je suppose.

— Et la femme ?

— Il y avait beaucoup de femmes.

— La victime, je veux dire. La femme qui est tombée.

— J'ai vu ce couple… Ils étaient de dos. Lui portait un bonnet en laine, un de ces petits bonnets près du crâne.

— Oui, dit-il en prenant des notes. Vous vous souvenez de la couleur ?

Elle secoua la tête légèrement, comme pour essayer de déloger le souvenir coincé là.

— Non. Mais je me rappelle que la femme était blonde.

— Vous avez vu son visage ?

— Non. Ils me tournaient le dos. C'est tout ce dont je me souviens. C'est elle qui…

— Ce couple, qu'avait-il de particulier ? Qu'est-ce qui a attiré votre attention ?

Elle réfléchit pendant quelques secondes.

— La tendresse entre eux, je suppose…

— C'est tout ?

— Je suis comédienne. Je m'intéresse à la façon dont les gens se comportent. Le langage corporel, ce genre de chose.

— C'est tout ce que vous vous rappelez ?

Elle ne put réprimer un sourire.

— J'ai pensé que cette femme avait de la chance. Je suis veuve, ce sont des détails auxquels on est sensible.

— Je suis divorcé, répondit le policier, un peu penaud. Je remarque ce genre de chose, moi aussi.

— L'homme avait le bras autour de ses épaules…

— Oui, dit-il, continuant d'écrire.

— Et elle le tenait par la taille, je pense. Il lui murmurait quelque chose à l'oreille et il l'a embrassée sur la tempe. Puis le métro est arrivé et ma fille s'est évanouie.

— Donc vous avez vu l'homme qui était avec elle ?

Elle soupira.

— Je suis désolée, je serais incapable de vous dire à quoi il ressemblait.

— Et votre fille, elle a dû voir ce qui s'est passé, elle ?

— Sans doute. Sûrement, sinon, nous ne serions pas à l'hôpital. Mais elle a été prise de convulsions et quand j'ai relevé les yeux, une femme a dit qu'elle avait déjà appelé une ambulance…

Tout ce dont elle se souvenait, c'était le chaos : les gens qui se bousculaient vers la sortie, les cris et les pleurs, les badauds isolés, attirés par la tragédie.

— Je suis navrée de ne pas pouvoir vous être plus utile.

— Quand elle ira mieux, nous souhaiterions parler à votre fille. Nous aurons besoin de votre autorisation, étant donné qu'elle est mineure. Et l'entretien se déroulera en votre présence. Nous comptons sur vous. J'espère que vous comprenez.

— Oui, bien sûr.

Kit lui donna le nom complet et la date de naissance de sa fille.

— Il me faudrait également votre adresse et votre numéro de téléphone.

Il nota le tout.

— Très bien, voici ce qui va se passer. Je vous ai ajoutées à la liste des témoins, votre fille et vous. Ne vous inquiétez pas, elle ne sera pas rendue publique. C'est uniquement pour les besoins de l'enquête et seule la police y aura accès. Afin qu'on puisse vous interroger ultérieurement si nécessaire. La liste n'est pas très longue, mais chaque témoignage est essentiel.

— D'accord, dit-elle, encore un peu étourdie.

Elle dévissa le bouchon de la bouteille qu'on lui avait apportée et but avidement.

— Ma fille, dit-elle soudain. Je veux voir ma fille.

C'était comme si elle venait de comprendre où elle se trouvait et ce qui était arrivé. Une infirmière lui demanda si elle parlait de Zoey Capriol. Kit acquiesça et la femme lui dit qu'elle ne pourrait pas la voir tout de suite.

— Qu'est-ce qui se passe ?

— Je ne sais pas, madame. Je ne m'occupe pas des urgences.

— Vous ne pourriez pas vous renseigner, s'il vous plaît ? Je suis inquiète, je voudrais être sûre que tout va bien.

— Je vais voir ce que je peux faire. Je reviens.

— Pardon d'insister, intervint le policier, mais vous êtes certaine que vous ne vous rappelez rien d'autre ? Vous n'avez pas revu l'homme, après ?

Elle réfléchit.

— Non, j'étais accaparée par ma fille.

— Il faudra vraiment qu'on l'entende à sa sortie de l'hôpital.

68

LYCÉE NORTH ROCKLAND.

L'établissement était répertorié sur un site permettant de retrouver d'anciens camarades de classe. Il n'y avait pas de photographies pour l'année 1994. En revanche, il y avait l'album de 1993, quand David devait être en première.

En faisant défiler les pages, Kit trouva un Robert Brian, puis on passait directement à Rosemary Brunswick. Personne entre les deux. Et il ne figurait sur aucune des photos des clubs et des équipes sportives.

À la troisième sonnerie, une femme décrocha et la salua avec brusquerie, comme si répondre au téléphone était la dernière chose qu'elle avait envie de faire.

— Bonjour, je m'appelle Rosie Brunswick. J'essaie d'organiser une réunion de la promo 1994 et…

— Donc, vous êtes une ancienne élève ?

Kit mit un sourire dans sa voix.

— Oui ! J'ai réussi à retrouver presque tout le monde,

peut-être les deux tiers, mais je cherche l'adresse de David Brier, au cas où vous l'auriez.

Elle entendit la femme pianoter sur le clavier.

— David Brier, vous dites ?

— Oui.

Elle le lui épela.

— Une seconde... Vous êtes sûre qu'il a eu son diplôme en 1994 ? Je ne trouve personne de ce nom.

— Est-ce que je me serais trompée d'année pour lui ? Pourtant, j'aurais juré que Dave était avec nous...

— Attendez, je vais élargir la recherche.

Cela ne prit pas beaucoup de temps.

— Désolée, mais nous n'avons jamais eu qui que ce soit de ce nom à North Rockland.

69

Accident mortel dans le métro, tapa-t-elle. Mais elle avait oublié le jour exact. Elle se revoyait très bien descendre les marches avec Zoey. Elle se rappelait où elles se tenaient sur le quai, les vêtements qu'elles portaient, tout sauf la date. Elle pensa soudain aux billets de concert dans le tiroir.

Le seul résultat pour ce jour-là était un bref reportage de la chaîne NY1. Un drame à la station Columbia University. La victime se nommait Alison Ingalls, tragiquement disparue à vingt-sept ans. Elle se souvint de l'annonce dans le *Times* pour l'anniversaire de sa mort. Et de l'avis de décès plus ancien. La femme qui parlait de Vermeer au musée.

Alison Ingalls.

— Je t'ai trouvée, enfin, dit Kit tout bas.

La boucle était bouclée, pensa-t-elle, songeant à cet après-midi au MET. Comme si la scène du tableau n'était qu'*un instant volé au temps, un lieu entre la vie et la mort, le songe et l'oubli*. Les paroles d'Alison Ingalls étaient restées gravées dans sa mémoire.

Elle lança le café. Elle était en train d'examiner le contenu de son frigo, quand le téléphone sonna. C'était David. Elle ne décrocha pas et attendit qu'il ait déposé un message. Puis elle activa le haut-parleur et l'écouta attentivement. Les mots. Le ton de sa voix.

— *Salut, c'est moi, David. Je voulais juste prendre de tes nouvelles. Mais où es-tu, d'abord?*

Elle appuya sur pause.

Où es-tu, d'abord? De quel droit?

— *Ça m'a fait très plaisir de faire la connaissance de Zoey à l'hôpital, hier. En fait, je viens d'arriver là-bas. J'étais dans le quartier pour le boulot, et j'ai pensé que je pourrais passer lui dire bonjour. J'aimerais la connaître mieux…*

Elle songea à la réaction de sa fille quand il était entré dans la chambre, et elle sentit son sang se glacer, tandis qu'elle reconstituait l'enchaînement des événements. Un instant plus tard, elle était dehors et sautait dans le premier taxi.

Très vite, ils se retrouvèrent coincés dans un embouteillage au milieu de la 110e Rue.

— Un camion de déménagement, dit le chauffeur avec philosophie.

Bientôt, un concert de klaxons s'éleva autour d'eux. Il se tourna vers elle.

— J'espère que vous n'étiez pas pressée, ajouta-t-il d'une voix enjouée.

Elle se pencha vers le siège avant.

— S'il vous plaît… C'est urgent, vous devez m'emmener à l'hôpital le plus vite possible. Je devrais déjà y être, dit-elle en jetant un coup d'œil à sa montre.

Il la regarda dans le rétroviseur central. Elle repensa au chauffeur qui les avait ramenés à Morningside Heights, David et elle. Un autre mystère inexpliqué.

— Vous êtes malade ?

— Non, c'est ma fille. Quelqu'un va lui faire du mal.

Il leva encore les yeux vers le rétroviseur.

— À l'hôpital ?

Sans prendre la peine de répondre, elle lui tendit de l'argent à travers le guichet et descendit de la voiture. Elle se mit à courir comme presque chaque matin, coupant par Central Park. Elle doubla des joggeurs, des promeneurs avec des poussettes et manqua de renverser un vieillard qui marchait avec une canne. Quelques minutes plus tard, elle atteignait Madison Avenue. C'était une journée chaude et humide, et elle ruisselait de sueur. Elle s'engouffra dans l'ascenseur, mais une infirmière l'arrêta alors qu'elle se dirigeait vers la chambre de Zoey.

— Ma fille… j'ai peur qu'elle soit en danger.

— Son nom, s'il vous plaît ?

— Zoey Capriol.

— Et vous êtes sa mère ?

— Je vous en prie, je veux juste m'assurer que tout va bien. Je sais où est sa chambre.

Comme elle arrivait devant sa porte, elle vit Diane sortir.

— Comment va Zoey ?

Diane prit une inspiration.

— On a eu un petit moment d'affolement. Nous avons dû demander à votre ami de partir, David, c'est bien ça ?

— Que s'est-il passé ?

— Nous n'en sommes pas sûrs, en fait. Le médecin est auprès d'elle en ce moment.

— Qu'est-ce qu'il lui a fait ?

— Votre ami, vous voulez dire ? Rien, je suppose. Il savait où était sa chambre et quand une infirmière lui a demandé si elle pouvait le renseigner, il a répondu qu'il était dans le quartier et souhaitait juste faire un coucou à Zoey. Il a dit qu'il était votre fiancé.

— Il n'est pas…

À cet instant, le Dr Roman sortit et Diane les laissa seuls.

— Que se passe-t-il, docteur ?

— Il semblerait que quelque chose a effrayé Zoey. L'homme avec qui vous étiez la dernière fois est venu la voir, et il a fermé la porte, ce qui est contraire aux règles de l'hôpital. Le moniteur en salle des infirmiers a signalé un pic dans son rythme cardiaque. Nous avons dû intervenir immédiatement. Quelque chose a dû la perturber.

— Et l'homme ? Mon ami ?

Maintenant, même prononcer le mot lui semblait étrange.

— Je ne sais pas. Je suppose qu'il est parti.

— Mais elle va bien ?

— Elle dort. Il faut la laisser se reposer, Kit.

Elle repensa à ce que les policiers lui avaient dit lorsqu'ils étaient passés à l'hôpital après l'accident, trois ans plus tôt. Ils prenaient son nom et celui de sa fille au cas où ils auraient besoin d'interroger des témoins par la suite. Et seule la police aurait accès à la liste.

David savait qui elle était avant de l'aborder au bar, la première fois. Il la manipulait depuis le début, Tony Cabrini avait raison. Mais était-ce son activité de médium qui l'intéressait, ou ce que Zoey avait vu ?

Une fois dans la rue, elle l'appela. Elle ne s'embarrassa pas de salutations.

— Qu'est-ce que tu as dit à ma fille ce matin ?

— Rien de spécial, répondit-il avec désinvolture. Je lui ai un peu parlé de moi. Je lui ai dit que je t'aimais beaucoup. Que je voulais faire partie de sa vie, moi aussi.

Elle n'en croyait pas ses oreilles.

— Tu plaisantes ? Tu es allé la voir sans me demander la permission ? Zoey est ma fille, David. À part moi, seul le personnel soignant à l'hôpital est autorisé à lui parler. Tu n'avais pas le droit de faire ça. Ni de te faire passer pour mon fiancé.

— OK, OK, excuse-moi. J'essayais juste d'être sympa.

Au fait, j'y pense, l'assistante sociale qui voulait porter plainte… Maintenant que la patiente est décédée, les juristes de l'établissement envisagent sérieusement une action en justice. Cette fois, ils t'accusent d'être en partie responsable de sa mort. J'ai l'impression qu'ils espèrent obtenir un dédommagement financier.

Elle porta la main à son visage.

— Je ne comprends pas. Je croyais que tout était arrangé. Elle souffrait d'Alzheimer…

— Je te conseille de te trouver un bon avocat, Kit. L'assistante sociale prétend que tu l'as agressée en public. Que tu l'as injuriée. Elle affirme que tu es délirante et hystérique, que tu as sans doute besoin de soins. Si tu dois comparaître, je devrai témoigner sous serment. Ça risque d'être un peu délicat.

Elle songea à sa conversation avec Cabrini enregistrée sur le téléphone de David, le soir de sa mort.

— Tu as dit que tu me protégerais.

Il y eut un long silence.

— David ?

Elle répéta son nom plusieurs fois, avant de se rendre compte qu'il avait raccroché. Elle avait l'impression d'être coincée dans le cauchemar de quelqu'un d'autre, une histoire pleine d'ambiguïtés et d'impasses. D'être enfermée dans une pièce dont elle n'avait pas la clé.

70

Le train longeait le fleuve. Kit, qui avait étudié pendant trois ans dans un internat de la région, regardait défiler les lieux de son adolescence : le pont de Tappan Zee sur l'Hudson, la gare rouge près de son école. Quand elle était cocapitaine de l'équipe d'athlétisme, ses camarades et elle décrivaient une boucle de cinq kilomètres qui passait par la gare, puis descendait vers le fleuve, avant de remonter jusqu'à la pension. C'était aussi de cette gare que, certains week-ends, elle prenait le train pour aller voir sa mère.

La veille, lorsqu'elle avait appelé les parents d'Alison Ingalls, Mme Ingalls avait été charmante.

— Vous avez connu Ali ?

— Pas personnellement, non. Mais je l'ai entendue au Metropolitan Museum, une fois. Pendant une visite guidée. J'ai été touchée par ce qu'elle disait. Je ne l'ai jamais oublié. J'aurais aimé en savoir un peu plus sur elle.

— Et vous vous appelez…

— Kit Capriol. Elle parlait d'un tableau en particulier. J'étais là-bas à l'occasion de l'anniversaire de la mort de mon mari. C'était très bref, mais ce qu'elle a dit sur la perte et le deuil m'a interpellée.

— Ça devait être au sujet du Vermeer qu'elle avait étudié. Ali pouvait être très convaincante, dit la femme d'une voix plus gaie, heureuse qu'on lui rappelle sa fille sous son meilleur jour. Mais je ne vois pas trop ce que Howard et moi pourrions vous dire. Et pourquoi est-ce que…

— J'ai eu le sentiment qu'il y avait un lien entre nous. Entre votre fille et moi. Je ne vous prendrai pas plus d'une demi-heure de votre temps. Mais je ne veux pas remuer des souvenirs douloureux, et je comprendrai si vous refusez.

La femme lui expliqua qu'ils étaient tous les deux à la retraite. Son mari était professeur émérite à Columbia, et elle-même céramiste.

— Il m'arrive encore de tourner l'argile et d'allumer le four, mais je suis beaucoup plus lente. Il y a des jours où je suis trop fatiguée pour faire quoi que ce soit.

Kit entendit une voix d'homme dans le fond. Mme Ingalls s'interrompit pour échanger quelques mots avec son mari, avant de reprendre sa conversation avec Kit.

— Où habitez-vous ? lui demanda-t-elle.

— À côté de Columbia, en fait.

— Si vous pouvez prendre un jour de congé, nous serons ravis de vous recevoir. En train, ce n'est pas très loin de Grand Central, et le trajet est agréable.

— Je suis comédienne, madame Ingalls. J'ai trop de jours de congé.

— Que diriez-vous de demain, dans ce cas ? Vers 15 heures. Cela vous conviendrait ?

Elle lui donna son adresse e-mail et lui demanda de lui communiquer son heure d'arrivée.

— Howard viendra vous chercher à la gare.

— Inutile qu'il se dérange pour moi. Je peux marcher.

— Pas jusqu'à chez nous, dit la femme en riant. C'est au bout du monde.

Lorsque le train entra en gare, juste après 15 heures, Kit jeta un coup d'œil sur son téléphone qu'elle avait mis en mode silencieux. Il y avait trois appels de David. La troisième fois, il avait laissé un message. *Salut, c'est moi. Écoute, euh, je suis un peu inquiet que tu ne répondes pas. Je suis dans le quartier, je voulais faire un saut chez toi, m'assurer que tu allais bien. Je réessaierai plus tard.*

Quelques voyageurs descendirent en même temps qu'elle et se dirigèrent aussitôt vers leur voiture. Un vieux break Volvo vert au pot d'échappement sonore s'arrêta devant la gare. Un monsieur d'un certain âge à la moustache et à la barbiche blanches bien taillées passa la tête par la fenêtre ouverte.

— Madame Capriol… Kit ?

— Comment avez-vous su que c'était moi ? demanda-t-elle en s'installant à côté de lui.

Il sourit.

— Vous étiez la seule qui aviez l'air perdue. Le trajet a été plaisant, j'espère ?

— Très, en fait. J'étais au lycée pas très loin d'ici.

— Un voyage dans le temps, alors, dit-il en redémarrant. Nous tâchons de nous rendre à New York deux ou trois fois par mois. Au spectacle, au musée… Ce n'est pas une vie désagréable.

— En tout cas, c'est très aimable à vous et à votre épouse d'accepter de me recevoir, monsieur.

— Howard et Barbara, s'il vous plaît. Nous ne sommes plus très à cheval sur les formalités. Pas que nous l'ayons jamais été, d'ailleurs.

— Je suis consciente que ça ne doit pas être évident, étant donné les circonstances.

— À cause d'Ali, vous voulez dire ? Au bout de trois ans, la blessure n'est plus aussi vive, même si elle nous manque toujours autant. Ses réflexions sur l'art nous ont nourris, et, d'une certaine manière, une part d'elle continue à vivre à travers ce qu'elle nous a laissé.

Pour quelqu'un de son âge, il conduisait vite, et, en dépit de l'absence de visibilité, enchaînait avec assurance les virages en épingle à cheveux à la sortie de la ville. À plusieurs reprises, Kit ferma les yeux, persuadée qu'ils allaient finir dans le décor.

— Nous habitons à Mount Airy. Juste au-dessus de Croton. On l'appelait Red Hill, autrefois – la Colline rouge.

— J'en ai entendu parler.

Il sourit.

— C'est rare, de nos jours. Un ancien quartier communiste. Pas mal d'écrivains. Eugene O'Neill. Louise Bryant.

— Ma prof de théâtre vivait là.

Elle mentionna son nom et il se trouvait qu'ils l'avaient un peu connue.

— Une femme très sympathique. Elle a déménagé il y a quelques années. Elle s'est installée dans l'ouest du Massachusetts.

— Quand est-ce que vous avez quitté l'Angleterre ?

— Voyons… Ali avait quinze ans. Elle était furieuse. Devoir laisser tous ses amis à Cambridge. Son lycée. Son club d'équitation. Mais c'était comme ça. Elle s'est très vite adaptée, ajouta-t-il avec un sourire. Elle adorait les musées à New York. Elle se plaisait aux États-Unis. Nous avons vécu pendant plusieurs années à Manhattan avant de nous établir ici. À Morningside Heights.

— C'est là que j'habite.

— Vous êtes… vous travaillez à l'université ?

— Non, je suis comédienne. Mon mari et moi avons emménagé en 2001.

Ils avaient d'abord élu domicile à Riverside Drive, expliqua Howard. Mais l'appartement s'était vite révélé trop exigu pour l'activité de céramiste de Barbara. Alors, ils avaient acheté (« mais vous le verrez par vous-même dans une minute ») une de ces solides maisons de bardeaux blancs, typiques de la Nouvelle-Angleterre, pourvue d'un petit cottage rouge sombre.

— C'est l'atelier de Barb. Je ne m'y aventure pas, ajouta-t-il en riant.

La mère d'Alison s'avança à leur rencontre. Elle avait des cheveux blancs mi-longs, portait un jean avec un chemisier blanc immaculé et des Converse jaunes. Kit lui donnait un peu moins de soixante-dix ans.

— Je vois que vous avez survécu à la conduite de Howard, dit-elle en lui tendant la main. Tout le monde ne peut pas en dire autant. Barbara. Ravie de faire votre connaissance, Kit. Vous prendrez du thé ?

La porte-moustiquaire se referma brutalement derrière eux. Une théière de couleur vive et une assiette de biscuits anglais les attendaient sur la table.

La conversation s'engagea. Les Ingalls semblaient décidés à parler de tout, sauf de leur fille. Avant les États-Unis, ils étaient à Cambridge.

— La ville où nous avons fait nos études. Trinity College en ce qui me concerne, dit Howard.

— Et Newnham pour moi. En littérature anglaise. C'est à cette époque qu'on s'est rencontrés. Il conduisait comme un fou furieux, selon son habitude, et j'étais en vélo dans Trumpington Street. Il m'a doublée en me serrant de trop près et je me suis cassé la figure. Il m'a traitée d'empotée, je lui ai dit d'aller se faire foutre. En ces termes.

— Et elle est tombée amoureuse de moi sur-le-champ.

— Quand nous avons tous les deux obtenu un poste d'enseignant à Cambridge, nous avons décidé de nous y établir.

Au-dessus de la cheminée était accrochée une reproduction encadrée d'*Une jeune fille assoupie* de Vermeer, le tableau qu'avait étudié Alison.

— Nous le lui avions offert quand elle était guide bénévole au MET, expliqua Howard. C'était son préféré. Mais elle s'intéressait à toute la peinture hollandaise de cette époque. Après sa mort, nous avons décidé de le garder ici. En souvenir d'elle. En son honneur.

Kit examina le désordre sur la table, le verre renversé, les fruits trop mûrs dans le saladier, les plis de la tapisserie. Et, sur les traits endormis de la jeune femme, peut-être le souvenir de quelqu'un qu'elle avait aimé et perdu.

— Elle rêve, dit-elle.

Elle entend des voix, elle imagine des visages dans cet autre monde.

— C'est ce qu'Ali disait. Je suppose que chacun peut

prêter à cette mystérieuse demoiselle les rêves qu'il souhaite.

— Sauf que d'ici une minute ou deux, elle va se réveiller avec un sacré mal de cheveux, dit Howard.

Barbara regarda Kit.

— Et si vous nous expliquiez la véritable raison de votre visite ? Personne ne vient de Manhattan uniquement pour parler à deux universitaires décrépits.

Elle leur répéta ce qu'elle leur avait dit au téléphone : elle avait été touchée par les paroles de leur fille au musée et elle avait été peinée d'apprendre ce qui lui était arrivé. Elle ne fit pas allusion à l'étrange impression qu'elle avait, la sensation diffuse qu'une part d'elle était morte en même temps qu'Alison Ingalls. Elle espérait qu'ils en viendraient d'eux-mêmes à parler du sujet qui lui tenait réellement à cœur.

71

— D'une certaine manière, nous avons le sentiment qu'elle est toujours avec nous, dit Barbara. De temps en temps…

Elle prit une brusque inspiration et Kit vit le visage de la femme tressaillir de douleur.

— De temps en temps, je me réveille en pleine nuit, persuadée qu'elle me regarde. Une fois – c'était une nuit très silencieuse, ce qui n'a rien d'inhabituel par ici, n'est-ce pas, Howard ? –, j'ai entendu quelqu'un tourner les pages d'un livre. Dans cette pièce, d'ailleurs. Rien de bruyant ni d'intrusif. Howard dormait comme une bûche à côté de moi, à son habitude, et j'ai pensé, tiens, elle est rentrée, elle est en bas, en train de feuilleter un livre, ainsi qu'elle le faisait souvent quand elle nous rendait visite. C'était bizarrement réconfortant. Et je me suis rendormie.

— Dis-lui ce qui s'est passé le lendemain matin.

— Pour que cette charmante jeune femme se moque de moi ?

— S'il vous plaît, je suis curieuse.

— Eh bien, je suis descendue pour faire du café, et j'ai vu un livre d'art d'Ali sur cette table, un vieux livre de la fac. Il était ouvert à une page montrant une reproduction des *Ménines*...

— Le tableau de Vélasquez ?

— Où le peintre se représente nous regardant de derrière son chevalet. C'est un jeu de reflets et de regards, pour reprendre les mots d'Ali. Un tableau où nous sommes dans l'œil de l'artiste, comme si le spectateur était le sujet de sa peinture. À la fois observateur et observé.

— Ali pensait que c'était un tableau sur la mort, intervint Howard. Elle ne nous a jamais expliqué pourquoi. Une fois, nous avons cru avoir compris ce qu'elle voulait dire, et puis le sens nous a de nouveau échappé. Mais cela devient plus clair, avec les années qui passent et la fin qui se rapproche.

— Enfin bref, j'ai dit à Howard qu'il avait dû prendre le livre dans la bibliothèque avant d'aller se coucher, et qu'il avait oublié.

— Sauf que je ne l'ai pas pris.

Le silence s'installa. Kit orienta alors la conversation sur la carrière d'enseignante d'Alison et sa vie à New York.

— C'est drôle, dit Barbara. Généralement, on s'intéresse surtout aux disparus qu'on a aimés. Mais vous, vous pensez à notre fille sans avoir jamais échangé un mot avec elle.

— Je pense à la façon dont nos vies se sont croisées sans que nous le sachions.

L'humeur de Barbara s'assombrit soudain.

— Maintenant, Kit, vous allez peut-être nous révéler ce qui vous amène. Dites-moi si je me trompe. L'homme que fréquentait Ali… vous le connaissez, c'est ça ?

Kit tressaillit.

— C'est aussi pour ça que je suis ici, admit-elle.

72

— C'est donc qu'il sévit toujours, dit Barbara à son mari. Et il n'y a rien que nous puissions faire. Ali l'a rencontré dans un restaurant où elle retrouvait parfois des amis, reprit-elle, s'adressant à Kit. Pour partager un repas ou boire un verre. Elle y était allée seule un soir après le travail et il s'est assis au bar à côté d'elle. Elle n'a jamais été très portée sur l'alcool, un peu de vin, c'est tout. Quoi qu'il en soit, ils ont commencé à se voir régulièrement.

— On parle bien de David ? David Brier, c'est ça ?

— Oui. Et je suppose que vous aussi, vous l'avez rencontré apparemment par hasard. Mais nous sommes convaincus qu'il l'avait ciblée, qu'il avait décidé d'en faire sa proie. Je me rends compte que c'est un peu grandiloquent, mais je ne sais pas comment le formuler autrement. Au début, pourtant, il nous a fait bonne impression, un garçon sincère, charmant. Elle l'emmenait au musée, lui parlait des tableaux, et il l'écoutait. Il avait vraiment l'air de s'intéresser à son travail.

— Elle a eu l'occasion d'aller chez lui ?

Barbara eut un petit sourire triste.

— C'est une question que nous nous sommes posée, nous aussi. Elle ne connaissait même pas son adresse. Ils se voyaient toujours au restaurant ou chez elle. Jamais chez lui. Ce qui était étonnant, parce qu'à côté de cela il avait vraiment l'air bien sous tous rapports : intelligent, prévenant et bienveillant. Et encore une fois, il faisait grand cas d'Ali, il était attentif à ce qu'elle disait. À l'opposé des hommes qu'elle avait fréquentés avant lui.

— Il est policier. Mais je suppose que je ne vous apprends rien.

— Il l'a dit à Ali dès leur première rencontre. Pour elle, cela faisait sans doute partie de son charme. Elle se sentait en sécurité avec lui. Et en même temps, j'avais l'impression qu'elle était aussi un peu écrasée. Elle était timide, elle manquait d'assurance. Dans ses relations amoureuses, elle avait toujours peur de ne pas être à la hauteur. Elle commençait enfin à prendre confiance en elle, grâce à son travail. Et puis les choses se sont gâtées. Il affirmait qu'ils s'étaient donné rendez-vous à un certain endroit à une certaine heure, alors qu'elle était sûre qu'il n'en avait jamais été question. Ou bien il prétendait qu'elle lui avait dit quelque chose alors qu'elle était persuadée du contraire.

— Elle avait l'impression de devenir folle, intervint Howard. De perdre contact avec la réalité. De ne plus savoir qui elle était. Elle souffrait de trous de mémoire, des heures entières effacées. Au point où elle a demandé à son médecin de lui prescrire un antidépresseur.

— Le temps qu'on s'en aperçoive, il était trop tard, reprit Barbara. Elle était devenue totalement dépendante de lui. Il lui apportait ce dont elle avait besoin. Une forme de réconfort, sans doute. De sécurité. Certainement le sentiment d'être à l'abri. Elle était profondément amoureuse de lui. Beaucoup trop, ainsi que nous avons fini par le découvrir.

— Ils étaient ensemble depuis longtemps ?

— Assez pour qu'elle tombe enceinte, répondit Barbara.

73

— Elle souhaitait le garder, dit Howard. Nous étions ravis. Nous allions enfin être grands-parents ; Dave et elle allaient s'installer ensemble.

— Nous ne voulions que le bonheur de notre fille. C'était une jeune femme intelligente, qui adorait son travail. Il ne lui manquait plus qu'un compagnon, une famille. Elle était heureuse : tout semblait lui réussir. Elle était avec un homme qu'elle aimait, elle désirait un enfant, son livre avançait bien... Nous ne l'avions jamais vue aussi épanouie, en dépit de ses accès de dépression. Mais rien ne dure, je suppose.

L'atmosphère était devenue oppressante.

— Je devrais sans doute vous laisser. Vous avez été vraiment très aimables avec moi et je ne voulais pas vous rappeler de mauvais souvenirs.

Barbara la regarda.

— Vous dites que vous fréquentez David Brier, maintenant ?

Kit hocha la tête.

— Alors, je pense que c'est important que vous entendiez la suite. Quelques mois après leur rencontre – c'était avant qu'elle n'apprenne qu'elle était enceinte –, Ali et moi nous sommes retrouvées pour passer une journée ensemble à Manhattan. Shopping, déjeuner, ce genre de choses. Ce jour-là, elle m'a avoué qu'elle avait parfois l'impression de ne pas réellement connaître David. Qu'elle l'aimait, mais qu'il y avait une part de lui qui lui échappait. Sur le moment, je n'y ai pas accordé beaucoup d'attention. Ils avaient l'air tellement bien ensemble, et David nous avait tout de suite plu, quand elle nous l'a présenté. N'est-ce pas, Howard ?

— Je crois savoir ce qu'Ali voulait dire, intervint Kit. Comme s'il cachait quelque chose, ne disait pas tout.

— Ce qui était effectivement le cas, dit Howard. Mais je t'en prie, continue, Barbara.

— Peu après, ils ont passé un week-end dans une auberge qu'il connaissait, au bord de l'Hudson, au nord d'ici. Elle avait appris entre-temps qu'elle était enceinte. Je l'ai eue au téléphone à leur retour, et elle m'a paru préoccupée. Perturbée. Ce n'était pas seulement sa dépression. C'était vraiment inquiétant, n'est-ce pas, Howard ? Nous avions peur qu'elle se fasse du mal. Elle m'a avoué que lorsqu'ils étaient à l'auberge, le téléphone de David avait sonné pendant qu'il était sous la douche. Le nom d'une certaine Caroline s'affichait sur l'écran. Sans réfléchir, elle avait décroché. La femme n'arrêtait pas de lui demander qui elle était et pour finir, elle a exigé de parler à son mari.

— Il m'a dit que sa femme était morte d'un cancer du pancréas.

Barbara sourit.

— Je serais prête à parier qu'elle est on ne peut plus vivante, et qu'elle ignore tout des frasques de son mari. Ou qu'elle n'en mesure pas l'ampleur. Nous nous sommes rendu compte par la suite qu'être inspecteur dans la police de New York lui offrait une protection. Un statut. Du pouvoir. Il pouvait faire ce qu'il voulait sans être inquiété.

Kit commençait à y voir plus clair. Sa maîtresse tombe enceinte. Il est marié. Et il se sent acculé. Manifestement, sa relation avec elle, comme sa relation avec Alison, était bâtie sur un mensonge. Lui dont c'était le métier de combattre l'imposture. La femme du musée, qui parlait d'un homme dans l'embrasure de la porte, de trahison et d'abandon, était revenue pour la mettre en garde.

— Quelques jours plus tard, elle a demandé des explications à David. Il a éclaté de rire, lui a assuré qu'il avait effectivement eu une relation avec cette Caroline, mais qu'ils étaient séparés depuis des années. Selon lui, elle le harcelait. Elle était obsédée – folle, en fait. Il a dû trouver les mots, car les choses se sont arrangées. Il parlait de leur bébé, de fonder un foyer, de vivre ensemble. Elle l'a cru.

Elle soupira.

— Je suppose qu'elle était trop fragile. Elle ne tenait plus le coup.

— Après ça, on n'a plus eu de nouvelles de notre fille, ajouta Howard.

Il leva la main, parce que le reste se passait de mots.

Ce n'était pas un suicide. Et Zoey avait tout vu.

74

Avant de partir, Barbara et Howard confièrent à Kit une copie du manuscrit d'Alison.

— Elle n'a écrit que cinquante-trois pages, mais elle avait le projet d'en faire un livre qui aborderait des sujets plus larges que la peinture : sa carrière d'historienne de l'art, et son autre passion, la relation entre le spectateur et l'œuvre elle-même. Lisez-le. Et peut-être que la voix que vous avez entendue au musée résonnera de nouveau en vous, et vous insufflera la force et le courage qu'elle nous apporte encore.

S'il y a une fenêtre, elle ne fournit aucune lumière perceptible, lut-elle dans le train. *La table, sur laquelle on distingue une tapisserie ou un tapis froissé, se trouve dans une petite pièce apparemment sans air : sensation d'étouffement, d'enfermement, un nid à microbes sans véritable issue. C'est un lieu rempli de présages et de signes, un rébus qui, si nous le résolvons, nous révélera peut-être l'histoire de cette jeune femme solitaire, plongée dans un sommeil aviné, rêvant à ce qui a été, ce qui aurait pu être, ou ce qui sera. Son histoire, ou peut-être seulement la nôtre.*

Kit sortit son téléphone et désactiva le mode silencieux. Elle trouva deux SMS et un message vocal de David. Rien d'inhabituel, il prenait de ses nouvelles, ce qu'il faisait quotidiennement de toute façon, le genre d'attention qui lui donnait l'illusion d'être désirée, importante, aimée. Et, de plus en plus, traquée.

Le message vocal était plus insistant.

Salut, c'est encore moi. Je suis passé devant chez toi et j'ai sonné en bas. Ça ne répondait pas, mais quelqu'un entrait dans l'immeuble, alors, j'en ai profité pour me glisser derrière. J'ai frappé, rien non plus. C'est bête, mais je commence à m'inquiéter. On peut se voir bientôt ? Tu serais libre pour dîner – voire plus ?

L'ensemble lui parut un peu forcé, presque préparé à l'avance. Comme pour lui faire comprendre ce dont il était capable. Passer chez elle sans prévenir, la surprendre, déjouer ses attentes. Pas si différent de ce qu'il faisait avec Alison Ingalls.

Elle le rappela en arrivant à Grand Central. Il décrocha à la seconde sonnerie et lui demanda où elle était donc passée.

— Je commençais à m'inquiéter !

— J'étais chez des amis à Westchester.

— Ça doit faire du bien, une petite escapade. Au fait, j'avais une réunion à quelques rues de l'hôpital, ce matin, au commissariat du 23e District. J'en ai profité pour passer voir Zoey.

Kit sentit son sang se glacer.

— On en a déjà parlé, David. Tu n'aurais pas dû faire ça.

— Oui, c'est ce qu'on m'a fait comprendre. J'ai pris l'ascenseur, j'ai donné mon nom au poste des infirmiers et là, on m'a dit que le médecin n'avait pas autorisé les visites. Je repasserai un autre jour.

— Tu sais quoi ? J'aimerais autant que tu attendes un peu. Tu pourras venir avec moi dans quelque temps. Mais la dernière fois, le tracé de son électrocardiogramme s'est affolé et elle a vraiment besoin de repos.

— Au fait, l'assistante sociale de cet établissement pour les malades d'Alzheimer ? Elle a dit qu'ils avaient pris un avocat pour les représenter. Une avocate, en fait, et il se trouve que je la connais. C'est même une copine. Attends… Je crois qu'elle est venue te voir. Leslie Palmer ?

Kit s'en souvenait très bien. La femme qui voulait parler à son jeune amant. Si elle allait au tribunal, elle était sûre d'être condamnée. Et le rôle de David n'apparaîtrait jamais nulle part.

— Ça va compliquer les choses.

— Je sais. Leslie me connaît, elle te connaît…

— J'espère qu'elle est consciente de ce qu'elle fait, parce que si elle essaie de prouver que je suis une arnaqueuse, je serai contrainte de révéler tout ce qu'elle m'a dit pendant notre consultation. Et cette avocate respectable va voir son infidélité exposée au grand jour.

— Infidèle ? Leslie ? Sérieusement ?

— Et maintenant, tu le sais aussi, David.

Lorsqu'elle arriva chez elle, la nuit tombait déjà. Une fois dans l'appartement, elle referma la porte à clé et mit la chaîne. Elle entra dans le salon, et il était là, assis dans le noir.

75

— Comment es-tu entré, David ?

Il alluma une lampe et leva la main pour lui montrer le porte-clés qu'il tenait entre ses doigts. Le piano à queue miniature de Zoey. Le double qui se trouvait dans la commode de sa chambre.

— Comment tu te l'es procuré ?

— Je suis flic, c'est mon boulot. Je l'ai depuis un petit moment, à vrai dire. Depuis que tu m'as repris la première clé.

Il la lui lança. Elle tendit la main pour la rattraper, mais pas assez vite. Le double tomba à ses pieds.

— Et l'autre, tu l'avais depuis quand ?

— Un certain temps, répondit-il avec un sourire.

Elle avait la tête qui tournait. Cela faisait peut-être des mois qu'il s'était immiscé dans sa vie…

— Dois-je en déduire que tu es entré ici quand je n'étais pas là ?

— Et peut-être même quand tu y étais… Tu leur as parlé, c'est ça ? Aux Ingalls.

— Qu'est-ce qui te fait croire ça ?

— Je connais ton mode opératoire, Kit. Je sais comment tu travailles. Tes recherches. Les anniversaires et les avis de décès. Les adresses, les téléphones. Le discours pour les appâter. Je sais comment ça marche. Tu te souviens quand tu m'as fait ton petit numéro, la première fois, dans ce bar ? C'était habile. J'ai failli me faire avoir, je l'avoue. Et tu as remis ça aujourd'hui, tu as essayé de vendre ta soupe à Howard et Barbara. Je me trompe ?

— C'est mon travail, après tout.

Elle n'avait pas besoin d'appeler l'esprit d'Alison. Elle était déjà là, avec elle.

— Des braves gens, les Ingalls, pas vrai ? Je suppose qu'ils t'ont parlé d'Ali et moi.

— Ils m'ont simplement dit que vous étiez ensemble et qu'elle souffrait de dépression au point où vivre était devenu trop compliqué pour elle.

— C'est ce que tu crois, Kit ?

— Je veux juste savoir ce que tu fais ici et ce que tu attends de moi. Parce que, franchement, moi, tout ce que je souhaite, c'est retrouver ma fille, relancer ma carrière, et reprendre ma vie en main.

Il se leva si brusquement qu'elle sursauta.

— J'ai une proposition à te faire. Que dirais-tu d'une dernière séance ? Une dernière conversation avec les esprits ? Et puis, on se sépare bons amis. Je ne vais pas te faire de mal. De quoi j'aurais l'air ? Toi, une femme sur qui j'enquête ? Je ne tiens pas à me retrouver sous le feu des projecteurs. Tout ce que je veux, c'est des nouvelles de Caroline.

— Alors, elle est vraiment morte ?

— À toi de me le dire. En fait, j'insiste.

Elle entendait le sourire dans sa voix.

Elle tira les rideaux, alluma la bougie. Ses mains glissèrent sur la soie, paumes ouvertes. Il plaça les siennes dessus. Elle allait faire parler Caroline pour lui, puisque c'était ce qu'il voulait. Elle mettrait un terme à ce cauchemar à sa manière à elle.

Elle débita son laïus habituel.

— Ceux que nous aimons sont partout autour de nous. Ils cheminent toujours à nos côtés. Nous devons nous souvenir et croire. C'est ce qui les attache à nous. La fidélité et la mémoire. Le rideau qui nous sépare est aussi fragile que l'air que nous respirons. Je sais que Caroline est toute proche. Alors, appelons-la.

Elle devinait son sourire narquois.

— Je la sens… elle est tout près… elle tend la main… Caroline, vous voyez qui est ici ?

Elle laissa sa tête tomber.

— Oui… Maintenant, je la vois… Caroline… Elle est dans… cet endroit… Elle n'est pas encore morte.

Mais elle se sent en danger… Caroline, parlez-moi. Dites-moi ce qui vous effraie…

Kit se tut un instant.

— Oui… Oui, oui, oui, dit-elle d'un ton fébrile. Caroline est toujours là. Avec toi. Avec moi. Elle sait. Elle sait tout et elle a peur, très peur…

Elle entrouvrit les paupières. Ses yeux parurent se révulser. La bougie vacilla et s'éteignit, pour se rallumer presque aussitôt. Une autre voix s'échappa alors de son corps, la voix d'une jeune femme avec un accent britannique. *Tu t'es penchée vers moi et tu m'as embrassée… Tu as parlé de notre bébé… Je t'aimais… Jusqu'au moment où tu m'as tuée.*

En face d'elle, David s'était redressé sur sa chaise, vigilant. Soudain, Kit se sentit une fois encore aspirée par le vide. Elle tombait dans un gouffre sombre.

La voix n'était plus qu'un murmure. *Je serai toujours là, David. À tes côtés. Je regarde. J'attends que vienne ton heure. Comme tu as attendu la mienne.*

76

David se tenait au-dessus d'elle. Il la regardait sortir de sa transe. Elle cligna des yeux plusieurs fois sans le voir.

— Bravo, Kit. Très réussi. Jusqu'à l'accent. Tu l'imites à la perfection.

Il l'examinait d'un air apitoyé. Elle se sentait épuisée, vidée. Elle se leva pour rallumer avant de souffler la bougie.

Cela paraissait évident, maintenant : Alison et Kit, deux femmes vulnérables en mal de certitudes. Elles avaient cru pouvoir se fier à lui. La jeune historienne de l'art timide. La médium qui bernait des innocents : l'arnaqueuse et le flic, enchaînés l'un à l'autre. Si elle l'épousait, on ne pourrait jamais demander à Kit de témoigner contre lui ; et lui ne mettrait jamais sa vie en danger. Elle sera sa complice silencieuse.

Et Zoey. Il ne pouvait pas prendre le risque qu'elle

parle. Un accident, probablement. Il trouverait une solution. Il en trouvait toujours.

Elle passa dans l'entrée, David sur ses talons. Si elle tentait de fuir, elle n'atteindrait jamais la porte à temps. Elle allait finir dans la rubrique faits divers, une femme victime d'un cambriolage qui avait tenté de résister et qui l'avait payé de sa vie.

Je dois sortir, pensa-t-elle. Dehors, il y aura des gens. Des témoins.

Maintenant.

Sauve-toi.

— Si on allait boire un verre à côté ? Histoire de changer de décor, d'accord ? Ça nous fera du bien de nous aérer. Je suis un peu secouée. J'ai besoin d'être sûre qu'on peut compter l'un sur l'autre.

Elle devait lui laisser croire qu'il pouvait regagner sa confiance, qu'elle était prête à lui offrir son silence en échange de sa protection.

— Comme tu veux.

Lorsqu'ils se retrouvèrent dehors, elle se sentit respirer à nouveau. Elle était libre. Loin des morts, de la bougie, des voix et de la peur.

Ils marchèrent jusqu'à Broadway et attendirent que le feu change de couleur pour traverser. Soudain, les mots lui revinrent, prononcés par une voix dont elle se souvenait parfaitement, une voix qui n'était pas la sienne : *Je t'aimais, David... je t'ai aimé jusqu'à la fin, jusqu'au moment où tu m'as tuée*. Et elle vit la lueur dans ses yeux, alors qu'ils se tenaient sur le trottoir. Il savait qu'elle savait. Peu importait si elle avait réellement communiqué avec Alison ou si elle avait joué la comédie. Cette soirée ne pouvait avoir qu'une issue.

On attribuerait son suicide à ses dettes, au procès qui pesait sur elle. C'était devenu trop difficile pour elle, témoignerait David.

— C'est fini, on arrête tout, déclara-t-elle soudain, le plantant là pour rentrer chez elle.

Il la saisit par le bras et la força à pivoter.

— Tu viens avec moi. Tu en sais trop.

— Pas question. Laisse-moi et va retrouver ta femme.

Elle se dégagea et, sans lui accorder un autre regard, s'élança pour traverser l'avenue.

— Mademoiselle !

Elle leva les yeux. Brigid Malone se tenait sur le trottoir d'en face, à côté d'une fillette blonde.

— Mademoiselle, dit-elle encore.

Kit s'immobilisa au milieu de Broadway.

— Mais vous êtes morte ! cria-t-elle.

La vieille dame sourit et lui tendit la main au moment où le feu changeait de couleur.

Le conducteur dit qu'il ne l'avait pas vue. Il n'avait rien vu du tout.

Épilogue

On dirait qu'elle n'est jamais partie.

Elle passe de temps en temps, en visite, consciente que sa présence invisible procure une forme de réconfort à sa fille, tout comme ses paroles apportaient une consolation à ceux qui s'asseyaient à la petite table avec son carré de soie et sa bougie.

Parfois, elle trouve Zoey en train de sangloter. Elle aimerait pouvoir la serrer dans ses bras, lui murmurer des mots d'apaisement, mais c'est impossible, alors elle attend qu'elle s'endorme et qu'elle rêve pour lui faire savoir que tout va bien. D'autres fois, Zoey entre dans la chambre de sa mère et se tient devant le lit vide, la pièce inchangée depuis l'accident, comme pour la rappeler parmi les vivants.

Six semaines après que le Dr Roman lui avait annoncé la mort de sa mère, Zoey quittait le centre de rééducation de l'hôpital pour s'installer chez l'infirmière Diane Carlson, où elle resta près d'une année entière. Elle se rendait à Manhattan plusieurs fois par semaine pour ses séances de kinésithérapie et les leçons de Mme Fischer. C'était réconfortant de faire partie d'une famille. Elle aimait bien les Carlson, et, dès qu'elle fut suffisamment rétablie, elle offrit de garder les enfants de temps en temps, ce qui l'aida à retrouver un certain équilibre.

Il y avait un piano droit dans le salon et les Carlson l'incitaient à s'en servir autant qu'elle le voulait. C'était dur, car elle avait l'impression de devoir reprendre de zéro. Elle jouait une note et l'écoutait s'éteindre dans le silence, puis appuyait sur une autre touche. Mais, peu à peu, ses doigts retrouvèrent leur agilité. Les notes isolées se métamorphosèrent en phrase, l'ouverture d'un prélude de Bach, la première mesure de la sonate qu'elle étudiait avant que sa vie ne bascule.

Parfois, elle pensait au père qu'elle n'avait pas connu et se souvenait – mais comment ? – d'une anecdote amusante à son sujet. Il était question de la voiture de sa tante qu'il avait empruntée quand il était gamin. Avait-elle tout inventé ou l'avait-elle toujours su ?

Une fois rétablie, ayant repris le piano, elle réintégra l'appartement de Morningside Heights. Parfois, Kit la regardait du seuil, tandis qu'elle jouait le début de la « Sonate au clair de lune », les sourcils froncés, répétant jusqu'à ce qu'elle soit satisfaite.

C'est parfait, murmura Kit un jour. Zoey se retourna pour voir qui avait parlé. Mais il n'y avait personne.

Pourtant, ces mots restèrent gravés en elle, comme s'ils venaient du plus profond de son cœur : une intuition, une certitude intime.

Au début, elle pensait de temps en temps à l'homme qui avait déclaré être l'ami de sa mère, l'homme qui lui avait rendu visite à l'hôpital, avait fermé la porte, s'était assis sur le lit et avait souri. Un jour, quand tu ne t'y attendras pas, lui avait-il murmuré à l'oreille.

Et puis, elle l'avait peu à peu oublié, et bientôt il ne fut plus qu'un vague souvenir, éclipsé par les notes de sa musique et la richesse de sa nouvelle vie.

Pourtant, sa mère n'avait pas oublié, elle. Il faut dire qu'à présent elle avait tout le temps du monde.

Aujourd'hui, Zoey est en troisième année à Juilliard. Elle a hérité de la pratique de Mme Fischer. C'est elle qui la première s'est aperçue qu'il y avait un problème : sa professeure confondait ses élèves, ne savait plus ce qu'elle leur avait demandé d'étudier. Une fois, elle l'avait appelée Klara au lieu de Zoey. Lorsque la jeune fille l'avait corrigée avec délicatesse, la vieille dame avait ri, expliquant que c'était le nom de sa sœur : « C'est bête, vous me faites sans doute penser à elle. »

Zoey savait que Klara était morte en 1957.

Aujourd'hui, Frida Fischer est en maison de retraite. Elle a oublié ses élèves. Elle a oublié sa sœur. Elle a oublié son nom et sa vie, comme d'autres l'ont oubliée, elle. Assise à la fenêtre, elle regarde passer les gens. Elle regarde circuler les voitures. Elle regarde les nuages s'amonceler dans le ciel. Lorsque Zoey lui rend visite, ce qu'elle fait aussi souvent que possible, Mme Fischer examine d'un air absent l'inconnue en face d'elle dans le salon. Elles boivent du thé et grignotent des biscuits sans trop savoir quoi se dire.

Pour Kit comme pour elle, il n'y a plus qu'un temps, l'ici et maintenant. On ferme les yeux un instant et c'est déjà fini.

Une fois par an, fin juin, Zoey prend le métro jusqu'à Brooklyn pour aller se recueillir sur la tombe de sa mère, à côté d'un magnolia en fleur au cimetière de Greenwood, et lit à voix basse les vers qu'elle a choisis, comme si ces mots pouvaient la ramener.

Bien que je sois vieilli d'avoir tant erré
Par les creux et les collines de la terre
J'irai découvrir où elle s'en est allée
Baiser ses lèvres et lui prendre les mains...

Elle ignore pourquoi elle a choisi ce passage, un fragment d'un poème de Yeats. Un matin, elle s'est simplement réveillée avec ces vers dans la tête, et la conviction qu'ils feraient plaisir à sa mère, où qu'elle soit. Elle balaie de la main les feuilles mortes et caresse du doigt les lettres gravées sur la pierre.

Zoey est fiancée. Il s'appelle Joel, un violoniste frais

émoulu de Juilliard et récemment embauché par l'orchestre du Metropolitan Opera. Bientôt, ils emménageront ensemble, alors il sera temps pour Kit de s'effacer et laisser sa fille fonder une famille à elle. Peut-être continuera-t-elle à leur rendre visite de temps en temps, malgré tout, discrètement.

Mais avant, elle a une affaire à régler. Elle n'a pas de mal à le retrouver. Assis en face d'une femme beaucoup plus jeune que lui, dans le restaurant près du South Street Seaport, en terrasse, là où il n'y a pas si longtemps, Kit et lui ont dîné ensemble. Un homme d'habitudes, songe-t-elle. Un homme qui préfère chasser en terrain familier.

Elle écoute la conversation, des mots qu'elle connaît trop bien. Il évoque son épouse, morte trop vite. Il avoue que ce n'est pas toujours facile, que c'est dur de rentrer dans un appartement vide. Sa compagne pose une main réconfortante sur la sienne.

Puis elle se lève pour aller aux toilettes. Elle s'approche du lavabo quand soudain elle sent une présence. *Il va te tuer*, murmure l'inconnue, avant de s'évaporer dans l'air, lorsque la femme se retourne pour voir qui a parlé.

Peu après – ou longtemps, car le temps ne signifie plus rien maintenant –, Kit se trouve à côté de David, marchant dans Broadway à Morningside Heights. Il n'a pas pris une ride. Mais elle non plus, après tout. Elle a envie de passer la main sur sa joue, parce que ça lui manque, la sensation d'une autre peau, le contact rugueux d'un homme mal rasé.

Lorsqu'elle regarde autour d'elle, elle constate qu'elle n'est pas seule, comme dans la rubrique décès du journal : *Regretté. Toujours dans nos cœurs. Jamais oublié.* Une multitude d'ombres diaphanes scintillantes qui flottent dans la lumière déclinante de ce bel après-midi d'août, invisibles pour les vivants. Une fois de plus, elle reconnaît son mari Peter. Il marche à sa rencontre parmi la foule, mirage incertain. Leurs yeux se croisent, leurs mains se frôlent, on sent entre eux la promesse d'une réunion imminente, de pensées à partager, et chacun poursuit sa route, conscient qu'ils se reverront quand l'heure sera venue.

Elle s'engouffre dans une station de métro derrière David. Sur le quai, il revêt son sourire assassin et s'approche vivement de celle avec qui il a rendez-vous : la jeune femme du restaurant, les yeux brillants, heureuse de retrouver l'homme qu'elle aime. Kit songe à Zoey sur ce même quai. À ce que Zoey a vu. À ce qu'elle sait malgré elle. Et à ce que cet homme fera à sa fille un jour.

Une rame arrive. Elle se place derrière le couple, traverse David, et se retourne pour regarder l'ombre qui passe sur son visage soudain inquiet : comme s'il avait pressenti sa propre fin. Le frisson glacé de la mort l'a touché et l'accompagnera dans ses derniers instants.

Adieu, David, lui souffle-t-elle tendrement à l'oreille. Elle lui caresse la joue du bout des doigts, détourne son attention à l'instant où le métro surgit. Alors, les cris retentissent.

DU MÊME AUTEUR

Aux Éditions Gallimard

NOYADE, Série Noire, 2020 (Folio Policier nº 936).

Déjà parus dans la même collection

Chantal Pelletier, *Sens interdits*
Raf Vallet, *Mort d'un pourri*
Raf Vallet, *Adieu poulet!*
Jacques Moulins, *Retour à Berlin*
Jo Nesbø, *Leur domaine*
Chang Kuo-li, *Le sniper, son wok et son fusil*
Deon Meyer, *La femme au manteau bleu*
William Lindsay Gresham, *Nightmare Alley*
Jørn Lier Horst, *Le code de Katharina*
Olivier Barde-Cabuçon, *Le cercle des rêveurs éveillés*
Thomas Cantaloube, *Frakas*
Marin Ledun, *Leur âme au diable*
Jean-Bernard Pouy & Marc Villard, *La mère noire*
Parker Bilal, *Les divinités*
Pierre Pelot, *Les jardins d'Éden*
Dolorès Redondo, *La face nord du cœur*
Sébastien Raizer, *Les nuits rouges*
William R. Burnett, *Good-bye, Chicago 1928*
William R. Burnett, *Little Caesar*
Jacques Moulins, *Le réveil de la bête*
Deon Meyer, *La proie*
Jean-Patrick Manchette, *L'affaire N'Gustro*
Jørn Lier Horst, *Le disparu de Larvik*
J.-P Smith, *Noyade*

Dror Mishani, *Une Deux Trois*
Sébastien Gendron, *Fin de siècle*
Parker Bilal, *La cité des chacals*
Vlad Eisinger, *Du rififi à Wall Street*
Danü Danquigny, *Les aigles endormis*
Neely Tucker, *Seules les proies s'enfuient*
Marc Villard, *Barbès Trilogie*
Caryl Férey, *Paz*
Mike Nicol, *L'Agence*
Jo Nesbø, *Le Couteau*
Tom Piccirilli, *Dernier murmure dans le noir*
Bryan Reardon, *Le vrai Michael Swann*
Chantal Pelletier, *Nos derniers festins*
Marin Ledun, *La vie en rose*
Elsa Marpeau, *Son autre mort*
Jørn Lier Horst, *L'usurpateur*
Patrick Hoffman, *Chaque homme, une menace*
Éric Maravélias, *Au nom du père*
Thomas Cantaloube, *Requiem pour une république*

Achevé d'imprimer
sur Roto-Page
par l'Imprimerie Floch
à Mayenne, le 27 décembre 2021.
Dépôt légal : janvier 2022.
Numéro d'imprimeur : 99510.

ISBN 978-2-07-294999-9 / Imprimé en France.

396493